Claire Bonnett

Winterküsse in Paris

Spitzentanz und Zirkusliebe

IMPRESS

© privat

Claire Bonnett, geboren 1997, wuchs in einem lebhaften Haushalt voller Bücher auf und begann bereits als Kind eigene Geschichten zu schreiben. Kreative Unterstützung erhält sie dabei von einer Notizbuchsammlung und einem elektrischen Klavier. Die besten Zutaten für ihre Romane findet die Autorin allerdings im Alltag, der ihrer Meinung nach immer noch die verrücktesten Ideen bereithält. Man muss sie nur aufschreiben.

1

Spring. Spring einfach. Es wird alles so viel leichter machen. Spring jetzt, Coco. Spring!

Nichts. Nichts passierte. Ich wollte doch! Ich wollte so sehr!

Okay, Coco. Hol tief Luft, geh in die Knie!

Mein rasendes Herz drängte gegen meine Rippen, als wollte es vor mir den Absprung wagen.

Jetzt, Coco! Jetzt!

Ich nahm Anlauf, stand schon auf den Zehenspitzen.

Du wirst fliegen!

Die Hände umschlossen meine Hüften, fingen mich auf und hoben mich hoch in die Lüfte. Ein gelöstes Lächeln glitt über meine Lippen und ich streckte den Rücken durch.

Geschafft! Du hast es geschafft!

Doch dann, im selben Moment als ich glaubte, der Bann sei gebrochen, krampften meine Muskeln. Wie Fesseln schlangen sie sich um meinen Körper und schnürten mir die Luft zum Atmen ab. Die Spiegel rings um uns wurden dunkel. Ein helles, viel zu helles Licht leuchtete in mein Gesicht und die Hände, die mir eben noch Halt gegeben hatten, fühlten sich an wie Krallen, die mich gen Abgrund zogen. Ein Stechen wanderte mein Rückgrat hinab und die Panik schlug schwer über mir zusammen. Einige Sekunden versuchte ich noch mich zu beherrschen, kämpfte gegen den Schmerz, der meine Glieder zittern ließ und meine Gedanken vor Entsetzen lähmte.

»Aufhören!«, rief ich. »Lass mich runter, Dorian!« Kaum, dass ich die Worte ausgesprochen hatte, stand ich schon wieder auf dem Boden. Mein Herz pochte rasend im Takt zu den immer gleichen Vorwürfen.

Du kannst es nicht. Du kannst es einfach nicht …

»Coco? Alles okay?«

Nicht mehr …

»Okay?«, wiederholte ich und wischte über meine brennenden Augen. »Was glaubst du, Dorian? Ist alles okay, wenn man nicht mal mehr … Verdammt!«

Das Zittern in meinen Beinen war so stark geworden, dass ich unfreiwillig in die Knie ging.

»Hey! Fall mir nicht um!« Schon stand er neben mir und griff nach meinem Arm. Verärgert wich ich aus.

»Ich komme zurecht!«, sagte ich harscher als beabsichtigt. Ich stützte die Hände in die Seiten und nahm einige tiefe Atemzüge. Langsam ließ das Zittern in meinen Beinen nach und ich gewann wieder die Kontrolle über meinen Körper zurück. Ich spürte, wie die Anspannung Stück für Stück abebbte und meine Gedanken schließlich ruhiger wurden. Ich blickte hinüber zu Dorian, der mich mit sorgenumwölkter Stirn musterte.

»Tut mir leid«, sagte ich zerknirscht.

»Du musst dich nicht entschuldigen«, erwiderte er. »Du brauchst einfach nur … noch ein wenig mehr Zeit.«

»Genau! Ein wenig Zeit, Übung und Geduld. Mehr ist es nicht, ganz bestimmt«, antwortete ich und nickte mit dem Kopf, mehr für mich selbst als für meinen Tanzpartner.

»Es ist völlig normal, Angst zu haben«, sagte Dorian mitfühlend. »Jeder würde nach so einer …«

»Ich habe aber keine Angst!«, unterbrach ich ihn und das eiskalte Gefühl, das mich dabei durchzuckte, strafte meine Worte Lügen. »Es ist nur mein Rücken, okay! Mein Rücken und … und die Beine.«

»Coco, ich bitte dich!« Jetzt war es Dorian, der mich streng ansah. Ich kannte den Ausdruck in seinen dunklen Augen nur zu gut. Es war der gleiche, mit dem er mich früher um Mitternacht aus dem Trainingssaal geholt hatte. »*Übertreib es nicht, Coco! Geh endlich schla-*

fen, Coco. Morgen kannst du immer noch dein Grand Jeté perfektionieren.« Nur dieses Morgen hatte sich leider in Rauch aufgelöst. Große Sprünge waren inzwischen mein kleinstes Problem.

»Wir versuchen es noch einmal, ja?«, sagte ich mit zusammengebissenen Zähnen. »Nur noch einmal.«

»Ich glaube, du weißt ganz genau, dass nicht nur dein Körper verrücktspielt ...«

»Was soll das jetzt heißen?«, fragte ich scharf. »Wenn du keine Lust mehr hast, mit mir zu trainieren, dann sag es einfach geradeheraus.«

Dorian sah mich finster an, dann wandte er sich einfach ab und ging mit seinen weiten, leichtfüßigen Tänzer-Schritten zu den Spiegeln an der Wand.

»Es ist wirklich genug für heute«, sagte er und hob die Trinkflasche auf, die dort stand. »Wir sollten nach Hause gehen und du solltest eine Nacht über das schlafen, was ich gerade gesagt habe. Etwas muss sich ändern, Coco, sonst war es das bald. Die Kompanie ist nicht der richtige Ort für deinen Starrsinn.« Dorian klemmte sich die Flasche unter den Arm und ging ohne ein weiteres Wort Richtung Tür.

»Hey, warte! Du kannst doch nicht einfach ...«, rief ich meinem Tanzpartner hinterher, doch der warf bei seinem Abgang die Tür so schwungvoll hinter sich zu, dass die Spiegel an den Wänden kurz erzitterten. Wer von uns beiden war gerade starrsinnig?

»Jetzt hab dich nicht so, Dorian!«, rief ich und warf den Kopf in den Nacken. »Komm zurück! Bitte!«

Doch die Tür war zugefallen und ich stand allein im hell erleuchteten Ballettsaal. Allein, direkt in der Mitte und plötzlich schienen all die Spiegel ringsum immer näher zu rücken. Schonungslos reflektierten sie mich von allen Seiten, egal in welche Richtung ich mich drehte. Jeden Zentimeter meiner hübschen Ballett-Hülle leuchteten sie aus. Sie zeigten eine Tänzerin, die von ihrem Körper im Stich gelassen wurde ... Nein, so schnell bekam man mich nicht klein! Ich hob die Arme, brachte sie in Position, streckte die Beine durch und stellte mich auf die Zehenspitzen. So viel Abstand zum Erdboden schien ich also gerade noch auszuhalten. Ich folgte keiner bestimmten Choreographie, als ich begann zu tanzen. Ich hatte nichts, keine Abfolge, keine Melodie. Nur meine Gefühle und meine Gedanken, die mich leiteten. Früher hatte ich mir die Seele aus dem Leib getanzt, wenn es erlaubt war zu improvisieren. Jetzt waren es langsame, kontrollierte Bewegungen, die die Figuren miteinander verbanden.

»Sieh dich nur an, Coco«, dachte ich verächtlich, als ich mich im Spiegel beobachtete. *»Du tanzt mechanischer als eine Puppe.«* Ich konnte den Blick einfach nicht abwenden, denn genau das brachte man uns Balletttänzern von klein auf bei. Hinsehen. Registrieren. Jeden noch so kleinen Fehler bemerken. Wer nach oben wollte, musste die Konkurrenz in den Details übertreffen. Doch das war wohl die zweite Sache, die meine Karriere als Tänzerin ruinieren würde. Ich hatte begonnen zu hassen, was ich im Spiegel sah. Eine junge Frau mit rabenschwarzen Haaren, die einmal hüftlang gewesen waren und jetzt noch knapp bis zu ihren Schultern reichten. Hochgewachsen war diese Frau, fast ein wenig zu sehr, um Ballerina zu sein. Ihre Augen saßen groß und dunkel in einem kleinen hellen Gesicht, aber – hatten die nicht mal Funken gesprüht? Hatten die nicht mal herausfordernd jeden Blick erwidert? Wie zum Beispiel an dem Tag, an dem sie sich das Ohrpiercing hatte stechen lassen? Den kleinen Goldring an ihrer Ohrmuschel, der bei Pirouetten durch das dunkle Haar blitzte? Sie hatte es sich leisten können. Wer hätte sie deswegen schon rausgeschmissen? Niemand. Sie war die Beste gewesen.

»Gewesen, das trifft es genau«, schoss es mir durch den Kopf. *»Und statt deine Freunde um Hilfe zu bitten, jagst du sie lieber davon ... Großartige Strategie, Coco.«*

Ich senkte den Blick und betrachtete den matten Satin meiner Spitzenschuhe. Ich hätte Dorian nachlaufen, ihn um Verzeihung bitten sollen. Aber der herausfordernde Funke in mir war vor einiger Zeit einem kalten, trotzigen Starrsinn gewichen, den der Arme jedes Mal zu spüren bekam, wenn er versuchte mir zu helfen.

»Mademoiselle?«

Ich schreckte auf. Im Türeingang stand eine ältere Frau in einem dunkelblauen Kittel.

»Sind Sie hier fertig?«, fragte sie und zog eine Augenbraue hoch. »Ich bin zum Absperren da.«

»Ich? Ja, ich wollte gerade gehen«, erwiderte ich, auf seltsame Weise dankbar eine Ausrede zu haben, den Saal zu verlassen. Nur die traurige Gestalt mit den hängenden Schultern, die nicht mehr tanzte wie früher und Panikattacken bekam, wenn man sie in die Lüfte hob, die konnte ich leider nicht im Spiegel dalassen. Die musste ich mitnehmen. Und sie klebte an mir wie Pech.

***

In der Pariser Oper war es um diese Zeit ruhig in den Gängen. Natürlich blieben einige Tänzer abends oft noch, um zu trainieren, aber ich hatte darauf geachtet, dass Dorian und ich die letzten waren. Der Gedanke, die anderen Mitglieder der Kompanie könnten sehen, wie ich mich für Figuren abrackerte, die mir einmal so leichtgefallen waren, machte mich krank. Außerdem mochte ich die alten Übungssäle unter dem Dach, hier hatten schon seit Jahrzehnten Balletttänzer geprobt. Das Trippeln ihrer Spitzenschuhe über die alten Holzdielen hatte ihnen den Beinamen ›petits rats‹, kleine Ratten, eingebracht. Ähnlich wie eins der Nagetiere huschte ich jetzt den Gang hinunter und warf immer wieder einen flüchtigen Blick auf die riesigen Schwarzweiß-Fotos berühmter Ballerinas und deren Partner, die an den Wänden hingen. Früher war ich manchmal davor stehen geblieben und hatte mir ausgemalt, wie eines Tages ein überlebensgroßes Bild von Dorian und mir dort hängen würde. Ich, in einem Solopart von *Schwanensee,* am liebsten als Odile, dem schwarzen Schwan, denn ein braves Mädchen war ich noch nie gewesen. Und im Hintergrund dieses Bildes hatte ich mir immer meine Mutter im Publikum vorgestellt, anerkennend klatschend. Ausnahmsweise keinen guten Ratschlag auf den Lippen und unheimlich stolz auf das, was ich tat. Ich wandte wieder den Blick ab und schlich in die Damenumkleiden. Meine Mutter war so gut wie nie zu meinen Vorstellungen gekommen ...

***

Als ich den Spind öffnete und meine Sachen herauszerrte, fiel mir beinahe mein Handy auf die Füße. Ich fing es gerade noch auf und sah auf den schwarzen Bildschirm hinab. Sollte ich Dorian anrufen? Ihm eine Nachricht schreiben? Meine Finger schwebten bereits über dem Display. Ich sehnte mich danach, seine beruhigende Stimme zu hören, die mir seit meinem ersten Tag an der Ballettakademie eine Stütze gewesen war. Immerzu war Dorian auf seine ruhige, fast schon stoische Art für mich da gewesen. Der verlässliche Gegenpol zu meinem aufbrausenden Charakter und der geduldige Vermittler, wenn ich mal wieder mit einer Lehrerin gestritten hatte. Ich schluckte, dann legte ich das Handy auf die Bank. Ich würde mit ihm reden, wenn wir uns wieder persönlich zum Training sahen. Kaum dass ich diese Entscheidung gefällt hatte, konnte ich fast schon wieder seine amüsierte Stimme hören. *Für so eine aufbrausende junge Dame bist du manchmal ganz schön feige, Coco.* Unangenehme Wahrheiten waren schon immer seine Spezialität gewesen. Aber waren beste Freunde nicht genau dafür da? Ja, Dorian und ich, unzertrennliche Freunde. Partner in Crime. Mit zwölf Jahren hatten wir gemeinsam die Aufnahme-Prüfung der renommierten Ballett-Akademie der Pariser Oper bestanden und die beste, aber auch schwierigste Ausbildung des Landes genossen. Eine Zeit wie diese schweißte zusammen, darum waren wir Profis, kein Liebespaar. Ein kleiner Seufzer entfuhr mir, als ich aus meinem Trainings-Trikot in meine Alltagsklamotten schlüpfte. Ich hatte in den letzten Wochen viel öfter als sonst an diese vergangenen Tage zurückgedacht. Was hatte ich sie wegen ihrer Härte verflucht – jetzt vermisste ich sie. Damals war ich mir noch so sicher gewesen am richtigen Ort zu sein ... Ich ließ mich auf die Bank der Umkleide sinken, strich vorsichtig über meine Knie und dann mit dem Handrücken meine Wirbelsäule entlang. Der Schmerz war so schnell wieder abgeklungen, als hätte jemand einen Schalter umgelegt. Doch er konnte mich genauso plötzlich wieder aus einer finsteren Ecke heraus anspringen. Ich drückte probehalber etwas fester gegen meinen Rücken, fühlte die Wirbelknochen durch den dünnen Pullover – und nichts passierte. Was, wenn Dorian recht hatte und der Grund war wirklich ... Schluss damit! Ich stand auf und griff nach meiner Tasche und meinem Mantel. Als ich die Umkleide verließ, verfingen sich fast meine Haare in den Stechpalmenzweigen, mit denen einige übereifrige Weihnachtsfans den Türrahmen dekoriert hatten. Ganz ehrlich, dass die Weihnachtszeit bevorstand, bekamen wir Balletttänzer ohne diese Gedächtnisstütze wirklich nicht mit. Es gab so viel Wichtigeres für uns als Weihnachten ...

2

Paris im Winter. Manche fanden es ja romantisch. Die schmiedeeisernen Straßenlaternen, die in der Früh manchmal von Raureif bedeckt waren, die vielen kleinen Glühlämpchen, mit denen die Händler ihre Stände am Straßenrand schmückten oder das tintenschwarze Funkeln der Seine, das im Dezember so viel geheimnisvoller wirkte. Oder die heißen Maronen, die man jetzt plötzlich an jeder Straßenecke kaufen konnte, und die Künstler am Place du Tertre, die, nun mit dicken Handschuhen versehen, ihre Bilder zeichneten und sich hinter ihren Leinwänden gegen den kalten Wind zusammenkauerten. Auch die Pariser Oper machte in den Wintermonaten wirklich etwas her. Wobei sie natürlich zu jeder Jahreszeit ganz schön einschüchternd wirken konnte. Die Opéra war ein riesiger, kastenförmiger Bau aus dem neunzehnten Jahrhundert. Der unterste Teil wurde von beigen Steinbögen gesäumt. Im Stockwerk darüber wurden die hohen Fenster von Säulen eingebettet. Am imposantesten aber war das grüne, geschwungene Kuppeldach und die zwei goldenen Statuen an ihren Rändern. Sie stellten die Kunst und die Musik dar und blickten seit vielen, vielen Jahren auf all die Leute herunter, die das Palais betraten. Ganz egal, ob Künstler oder Zuschauer. Ich hatte früher geglaubt, die beiden wären so etwas wie gute Geister, die besonders auf das Bühnenvolk achtgaben, denn wir hauchten der Oper schließlich Leben ein. Mittlerweile war ich mir da nicht mehr so sicher. Ich zog meinen dicken Wollschal über die Nase und lief die Stufen zur Métro hinunter. Es wurde Zeit, dass ich nach Hause kam.

***

Es gab ja einige Klischees über Künstler. Künstler waren arm. Sie lebten in zugigen Dachwohnungen, hatten nichts zu essen, tranken zum Ausgleich umso mehr Rotwein, rauchten und schmissen ausgiebige Partys. Außerdem hatten sie zur Inspiration ständig hemmungslosen Sex. Die Wahrheit sah bei uns Tanz-Künstlern ein wenig anders aus. Einerseits, ja, reich waren wir wirklich nicht. Weil in Paris Wohnraum schon für Normalverdiener kaum bezahlbar war, stellte die Opéra Garnier eigene Wohnungen für die Mitglieder der Kompanie bereit. Nur befanden sich die am äußersten Rand von Paris. Ich lebte dort mit zwei anderen Tänzerinnen in einer WG zusammen. Wilde Partys und Alkohol-Exzesse konnten wir uns in unserem Job schlicht nicht leisten. Unser Körper war unser Kapital. Wir brachten ihn schon in unserem Berufsalltag ständig an seine Leistungsgrenzen, da konnten wir nicht regelmäßige Trink-Gelage obendrauf setzen. Tatsächlich erforderte unsere berufliche Profession einen ziemlich spießigen Lebenswandel. Gesunde Mahlzeiten, morgens Yoga und abends früh ins Bett so lautete das künstlerische Erfolgskonzept. Umso überraschter war ich deshalb, Roxane Leclerc mit einer riesigen Packung Cookie-Eis im Schoß und dem Laptop auf dem Couchtisch vorzufinden, als ich gegen halb zwölf unsere Wohnung betrat.

»Roxane?«, fragte ich verwundert und schmiss meine Jacke über einen der Stühle am Esstisch. Ich baute mich vor meiner Mitbewohnerin auf und stemmte die Hände in die Seiten.

»Also erstens bin ich froh, dass du endlich deine Dauer-Diät aufgibst und zweitens hoffe ich ganz stark, du hast was für mich übriggelassen«, sagte ich vorwurfsvoll.

Roxane sah mit einem schiefen Lächeln zu mir auf und drehte dann den Ton eines Disney-Films leiser.

»Chérie, ich habe diese Packung allein für dich vorgekostet«, sagte sie und schob sich zum Beweis einen weiteren riesigen Löffel voll in den Mund.

Ich fragte mich, wie so viel Eis überhaupt in jemanden wie sie hineinpassen sollte. Roxane war eine schmale Person von 1,65 Metern. Zart wie ein Vogelküken und quirlig wie ein Wirbelwind. Eine Eigenschaft, die Roxane bei uns den Spitznamen *petit colibri* – kleiner Kolibri – eingebracht hatte.

»Sag mal, fragst du dich nicht auch manchmal, ob wir nach unserer Ballett-Kariere als alte graue Jungfern enden«, sinnierte sie und machte mir auf dem Sofa Platz. »Glaubst du, die Verwaltung erlaubt uns hier wohnen zu bleiben und wir halten uns dann ein paar Kätzchen zur Gesellschaft? Oder wir werden eine von diesen mäkeligen Theaterkritikerinnen, die ständig in die Vorstellungen marschieren, um alles schlecht zu finden und an die guten alten Zeiten erinnern …«

»Meine Güte, Roxane!«, rief ich überrascht und vergaß einen Moment, dass ich mich eigentlich bei ihr wegen meines miserablen Nacht-Trainings ausheulen wollte.

»Ich möchte ja nicht theatralisch werden! Oder melancholisch!«, hob sie an und deutete mit einem eisverschmierten Löffel auf mich. »Aber ich befürchte, ich sterbe einmal alt und einsam.«

»Nun mach aber mal einen Punkt«, sagte ich verwirrt.

»Hast du heute Abend zufällig Pas de deux trainiert?«, fragte Roxane und hob ihre hauchfein gezupften Augenbrauen.

»Ja und es war einfach …«

»Und hieß dein Partner dabei zufällig Dorian Barratier?«

»Ja? Und?«, fragte ich ungeduldig.

»Da hast du es!«, rief Roxane. »Da kratze ich nach all der Zeit endlich – *endlich!* – den Mut zusammen, ihn zu fragen, ob er Lust hat, heute Abend mit mir auszugehen und dann behauptet der Kerl, er wäre zu müde, um etwas zu unternehmen. Weißt du, was noch schlimmer ist, als einen Korb zu bekommen? Wenn der Korb-Verteiler keine anständige Ausrede zustande bringt. Dann könnte ich mir jetzt nämlich einreden, dass er vielleicht wirklich nur müde war. Aber so weiß ich, dass er Null Interesse an mir hat und nicht die Courage, es auszuformulieren. Offensichtlich ist ihm eine Bromance mit dir wichtiger als eine Romance mit mir.«

»O nein«, seufzte ich. »Nicht das schon wieder.«

Seit ihrem ersten Tag in der Kompanie schmachtete Roxane Dorian an (so wie ungefähr – 90 Prozent? – der anderen Tänzerinnen). Und ich wusste nicht, wie oft ich schon dazu verdammt gewesen war, Vermittlerin zu spielen oder mich mit Eifersüchteleien herumzuschlagen, wenn ich Zeit mit Dorian verbrachte. Er war schon immer ein Frauenschwarm gewesen, nur hatte ihn bisher keine einzige erobert. Ich glaubte, den Grund dafür zu kennen. Nur stand es mir nicht zu, diese Vermutung mit Roxane zu diskutieren …

»Tut mir wirklich leid, dass es so gelaufen ist«, versuchte ich sie zu beschwichtigen. Ich wandelte jetzt auf einem schmalen Grat. Einerseits war ich ziemlich sicher, dass Dorian kein Interesse an ihr hatte, andererseits wusste ich auch, warum er heute zu einer Notlüge gegriffen hatte.

»Ich … ich habe Dorian gebeten niemandem zu sagen, dass wir noch zusammen trainieren würden.«

»Ach so?«, erwiderte Roxane erstaunt. »Warum das denn?«

»Weil … ich wollte nicht, dass uns jemand stört«, antwortete ich ausweichend. »Es lief wieder ziemlich beschissen, um ehrlich zu sein.«

»Dein Rücken?«, fragte Roxane mitfühlend.

Sie war eine der wenigen Tänzerinnen, bei denen ich das Gefühl hatte, dass ihre Anteilnahme echt war. Die anderen erkundigten sich nur nach meinem Zustand, um einschätzen zu können, wann ich meinen Job verlieren würde. Aber Roxane war anders. Sie versuchte Konkurrenz und Freundschaft so gut es ging auszubalancieren.

»Dorian meinte, wenn sich nicht bald etwas ändert, schmeißt mich Weissmann aus der Kompanie.«

»Ach, das würde er nicht tun«, sagte Roxane sofort. »Weissmann sieht doch Großes in dir. Er wird dich immer allen anderen vorziehen.«

»Hm«, gab ich wenig überzeugt zurück. »Aus Mitleid will ich jedenfalls nicht dabeibleiben. Da gehe ich lieber freiwillig.« Ich schlang die Arme um meine angezogenen Beine und legte nachdenklich mein Kinn auf die Knie.

»Aber, Coco, meinst du, wenn ... wenn ich Dorian vielleicht ein anderes Mal frage, ob er mit mir ausgeht, dann sagt er Ja? Eigentlich könnten wir beide auch öfter zusammen trainieren. Immerhin bin ich die Zweitbesetzung der Hauptrolle im aktuellen Stück!« Roxane blieb hartnäckig.

Ich seufzte. Meine Mitbewohnerin und ich waren, was Romantik anging, grundverschiedene Menschen. Während Roxane nichts lieber tat, als die attraktivsten Tänzer der Kompanie anzuschmachten und abends Nicholas Sparks Liebesromane zu verschlingen, hatte ich irgendwann die pragmatische Einstellung entwickelt, die Karriere dem Knutschen vorzuziehen. Wenn in der Vergangenheit mal Schwärmereien bei mir aufgetreten waren, hatte ich sie mir wieder aus dem Kopf trainiert. Schließlich hatte ich oft genug mitbekommen, wie andere Tänzerinnen ihre Technik vernachlässigten, weil sie Liebeskummer hatten oder vor lauter Zuckerwatte im Kopf plötzlich die Trainings schwänzten. Dass ich an dieser Stelle niemals schwach werden würde, hatte ich mir darum schon früh geschworen. Mit der Opéra verheiratet zu sein reichte völlig.

»Was ist denn mit Frédéric?«, fragte ich, um Roxane abzulenken. »Der Kerl liegt dir doch zu Füßen. Warum geht ihr beide nicht einmal aus?«

»Frédéric«, schnaubte Roxane und pflückte mit dem Löffel ein Cookie aus ihrem Eis. »Frédéric ist natürlich sehr ... nett. Aber er ist einfach nicht Dorian. Mit Frédéric würde ich Weihnachtsgeschenke für meine Mutter kaufen gehen. Aber mit ihm habe ich keine Fantasien, wie wir beide ...«

»Schon gut, alles klar!«, winkte ich heftig ab. »Ich hab es kapiert. Er ist nicht dein Typ.«

»Leider gar nicht, Coco. Ehrlich gesagt verstehe ich nicht, wieso du überhaupt mit Dorian trainierst. Immerhin ist er es, wegen dem du ... du weißt schon.«

Immerhin war es Dorian, wegen dem ich nicht mehr tanzen konnte? Ja, verdammt richtig. Aber was hätte es schon genutzt, meine Wut an ihm auszulassen? Es war ein Unfall gewesen. Ein dummer Unfall ...

»Tut mir leid, Coco. Ich wollte dich nicht nerven«, sagte Roxane, die meinen finsteren Blick natürlich bemerkt hatte.

»Du nervst mich nie, kleiner Kolibri«, erwiderte ich und versuchte mich an einem beruhigenden Lächeln. Mich beschäftigte sowieso gerade eine viel dringendere Frage. »Sag mal, Roxane, woher wusstest du überhaupt, dass Dorian und ich heute Abend zusammen waren?«

»Louise hat es mir erzählt. Sie ist ungefähr eine halbe Stunde vor dir heimgekommen. Sie war trainieren und hat anscheinend kurz durch den Türspalt gespäht. Wollte angeblich nur nachsehen, ob es dir – gut geht? Keine Ahnung, was sie damit meinte.«

»Ich auch nicht«, brummte ich missmutig.

»Ach, nimm es dir nicht zu Herzen. Du weißt doch, wie die neuen Tänzerinnen so sind, furchtbar neugierig und besessen vom Training. Die haben alle Angst, man könnte sie nach zwei Wochen wieder feuern.«

»Bei Weissmann? Gar nicht so abwegig.«

Dass Louise mir nachschlich, war trotzdem eine beunruhigende Neuigkeit. Je weniger Menschen von meiner Misere wussten desto besser. Unsere neue Mitbewohnerin hatte es vielleicht wirklich nicht böse gemeint, aber es gab genug Leute, die meine Schwäche sofort zu ihrem Vorteil nutzen würden.

»Sie hat gesagt, dass du ... dass es nicht nur dein Rücken ist. Sie hat gesagt, du hast Panik.«

Allein Roxanes Worte reichten aus, um mich für einen kurzen Moment in den Ballettsaal zurückzuversetzen. Helles Licht, viel zu grelles Licht und dann wieder der Schmerz. Ich biss die Zähne zusammen.

»Louise hat keine Ahnung und sollte sich gefälligst aus meinen Angelegenheiten heraushalten«, sagte ich so bestimmt wie ich konnte.

»Bleib locker, Coco! Natürlich hast du Recht. Sie sollte weniger Unsinn daherreden, aber ganz ehrlich, es hätte schlimmer kommen können. Stell dir vor, die Verwaltung hätte uns Valentina ins Appartement gesteckt.«

»La cata«, seufzte ich. »Weißt du noch, wie sie Mariette davon überzeugt hat, dass sie nicht für die Zweitbesetzung der Zuckerfee vortanzen sollte, weil sie sich nur blamieren würde?«

»Wie könnte ich das vergessen, aber am Ende habe ich das Rennen um die Zuckerfee gemacht, darum habe ich es ihr fast verziehen«, antwortete Roxane zufrieden und schraubte den Deckel ihres Eisbechers wieder zu. »Mach dir jedenfalls keine Sorgen wegen Louise. Egal, was die anderen sagen, Weissmann ist unbestechlich und jetzt komm, lass uns schlafen gehen. Morgen ist unser freier Tag, dann hast du auch mal Zeit, den Kopf etwas freizubekommen. Hast du schon Pläne?«

»Nein, nichts Bestimmtes«, erwiderte ich. Ich stand von der Couch auf und massierte meine schmerzende Schulter.

»Du solltest ein wenig unter Leute kommen«, erwiderte Roxane lächelnd und wischte sich mit dem Ärmel Schokoladenreste vom Kinn. »Freunde, Familie, egal, Hauptsache du gehst nicht schon wieder in die Opéra! Wer in Form bleiben will, sollte wenigstens einmal die Woche etwas völlig anderes machen. Unsere Muskeln *und* unser Hirn brauchen Zeit, um sich zu regenerieren.«

»Weise Worte, Colibri.«

»Gute Nacht, Coco!«

***

Ich kannte viele Arten von Schlaf. Schlaf aus Erschöpfung, Schlaf aus Glück, Schlaf aus Trauer, Schlaf zum Vergessen. Was es auch war, der Schlaf hinterließ normalerweise nur Träume. Gute oder schlechte, die mit dem ersten Sonnenstrahl verflogen und Platz machten für die hellen Gedanken des Tages. Seit einiger Zeit jedoch führten mich diese Träume Nacht für Nacht zurück in die Vergangenheit auf die Bühne der letzten Aufführung des *Nussknackers*. Es lag jetzt ein Jahr zurück und noch immer hörte ich die Melodie der Zuckerfee, die ich tanzte, und die Streicher des Orchesters. Ich schmeckte wieder die klebrige Süße der Zuckerstangen, die Roxane vor der Aufführung als Glücksbringer verteilt hatte. Ich spürte wieder Dorians Hände, die mich erst durch die Luft trugen, plötzlich keinen Halt mehr gaben und dann ... der dumpfe Schmerz, das Licht, die lauten Stimmen, die alle durcheinander riefen und noch viel schlimmer, dann kam der Moment, in dem da gar kein Schmerz mehr war, nur Leere. Kein Gefühl mehr. Der Moment, in dem ich auf der Bühne lag, in meinem engen Kostüm mit den kleinen rosa Glasperlen und den Spitzenrüschen an den Ärmeln, und keine Luft mehr bekam. Als ich verzweifelt um Atem rang, weil ich meine Beine nicht mehr spürte ...

Mit einem entsetzten Keuchen fuhr ich hoch. Schon wieder. Schon wieder hatte ich davon geträumt. Mein Herz pochte so schmerzhaft rasend in meiner Brust, als wollte es mich daran erinnern, dass ich wieder wach war. Ich riss die Bettdecke beiseite und strich über meine Beine wie jedes Mal, wenn ich aus dem Horror erwachte. Und immer noch überkam mich jedes Mal eine Welle der Erleichterung, wenn ich feststellte, dass sie schmerzten vom harten Training oder ganz warm waren von den Daunen meiner Decke. Hauptsache, ich spürte sie ... und Hauptsache, Roxane und Louise hatten nicht gehört, dass ich mal wieder laut aus dem Schlaf geschreckt war. Ich ließ mich erschöpft wieder zurück in mein nassgeschwitztes Kissen fallen und verschränkte die Arme hinter dem Kopf. Während ich dalag und dem Ticken des kleinen Weckers auf meinem Nachttisch lauschte, fasste ich einen Entschluss. Wie hatte Roxane vorhin noch gesagt? Ich sollte mal wieder unter Leute kommen. Ja, es wurde höchste Zeit dazu, denn so konnte es wirklich nicht weitergehen. Ich musste Dorian widerwillig recht geben, ich brauchte Hilfe und ich wusste auch, wo ich sie vielleicht bekommen konnte ...

3

Am rechten Ufer der Seine lag das zehnte Arrondissement von Paris. Abgesehen vom berühmten Place de la République konnte man in diesem Viertel zwei der drei Bahnhöfe der Stadt bestaunen, den Gare de l'Est und den Gare du Nord. Jeden Tag spülten sie Tausende und Abertausende von Menschen in die übervolle Metropole und auch ich hatte an einem Januartag vor fast zehn Jahren von dort aus mein Großstadt-Abenteuer begonnen. Ich war damals zwölf Jahre alt gewesen und hatte zwei Stunden in einem vollen TGV verbracht. Meine Mutter war nicht bereit gewesen mit mir nach Paris zu fahren – denn Ballett war ihr immer ein Dorn im Auge gewesen. Lieber wäre ihr gewesen, ihre beiden Töchter hätten akademische Berufe ergriffen und wären erst mit achtzehn nach Paris gezogen, um an der Sorbonne zu studieren. Aus diesem Grund hatte mich meine ältere Schwester damals begleitet. Tagelang musste ich sie darum anbetteln und ausnahmsweise hatte sie daraufhin dann mal etwas getan, das unserer Mutter missfiel, als sie mit zum Bahnhof kam. Die beiden waren vermutlich der Hoffnung erlegen, mein Traum vom Tanzen würde mit der Aufnahmeprüfung platzen, ich geläutert nach Plussulien, meinem kleinen Heimatort, zurückkehren und endlich vernünftig werden.

Vernünftig, das war schon immer das Lieblingswort meiner Mutter gewesen. Alles, aber auch alles im Leben musste ihrer Meinung nach »vernünftig« sein. Ob etwas schön war, Freude bereitete oder Spaß machte, das kam erst an zweiter Stelle. Zuallererst hatten die Dinge vernünftig zu sein. Das fing schon bei so profanen Entscheidungen wie der Kleiderwahl an und endete schließlich bei der gesamten Lebensplanung, einschließlich der Partnerwahl. Es war wohl der einzige Punkt, in dem ich meine Mutter zufriedenstellte, dass ich mir das Verlieben frühestmöglich (vernünftigerweise!) für meine Karriere untersagt hatte.

Davon abgesehen hatte ich schon in jungen Jahren begonnen, Mamans Konzept der vernünftigen Lebensführung zu hinterfragen. Ich hatte nie »vernünftige« Schuhe angezogen, sondern lieber die mit drei Zentimeter dicken Sohlen und Nieten an den Fersen, oder mir mitten in der bretonischen Einöde gewünscht Ballettstunden zu nehmen. Meine Schwester hingegen war brav dem pragmatischen Pfad gefolgt, den unsere Mutter stets vorgab, und hatte ein sehr unaufgeregtes, vernünftiges Leben geführt. Zum Beispiel hatte sie einen anständigen Schulabschluss gemacht, ein Studium begonnen und einen Beruf ergriffen, mit dem sich gut bei den Nachbarn angeben ließ. Ihr Beruf war letztendlich auch der Grund, warum ich an diesem zweiten Dezembertag an der Métro-Station Goncourt ausstieg. Ich hatte mich nicht entschlossen, meinen freien Tag im zehnten Arrondissement zu verbringen, um die Statue der Marianne am Place de la République zu bewundern. Nein, mein Ziel lag in der Avenue Claude-Vellefaux und war ein Ort, an dem hoffentlich die wenigsten Touristen landeten.

Kaum, dass ich den Gedanken zu Ende gebracht hatte, musste ich mich auf eine Verkehrsinsel retten, um einem Krankenwagen auszuweichen, der mit heulenden Sirenen an mir vorbeirauschte. Das war knapp! Ich hastete über den Zebrastreifen und steuerte den großen steinernen Torbogen an, der den Eingang des Hôpital Saint-Louis markierte. Gleich drei wehende Frankreich-Fahnen waren dort angebracht. Zwei links und rechts des Bogens und eine oben auf dem spitzen Dach des altmodischen Baus. Das Krankenhaus stammte aus dem siebzehnten Jahrhundert und war damals wegen einer Pestplage errichtet worden – oder so ähnlich? So hatte es mir jedenfalls meine Schwester erzählt.

Nachdem ich den geschichtsträchtigen Eingang des Hospitals

passiert hatte, befand ich mich auch schon im wesentlich moderneren Inneren. Ich fragte mich manchmal, warum in Krankenhäusern immer alles weiß sein musste. Weiße Wände, weiße Vorhänge, weißes Licht von weißen Lampen an weißen Decken. Warum nur strich man Krankenhäuser nicht in bunten, kräftigen Farben an? Weiß erinnerte mich an Kälte. Die Farbe hatte für mich etwas Anonymes, Distanziertes. Keine Umgebung, in der ich mich wohlfühlte, aber eine in die meine ältere Schwester gut passte …

»Nein, Monsieur! Sie können mit so einem Schnitt unmöglich nach Hause!«

»Entschuldigen Sie, Madame, Sie sind gleich dran …«

»Kann vielleicht jemand Docteur Garik rufen?«

Paris war eine Stadt voll großer und kleiner Gefahren und egal welcher von ihnen man sich stellte, egal ob männlich oder weiblich, jung oder alt, egal ob Hundebiss oder Sturz vom Eiffelturm, meistens landete man erst mal hier, in der Notaufnahme des Hôpital Saint-Louis und dort war zu jeder Tages- und Nachtzeit die Hölle los. Krankenschwestern und Krankenpfleger liefen durcheinander, auf Bänken saßen Menschen jeden Alters und die Luft roch aufdringlich nach Desinfektionsmittel. Jetzt zur Erkältungssaison ging man besonders großzügig damit um und einige Leute wirkten tatsächlich, als wären sie mit ihrem ersten Anflug von Wintergrippe hierher gewankt. Ich schob mich an zwei Chinesinnen mit Mundschutz vorbei und zupfte eine etwas weniger gestresst aussehende Krankenschwester am Ärmel.

»Entschuldigung, wissen Sie vielleicht, wo ich Docteur Laffon finden kann?«

»Docteur Laffon?«, erwiderte die ältere Frau und sah mich prüfend an. »Die ist auf Station, betreut Patienten. Sie müssen in den Gebäudeteil A, dritter Stock, schauen Sie bei den Zimmern 2100 bis 2140.«

»Danke!« Ich nickte der Frau noch einmal zu, dann machte ich mich davon und nahm den Aufzug.

Während der Fahrt betrachtete ich mich nervös im Spiegel. Meiner Schwester zu begegnen war für mich fast wie meiner Mutter gegenüberzutreten. Ich begann davor jedes Mal, mein Haar nervös nach hinten zu streichen und die Schultern anzuspannen. Im zweiten Stock hielt der Lift noch einmal, während ich damit beschäftigt war, meinem Spiegelbild Mut und Selbstbewusstsein zuzusprechen. Ich musste überzeugend sein. Wenn meine Schwester mir nicht helfen konnte, hatte ich wirklich ein …

»Charlotte?«

Ich zuckte zusammen, als hinter mir im Spiegel plötzlich eine zweite Person mit einem Kaffeebecher in der Hand auftauchte. Diese Person sah mir recht ähnlich. Sie war eine acht Jahre ältere Version meiner selbst, nur mit etwas helleren Haaren und einer Brille. Diese Version war außerdem etwas kleiner und stämmiger als ich – und dazu imstande, mich ausnahmslos mit vollem Vornamen anzusprechen.

»Lucile!«, rief ich und drehte mich rasch um. »Die Schwester meinte, du arbeitest heute im dritten Stock.«

»Das stimmt auch«, erwiderte meine Schwester und hob den Kaffeebecher hoch. »Ich wollte mir nur etwas zum Wachwerden holen.«

Zwei junge Männer folgten Lucile in den Aufzug und drückten verschiedene Knöpfe. Meine Schwester stellte sich mit ihrem Getränk neben mich und sagte nichts, bis wir schließlich im dritten Stock ausstiegen und den Gang hinunterliefen. Lucile legte dabei ein Tempo an den Tag, bei dem es selbst mir als Balletttänzerin schwerfiel, ihr zu folgen. Im Laufen noch leerte sie ihren Kaffee und warf den Becher in den Müll.

»Du brauchst etwas von mir?«, sagte sie, während wir um eine Ecke bogen. »Zu Besuch kommst du nie hierher.«

Das war typisch Lucile. Worte wählte sie ebenso sparsam wie präzise.

»Richtig«, erwiderte ich. »Es geht wieder um, du weißt schon …«

»Deine Verletzung?«

»Ja, ich ... meinst du, du könntest mir vielleicht ...« Ich stoppte und zu meiner Überraschung blieb auch meine Schwester stehen. Sie musterte mich von oben bis unten und steckte dann die Hände in die Taschen ihres Kittels. Weiß – warum nur war hier alles so makellos weiß?

»Du warst doch vor ein paar Wochen im MRT.« Meine Schwester runzelte die Stirn und ich meinte die ersten feinen Linien zu erkennen, die sich in ihrem Gesicht einnisteten. Spuren eines verantwortungsvollen Jobs.

»Ich weiß, aber ...«

»Ich habe den Befund gesehen. Dein Rücken ist ausgeheilt. Die Bilder ...«

»Nein, ist er nicht!«, schnitt ich Lucile das Wort ab. Ich ballte hinter eben diesem Rücken die Hände zu Fäusten. »Ich glaube, irgendwo haben die Ärzte etwas übersehen! Ich kann ... ich kann immer noch nicht so tanzen wie früher. Jedes Mal, wenn ich es versuche, dann ... dann ist da dieser Schmerz und ich kriege keine Luft und ...« Ich merkte, dass meine Stimme mit jedem Wort dünner wurde. Ich zwang mich zu einem beruhigenden Atemzug und setzte von Neuem an. »Ist auch egal, was es ist, ich benötige jedenfalls dringend ein Attest von dir. Bitte, Lucile, schreib, dass meine Verletzungen noch ein wenig brauchen. Schreib in irgendeinem Ärzte-Fachjargon, dass ich mich noch schonen muss. Ich tanze momentan erbärmlich und wenn das so bleibt, bin ich ohne Attest geliefert. Ich brauche einen Zettel, auf dem steht, dass es nur eine Frage der Zeit ist, bis ich wieder in Form bin. Und das stimmt ja auch! Ich bräuchte nur ein klein wenig mehr Zeit! Bitte, Lucile! Ich verliere sonst meine Anstellung in der Kompanie!«

Denn niemand braucht eine Tänzerin, die Angst davor hat, hochgehoben zu werden ...

Meine Schwester hatte sich meinen emotionalen Ausbruch

schweigend angehört. Ihr Gesicht war dabei die aufmerksame, höfliche Maske einer Ärztin geblieben, die dem Leiden einer hysterischen Patientin lauschte, nicht der ihrer kleinen Schwester. Manchmal glaubte ich, Luciles Herz kannte so etwas wie Schmerz, Aufregung und Angst gar nicht. Stählerne Nerven, Neutralität, *Vernunft.* Das waren ihrer Ansicht nach die Eigenschaften einer echten Ärztin. Nur wer wollte sich schon von einer Maschine behandeln lassen?

»Ich erfinde kein Attest für dich, Charlotte«, sagte sie jetzt bestimmt. »Du bist physisch vollkommen gesund. Für mich sieht es eher so aus, dass du nervlich am Ende bist. Du hältst dem Druck nicht mehr stand.«

»So ein Schwachsinn!«, rief ich verärgert, obwohl ich innerlich hätte heulen können. Warum nur war ich überhaupt erst hergekommen? Es war doch klar gewesen, dass Lucile mir nicht helfen würde. Aber sie war mein letzter Strohhalm.

»Streite es noch eine Weile ab, wenn dir das hilft. Du kannst mich noch einmal besuchen, wenn du wieder zur Vernunft gekommen bist, und dann reden wir weiter«, sagte meine Schwester ungerührt. Sie ging zu einem der Pumpspender an den Wänden und begann sich die Hände zu desinfizieren. »Wenn du mich entschuldigen würdest? Ich muss nach einigen Patienten sehen«, sagte sie und schüttelte kurz ihre Hände zum Trocknen.

Ich war allerdings entschlossen den Kampf noch nicht aufzugeben. Allmählich war ich bereit, *alles* zu tun, um meine Situation zu verbessern. Ich zögerte kurz, dann trat ich näher an Lucile heran und senkte die Stimme.

»Kannst du mir dann nicht irgendwas für die Nerven verschreiben, wenn das deiner Meinung nach mein Problem ist? Es gibt doch bestimmt irgendeine Pille für Leute, die ›unter zu großem Druck stehen‹. Wenigstens das könntest du doch für mich tun?«

Lucile schüttelte unwillig den Kopf.

»Nein, kann ich nicht und jetzt lass mich wieder an die Arbeit. Meine Patienten warten.«

Damit war der Fall für sie erledigt. Meine ältere Schwester wandte sich ab und steuerte eines der Zimmer uns gegenüber an. Einen Augenblick lang fühlte ich mich wieder in meine Kindheit zurückversetzt. Wie oft war ich zu ihr gekommen, in der Hoffnung, sie würde mir helfen? *Lucile, in Brest gibt es einen Wettbewerb für Nachwuchstänzerinnen. Lucile, würdest du noch einmal mit Maman reden? Lucile, bitte, dieses Vortanzen ist wirklich wichtig.* Und in den allermeisten Fällen hatte es so geendet wie gerade eben. Meine Schwester hatte mich am langen Arm verdursten lassen und ich hatte mir geschworen so schnell wie möglich unabhängig von alldem zu werden. Davon, ob Maman mir das Geld für neue Spitzenschuhe gab oder ob Lucile mich zu Wettbewerben fuhr. Jetzt, mit einundzwanzig, hatte ich geglaubt, sie niemals wieder um etwas bitten zu müssen, mir niemals wieder den flehenden Tonfall in meiner Stimme anhören zu müssen, wenn ich ihr hinterherrief:

»Bitte, Lucile! Überleg es dir nochmal!«

Meine Schwester hatte bereits die Tür zum Patientenzimmer geöffnet. Ich folgte ihr auf dem Fuße.

»Lucile!«

»Docteur Laffon, na endlich!«

Ich blieb abrupt stehen. Im Krankenzimmer lag nicht, wie ich erwartete hatte, ein älterer Senior, sondern ein junger Mann. Er hatte dunkle Haut und pechschwarzes, lockiges Haar, das ihm zerzaust vom Kopf abstand. Es verdeckte einen Teil des Pflasters, das quer über seiner Stirn klebte. Zu meiner Überraschung schwang der Kranke direkt seine Beine aus dem Bett, als er uns beide im Türrahmen erblickte.

»Ich dachte schon, Ihr Hospital hat mich vergessen«, sagte er vorwurfsvoll.

»Entschuldigen Sie die Verspätung«, sagte meine Schwester und ging zum Fußende des Bettes. Mit routiniertem Schwung zog sie ein Klemmbrett aus einer Halterung am Gestell und begann in den Unterlagen zu blättern. Über den Rand ihrer Papiere warf sie mir einen strengen Blick zu, den ich sehr gute kannte. Er sagte so viel wie *Gib endlich Ruhe, Charlotte!*

Ich biss die Zähne zusammen, dann ging ich schnurstracks in eine Ecke des Krankenzimmers und ließ mich auf den Besucherstuhl fallen. Diesmal würde ich nicht so schnell Ruhe geben.

»Ich habe schon reingeschaut, Madame. Da steht, dass Sie mich heute immer noch nicht rauslassen«, sagte der junge Mann ungeduldig.

»Dann wird das seinen Grund haben, Monsieur Alfarsi«, erwiderte meine Schwester. »Mit Gehirnerschütterungen ist nicht zu spaßen.«

»Wissen Sie, mit wem noch nicht zu spaßen ist? Mit meiner Kollegin, wenn ich nicht bald wieder auf der Matte stehe.«

»Momentan bin ich als Ärztin Ihre oberste Kontrollinstanz und ich kann der Einschätzung meiner Kollegen nur recht geben. Ein letzter Scan zur Absicherung schadet nicht.«

»Mir geht es aber blendend!«, widersprach der renitente Patient. »Kommen Sie schon, fassen Sie sich ein Herz. Es ist doch Weihnachten!«

»Wir haben den zweiten Dezember«, antwortete Lucile nüchtern.

»Ist es nicht trotzdem die schönste Zeit im Jahr, um einem armen Kerl aus der Station zu entlassen, bevor er sich zu Tode langweilt?«

»Hören Sie, wir bemühen uns hier lediglich um Ihr Wohlergehen. Wenn Sie sich langweilen, schauen Sie fern.«

»Fernsehen«, schnaubte der junge Mann. »Ich muss raus an die frische Luft.«

Ich begann allmählich Mitleid mit ihm zu haben. Der arme Kerl verwandte auch gerade seine gesamte Energie darauf, sich an einer starrköpfigen Lucile abzuarbeiten.

»Lassen Sie ihn doch gehen, Docteuer«, sagte ich halb im Scherz. »Sonst springt er euch noch aus dem Fenster.«

Der junge Mann warf mir einen dankbaren Blick zu.

»Aus einem ähnlichen Grund ist er schon hierhergekommen«, antwortete Lucile und klang allmählich etwas angespannt.

»Habe ich eigentlich schon einmal erwähnt, wie süß Sie aussehen, wenn Sie genervt sind?«, versuchte es jetzt ihr Patient mit einer Charme-Offensive. Er schenkte ihr ein breites Lächeln, das eine Reihe schneeweißer Zähne offenbarte.

»Mit so etwas kommen Sie bei meiner Schwester nicht weit«, klärte ich ihn auf und fügte schnell und ohne nachzudenken hinzu: »Wenn jemand wirklich Hilfe braucht, wird sie zur Eiskönigin.«

Darauf herrschte zwei Sekunden Stille. Der junge Mann warf mir einen verwirrten Blick zu und zog die dunklen Brauen hoch. Ich jedoch sah hinüber zu Lucile. Sie blätterte immer noch in den Unterlagen, doch als sie den Kopf hob, bemerkte ich zu meiner Überraschung ein helles Blitzen in ihren Augen. Ein paar Momente lang sahen wir einander einfach nur an und ich meinte plötzlich nicht mehr der kühlen Ärztin gegenüberzustehen, sondern meiner großen Schwester, die nur genauso dickköpfig war wie ich.

»Wissen Sie was ... verschwinden Sie«, sagte Lucile leise. Sie zog aus ihrem Kittel einen Kugelschreiber hervor, kritzelte etwas auf das Klemmbrett und steckte es so energisch zurück in die Halterung, dass die Metallstangen vibrierten. »Verschwindet um Himmels Willen *beide!*«

Und mit diesen Worten wandte sie sich ab und rauschte an mir vorbei aus dem Zimmer. Ich sprang von meinem Stuhl auf, doch mir war klar, dass ich es verpatzt hatte. Das schlechte Gewissen begann bereits in mir zu arbeiten. Heute Abend würde ich höchstwahrscheinlich meiner Mutter am Telefon Rede und Antwort stehen müssen. Ich hatte es gewagt, mit meiner großen Schwester zu streiten, so etwas *Unvernünftiges.*

»Ich glaube, ich bin gerade dem ersten Menschen auf der Welt begegnet, der es schafft, Docteur Laffon aus der Ruhe zu bringen.«

Meine bitteren Gedanken hatten mich einen Moment lang ganz vergessen lassen, dass ich nicht allein im Zimmer war. Der junge Mann war von der Bettkante aufgestanden und zog in aller Ruhe das weiße Pyjama Oberteil über den Kopf, das er getragen hatte.

»Ich, ähm, bin ihre kleine Schwester«, erwiderte ich und betrachtete mein Gegenüber perplex. Ich hatte als Ballerina so viel Zeit in Umkleiden und mit kaum bekleideten Tänzern auf der Bühne verbracht, dass mich ein nackter Männeroberkörper nicht mehr groß irritierte – trotzdem war ich nicht daran gewöhnt, dass Wildfremde in meiner Gegenwart begannen sich auszuziehen.

»Und? Was wollten Sie im Krankenhaus?«, fragte er, schmiss das Oberteil aufs Bett, ging durchs Zimmer und holte aus einem Schrank gegenüber ein T-Shirt. Auch nachdem er es angezogen hatte, zeichnete sich darunter sein durchtrainierter Körper ab. »Ah, viel besser«, sagte er und streckte sich. Er hatte eine geschmeidige, selbstsichere Art sich zu bewegen, die mir verriet, dass er wohl genauso wenig einen Bürojob ausübte wie ich.

»Tut mir leid, Monsieur, aber das fällt unter Patientengeheimnis«, antwortete ich und verschränkte die Arme. Falls er wirklich glaubte mich mit seinem beiläufigen Striptease aus der Fassung bringen zu können, hatte er sich leider getäuscht.

»Sehr schade, ich mag Geheimnisse«, antwortete meine seltsame neue Bekanntschaft (die jetzt übrigens nur noch in Boxershorts vor dem Schrank stand) und zog eine Jeans aus einer Schublade.

»Geheimnis ist eigentlich nur ein schöneres Wort für Ärger«, stellte ich ungerührt fest.

Der junge Mann trug jetzt wenigstens wieder eine Hose. Mit einem Lächeln kam er auf mich zu, während mir unwillkürlich ein paar Grad wärmer wurde.

»Mein Name ist übrigens Farid«, sagte er und hielt mir die Hand hin. »Und ich *liebe* Ärger.«

»Sehr erfreut, Farid. Du kannst mich Coco nennen«, antwortete ich unerschrocken und nahm die dargebotene Hand. Farids Händedruck war warm und fest – und er sah mir dabei ein Ticken zu lang in die Augen. Ganz so, als wollte er nur sichergehen, dass sie mich wirklich an geschmolzene Schokoladenpralinen erinnerten. Farid gab meine Hand wieder frei und ging zu dem Nachttisch, der neben seinem Bett stand.

»Freut mich jedenfalls dich kennenzulernen, Coco«, sagte er. »Ohne deine Hilfe hätte ich wohl noch eine ganze Weile in diesem grässlichen Zimmer verbracht.«

»Keine Ursache«, antwortete ich, dachte aber mit einem schlechten Gewissen an Lucile. Ich hatte sie nicht verletzen wollen. Ich war in diesem Moment doch einfach nur verzweifelt gewesen. Verzweiflung. Erst hatte ich sie an Dorian ausgelassen und dann an meiner Schwester. So konnte es nicht weitergehen.

»Je eher ich hier rauskomme, desto besser«, erklärte Farid. Er zog eine Reisetasche unter dem Bettgestell hervor und begann seine Habseligkeiten einzupacken. »In meinem Job kann man es sich nicht leisten, auch nur einen Tag länger als nötig auf der faulen Haut zu liegen.«

»In meinem sieht das ähnlich aus«, erwiderte ich düster. Es wurde Zeit, dass ich zurück ins Appartement kam ... Hoffentlich hatte Roxane etwas Cookie-Eis übriggelassen. Am Montag war für mich wieder gemeinsames Training mit der Kompanie und ich wusste beim besten Willen nicht, wie ich Weissmann überstehen sollte. Ich hatte jedenfalls gerade wirklich etwas anderes zu tun, als mit Patienten meiner Schwester zu flirten.

»War wirklich nett dich kennenzulernen, Farid«, sagte ich daher und zog meine Mütze aus der Manteltasche. »Aber ich mache mich jetzt besser mal auf den Heimweg.«

Ich wandte mich ab und steuerte die Tür an.

»Einen Moment noch, Coco!«

Meine Hand verharrte kurz auf der Türklinke, dann drehte ich mich um.

Farid zog etwas aus einer Seitentasche seiner Reisetasche hervor. Er erwiderte meinen Blick, wirkte einen kurzen Moment lang unschlüssig, dann glitt wieder das freche Lächeln auf sein Gesicht.

»Ich schulde dir noch was für deine Hilfe«, sagte er. »Hand auf, Mademoiselle.«

Ich kam Farids Aufforderung nach, trat einen Schritt auf ihn zu und hielt ihm die flach ausgestreckte Hand hin.

»Es wäre aber wirklich nicht nötig.«

»Keine Sorge, es ist nur eine Kleinigkeit.«

Ich sah in Farids Gesicht mit den dunklen Augenbrauen und dem wissenden Lächeln, das um seine Mundwinkel spielte, dann landete etwas Flaches, Kühles in meiner Hand. Ich blickte hinunter. Auf meiner Handfläche lag eine Eintrittskarte. Der Rand sah aus wie der einer Briefmarke und wurde von glitzernden Goldstreifen verziert. In der Mitte war mit schnörkeligen Buchstaben ein Schriftzug eingestanzt. Ich kniff die Augen ein wenig zusammen. Le Cirque d'Hiver stand dort und darunter erkannte ich die schwarze Silhouette eines großen, runden Gebäudes mit einem flachen, spitz zulaufenden Dach. »Ist das eine Einladung?«, fragte ich erstaunt und strich vorsichtig mit den Fingerspitzen über die eingestanzten Buchstaben. »Das ist es. Du siehst für mich aus wie jemand, dem unsere Vorstellung gefallen könnte ...« Farid schob eine Hand in den Nacken und lächelte verschmitzt. »Oder irre ich mich etwa?« Ich schloss meine Finger um das Ticket und blickte ihm geradeheraus in die Augen. »Ich liebe gute Vorstellungen.«

4

Vor der Aufführung ist nach der Aufführung. So lautete die Theater-Devise und das vermutlich schon seit Jahrhunderten. Aber eines sollte man dieser Weisheit vielleicht noch hinzufügen: Vor der Premiere war nicht nach der Premiere. Erst nach der Premiere zeigte sich, ob der Choreograph es mit seiner Fantasie geschafft hatte, einem Stück sowohl ein neues Gewand zu verleihen als auch seinen traditionellen Charme zu wahren. Und es zeigte sich, ob Publikum und Kritiker das genauso sahen und ob von diesem Zeitpunkt an der Saal zu jeder Vorstellung ausverkauft war oder die Leute ausblieben. Vor der Premiere hingen alle diese Dinge noch in der Luft und jetzt gerade war es war unsere Aufgabe, in diesem Vakuum die wohl wichtigste Aufführung der Weihnachtszeit zu formen. Wir trainierten seit zwei Monaten schon für einen der großen Klassiker der Ballettgeschichte. Das Stück, bei dem ich vor einem Jahr den begehrten Part der Zuckerfee getanzt hatte und bei dem ich dieses Jahr gezwungen sein würde zuzusehen, wie eine andere im Kostüm dieser Rolle auf der Bühne stand: Wir tanzten den *Nussknacker*. Mit mir selbst in einer unbedeutenden Nebenrolle und Valentina Sorokin als Zuckerfee. Meiner einstigen Paraderolle.

»Wenn Roxane doch nur die Erstbesetzung wäre«, murmelte ich und schlug mit einem energischen Ruck die Tür meines Spindes zu.

»Hast du etwas gesagt?« Valentina Sorokin drehte sich zu mir um, im Mundwinkel ein paar Haarklammern. Sie war gerade dabei, ihren ohnehin schon akkuraten Dutt zu perfektionieren. In ihrem feinen roten Haar befand sich bereits so viel Fixierspray, dass es in klebrigen Strähnen an ihrem Kopf haftete.

»Nein, nein«, antwortete ich mit einem gezwungenen Lächeln. »Mir geht's glänzend.«

»Die letzten Tage hatte ich da einen ganz anderen Eindruck. Man hört so einiges«, erwiderte Valentina blasiert. Sie war eine der dienstältesten Tänzerinnen der Kompanie und ehrgeizig bis zum Anschlag. Mir fiel fast keine Hauptrolle ein, die sie bisher noch nicht hier getanzt hatte, außer der Zuckerfee und genau diese tanzte sie in der diesjährigen Inszenierung.

»Ach ja?«, sagte ich unwirsch und schnappte mir meine Wasserflasche.

Valentina schenkte mir lediglich ein gelassenes Lächeln und wandte sich wieder dem kleinen Wandspiegel zu.

»Ich hatte da einen netten Plausch mit eurer neuen Mitbewohnerin«, sagte sie und zupfte ein imaginäres Härchen zurecht. »Ist doch seltsam, dass du seit neuestem unter Ausschluss der Öffentlichkeit trainierst.«

Ich wusste ganz genau, was Valentina vorhatte. Sie wollte mich aus der Reserve locken, damit ich endlich zugab, wie sehr die Dinge bei mir im Argen lagen. Das würde sie dann mit Freuden vor der ganzen Kompanie herausposaunen.

»Deine Sorge um meine Angelegenheiten rührt mich sehr, Valentina, aber halte dich doch bitte aus ihnen heraus, ja?«, sagte ich mit zuckersüßem Lächeln. »Und glaub nicht jedes Wort einer dummen Anfängerin.«

Damit ließ ich sie stehen. Wir waren die letzten beiden in der Damenumkleide gewesen. Als ich draußen im Flur stand, atmete ich einmal tief durch. Valentina wollte mich doch nur ärgern. Sie konnte mir nicht wirklich schaden – oder?

Ich wischte den Gedanken schnell beiseite und machte mich auf den Weg zum Trainingssaal. Ich musste dringend ein Wörtchen mit Louise sprechen.

Während ich wieder an der Ahnengalerie berühmter Balletttänzer vorbeilief, kam mir unwillkürlich wieder der gestrige Tag in den Sinn. Die goldene Eintrittskarte, die Farid mir geschenkt hatte, steckte jetzt im Appartement daheim im Rahmen meines Spiegels, vor dem ich mich morgens fertig machte. Eine Eintrittskarte für den Cirque d'Hiver, den Pariser Winterzirkus. Ich war noch unschlüssig, ob ich wirklich Farids Einladung dorthin folgen würde. Ja, ich gab es zu, er hatte etwas an sich, das mich faszinierte. Ich fragte mich, wie Farids Arbeit in der Manege wohl aussah. War er Seiltänzer? Schlangenmensch? Tigerbändiger? Ich musste zugeben, ich wusste nicht viel darüber, wie eine Zirkusvorstellung funktionierte. Ich hatte nie eine besucht. Meine Mutter war für solch kindische Vergnügungen keinesfalls zu haben gewesen und während meiner Zeit in der Akademie hatte ich in meiner, wenn ich frei hatte, selten etwas anderes getan, als Pirouetten zu üben. Ja, ich war neugierig auf Farids Vorstellung, gleichzeitig wollte ich aber nicht den Fokus auf die Dinge verlieren, die wirklich zählten. Die Opéra, meine Karriere ...

»Coco?«

Ich schreckte aus meinen verschlungenen Gedanken hoch und erkannte Dorian, der am Ende der Galerie wartete. Normalerweise ließ mich seine Gegenwart einen kurzen Moment lang meine Anspannung vergessen, doch jetzt stand ich mit einem ziemlich schlechten Gewissen vor ihm.

»Hey«, sagte ich und lächelte nervös. »Wie geht's?«

»Ich hatte schon Angst, du kommst nicht zur Probe«, sagte er.

»Ich wurde in der Umkleide aufgehalten«, antwortete ich. »Wenn Tina noch ein wenig länger an ihren Haaren herumbastelt, verpasst sie noch ihren großen Auftritt.«

»Ach so.« Dorian schwieg einen Augenblick, dann sagte er hastig: »Ich wollte mich für Samstag entschuldigen. Tut mir leid, dass ich einfach davon gerauscht bin. Ich wollte dich eigentlich anrufen, aber dann dachte ich, dass ich lieber ...«

»Dass du es mir lieber heute persönlich sagst?«, antwortete ich mit einem schiefen Lächeln. »Oder wolltest du einen Tag lang ein wenig Ruhe von mir haben?«

»Eine gesunde Mischung aus beidem, fürchte ich«, antwortete Dorian und lächelte.

»Denken wir nicht mehr daran. Ich habe mich genauso dämlich verhalten«, sagte ich, erleichtert, dass er von sich aus das Kriegsbeil begrub. »Aber um kurz das Thema zu wechseln: Wärst du vielleicht so nett, Roxane auf deutliche, aber schonende Weise klarzumachen, dass du kein Interesse an ihr hast? Seit Wochen hängt sie liebeskrank im Appartement herum, plant eure Hochzeit und die Namen eurer zukünftigen Kinder.«

»Roxane steht auf mich?«, fragte Dorian mit echter Überraschung im Gesicht.

»Also entweder lebst du hinter dem Mond oder hast wirklich gar keine Ahnung von Frauen«, seufzte ich. »Darum nochmal: Ja! Sie steht auf dich und sie war gar nicht begeistert mitzubekommen, dass du sie für das Training mit mir versetzt hast.«

»Genau darüber wollte ich eigentlich mit dir reden, Coco«, erwiderte Dorian zögerlich. »Es ist nur ... Es fällt mir so wahnsinnig schwer zuzusehen, wie du dich quälst. Ich hatte am Wochenende viel Zeit, um nachzudenken und ich ... ich glaube, du kannst mir einfach nicht mehr vertrauen. Vielleicht wäre es das Beste, wenn wir nicht mehr zusammen trainieren. Ich glaube, du brauchst einen neuen Partner. Jemanden, der dir Halt gibt, jemanden, bei dem du dich sicher fühlst. Versuch es einmal, von meinem Standpunkt aus zu betrachten. Für mich ist es genauso schmerzhaft, jedes Mal mitzuerleben, wie du in Panik gerätst, wenn ich dich hochhebe. Nach jeder unserer katastrophalen Trainings verliere ich auch immer mehr das Vertrauen in mich. Ich beginne dieselbe Panik zu fühlen, wenn ich eine Tänzerin hochhebe und ... und das darf ich mir nicht leisten. Wenn das so weitergeht, können wir bald beide nicht mehr ...«

»Also lässt du mich jetzt im Stich!«, rutschte es mir heraus. »Erst weigert sich meine eigene Schwester mir zu helfen und jetzt verkündest du, dass du nicht länger mit mir tanzen willst?«, fragte ich fassungslos.

»Du warst bei deiner Schwester?«, fuhr Dorian dazwischen. »Hast du meinen Rat etwa angenommen?«

»Ja, das heißt ... Ist auch egal. Versteh doch, Dorian, es ist nicht wahr, dass ich dir nicht mehr vertraue. In Wahrheit bist du der *Einzige*, dem ich hier wirklich traue. Du bist der Einzige, mit dem ich mir überhaupt vorstellen kann, dieses Desaster zu überwinden. Von dir allein weiß ich, dass du mich nicht Weissmann zum Fraß vorwerfen würdest, um selbst besser dazustehen. *Bitte*, Dorian, bitte sag, dass wir weitermachen!«, flehte ich ihn an.

Wir standen voreinander und ich sah, wie Dorian mit sich kämpfte. Ich wusste, dass er nie etwas tun würde, das mir schaden könnte und doch wollte er mich im Stich lassen. Ich hatte uns an einen Punkt gebracht, an dem wir uns plötzlich entscheiden mussten. Entweder wir retteten unsere Freundschaft – oder unsere Karrieren. »Coco, ich ...«

»Traut ihr beiden euch etwa nicht zu Weissmann?«

Dorian und ich fuhren herum und sahen Valentina, die mit ihrem engelhaften Lächeln auf uns zukam. Sie roch schon aus zwei Metern Entfernung penetrant nach Haarspray und natürlich musste sie genau jetzt im unpassendsten Moment auftauchen.

»Nein, Valentina, wir haben uns nur unterhalten«, sagte ich barsch.

»Ich habe mich lediglich gewundert, dass ihr es so offensichtlich darauf anlegt, zu spät zu kommen«, antwortete sie hochmütig. »Dorian? Ich wäre gerne noch einmal unseren gemeinsamen Part im Stück durchgegangen, während die anderen sich aufwärmen. Die Rolle des Nussknackers ist schließlich eine große Verantwortung.«

»Ich … Ja, ich komme«, sagte Dorian und warf mir einen bittenden Blick zu, der so viel sagte wie *»Lass uns später reden«* und dann … musste ich fassungslos mit ansehen, wie mein bester Freund mit der schlimmsten Zicke der Kompanie davonzog. Ich sah ihnen nach und hätte am liebsten irgendetwas Großes, Zerbrechliches an eine Wand geworfen. Zurzeit wurde ich wirklich vom Pech verfolgt. Jetzt ließ mich auch noch Dorian links liegen! Schnaubend folgte ich ihm und Valentina und schob ebenfalls die Tür zum Übungssaal auf.

Hier hatte sich bereits die ganze Kompanie versammelt. Männer und Frauen im Alter von achtzehn Jahren bis Mitte dreißig. Die meisten standen in Grüppchen beisammen, unterhielten sich oder saßen im Spagat auf dem Boden und dehnten ihre Muskeln. In einer Ecke erkannte ich auch bereits Madame Flegeau, die ihre Noten am Konzertflügel sortierte. Sie lächelte, als sie mich sah, und nickte freundlich mit dem Kopf.

Mein Blick schweifte wieder durch den Raum und blieb bei Roxane hängen, die sich bereits einen Platz an der Stange gesichert hatte. Sie trug ein paar knallrote Kopfhörer und übte Pliés. Langsam ging sie mit nach außen zeigenden Knien in die Hocke, als sie mich erblickte, schoss sie allerdings in die Höhe und winkte mir aufgeregt zu.

»Ist alles okay zwischen dir und Dorian?«, platzte es aus ihr heraus, kaum dass ich an der Stange angekommen war. »Seit wann hängt er denn mehr als nötig mit Valentina herum?«

»Seit er der Meinung ist, dass ich nicht mehr die richtige Trainingspartnerin für ihn bin«, antwortete ich knapp und begann ebenfalls meine Beine zu dehnen.

»Naja … er tanzt doch sowieso mit Tina das Pas de deux der Zuckerfee. Wieso bittest du nicht jemand anderen dein Extra-Training mit dir zu machen? Ich kann Frédéric fragen, wenn du …«

»Lass gut sein«, wehrte ich ab. »Ich kriege das schon hin.«

»Aber wieso haben Dorian und du überhaupt gestritten?«

»Meine Lieben! Willkommen!«

Sämtliche Köpfe im Raum schnellten herum. Im Türrahmen stand der allmächtige Schöpfer, Verwalter und Gestalter unserer Schicksale in der Kompanie. André Lucas Weissmann.

»Es freut mich eine neue Woche der kreativen, harten Arbeit mit euch begrüßen zu dürfen!«, verkündete er und schritt an uns vorbei, bis er an der vorderen Wand mittig vor den Spiegeln stand. »Wie wir alle wissen, steht die große Premiere des *Nussknackers* vor der Tür und das Letzte, das ich in den Zeitungen über uns lesen möchte, ist, wir wären diesem *grandiosen* Klassiker der weihnachtlichen *Romantik* nicht gerecht geworden.« Roxane und ich warfen uns vielsagende Blicke zu. Es war ein offenes Geheimnis, dass Weissmann wesentlich lieber progressive neue Ballette choreographierte als die romantischen *Klassiker,* wie er es so schön betonte.

»Mesdames et Messieurs, an die Stangen, wenn ich bitten darf!«

Das ließ sich keiner zweimal sagen. Wir huschten an unsere Plätze und Weissmann gab Madame Flegeau am Klavier einen Wink.

»Aus der ersten Position!«

Während wir unsere Aufwärmübungen durchgingen, begann der Choreograph wie üblich durch die Reihen zu patrouillieren – ein gefürchteter Moment, denn er konnte für einen als Tänzer sowohl positive als auch unangenehme Überraschungen bedeuten. Bei Weissmann musste man im Grunde mit allem rechnen.

»Etwas tiefer, Mathilde ... Roxane, meine Liebe, habe ich dir eigentlich schon verraten, dass *du* kein Nussknacker bist? Deine Beine brechen nicht, wenn du vernünftig in die Knie gehst. Versuch es ruhig einmal.«

Ja, das war typisch, Weissmann. Wenn er mit seinem berüchtigten Adlerblick durch die Reihen schritt, lobte und kritisierte er mit gleichermaßen spitzer Zunge.

»Valentina, dein Port de Bras macht gerade deinen etwas zu großzügigen Haarspray-Gebrauch wett ...

Dorian, allmählich beginne ich doch zu glauben, dass du einen Funken Talent für unsere Profession besitzt.«

Das war so ziemlich das größte Lob, das man von jemandem wie Weissmann bekommen konnte. Ich sah, dass er jetzt stehen geblieben war und mit verschränkten Armen mich beobachtete. Seine Gestalt konnte einen schon unter normalen Umständen ziemlich nervös machen. Weissmann war Choreograph und ehemaliger Tänzer mit Anfang vierzig. Noch vor zehn Jahren hatte er in den größten Theatern dieser Welt selbst getanzt, bis schließlich ein rheumatisches Fieber in Manila seine Karriere abrupt beendet hatte. Er war schlank, fast schon dürr, und seine kurzen blonden Haare hatten eine so ausgeblichene Farbe, dass man meinen könnte, sie wären die Inspiration für seinen Nachnamen gewesen. Weissmanns dünne Arme waren mit verschlungenen Tätowierungen übersät, die vermutlich nach seiner Karriere auf der Bühne hinzugekommen waren. Ich hatte ja schon mit einem kleinen Ohrpiercing für Furore in der Kompanie gesorgt. Wobei ich immer noch der heimlichen Ansicht war, dass er damals Weissmann überhaupt auf mich aufmerksam gemacht hatte.

Weissmann trat schweigend näher an mich heran und ich meinte fast körperlich seine prüfenden Blicke über meinen ganzen Körper wandern zu spüren. Aber wenn ich eines in meiner Ballett-Ausbildung gelernt hatte, dann ein Poker-Face zu wahren. Ich machte den Hals lang, setzte ein gelassen mildes Lächeln auf und streckte mein Bein für eine formschöne Arabesque.

»Mademoiselle Laffon, es freut mich zu sehen, dass Sie offensichtlich versuchen mich zu beeindrucken«, sagte Weissmann und ging dann weiter zu seinem nächsten Opfer. Ich musste mich zusammennehmen nicht erleichtert auszuatmen. Eine weitere seltsame Eigenart des Choreographen war, dass er mich als Einzige der Truppe mit Nachnamen ansprach. Ob das ein Zeichen der Anerkennung oder der Distanz war, hatte ich nie herausgefunden ...

***

Nachdem wir die Aufwärmübungen hinter uns gebracht hatten, begannen wir mit den Proben für das eigentliche Stück. Im *Nussknacker* tanzten traditionell auch die jüngeren Schüler der Ballettakademie der Pariser Oper mit. Sie würden allerdings erst am Nachmittag dazukommen, da sie vorher noch ihren eigenen Unterricht hatten.

Wir machten nach dem Aufwärmen eine kurze Pause, in der wir die Stangen an den Rand schoben und ich sah Roxane, die sich von Dorian bei dieser schweren Aufgabe »helfen« ließ. Der Kerl konnte anstellen, was er wollte. Roxane würde immer für ihn schwärmen.

»Nun denn!«, rief Weissmann und schnippte mit den Fingern. »Für diejenigen unter Ihnen, deren Gedächtnis schwächelt, gehe ich es noch einmal durch, wo wir stehengeblieben waren. Die junge Clara und ihre Geschwister haben am Weihnachtsabend einen Nussknacker geschenkt bekommen. Clara reist in einem nächtlichen Traum gemeinsam mit dem Nussknacker in ein Zauberland. Dort verwandelt sich das hölzerne Spielzeug in einen Prinzen. Clara und der Prinz besuchen das Schloss der Süßigkeiten, wo die Zuckerfee ein großes Fest für die beiden veranstaltet. Zu diesem Teil kommen wir heute, dem Höhepunkt des Stücks: Die Feier im Schloss und der elegante Walzer, den der ehemalige Nussknacker und die Zuckerfee miteinander tanzen, bevor Clara zu ihrer Familie zurückkehrt.

Es wäre mir sehr recht, wenn ihr die *Magie* dieses Moments nicht in Kitsch ertränken würdet. Ich will *flüssige, grazile* Bewegungen sehen. Leichtigkeit und Energie, meine Lieben, darauf kommt es an! Und nun, bitte! Die Gäste im Süßigkeiten-Schloss in Position!«

Also fand sich der Teil, der die Gäste gab, in der Mitte des Saales ein. Ich hatte mich immer noch nicht daran gewöhnt, zu ihnen gehören. Aber mir war klar, dass ich momentan froh sein konnte, überhaupt noch Teil der Kompanie zu sein ...

»Ach und Roxane?«, sagte Weissmann beiläufig.

Ich sah zu meiner Freundin hinüber, die ganz blass geworden war. Die Hände fest hinter dem Rücken verschränkt, trat sie einen Schritt vor.

»Ja, Monsieur?«

»Du kannst gehen, meine Liebe«, sagte Weissmann und nickte Richtung Tür. »Ich hatte beim Aufwärmen den Eindruck, dass du heute nicht ganz – konzentriert – bist. Sei so gut und beehre uns wieder, wenn du das Gefühl hast, dem Niveau der Opéra Garnier gerecht zu werden.«

Darauf herrschte ein paar Sekunden lang betretene Stille. Eine Welle des Mitleids überkam mich für Roxane, die Weissmann anstarrte, als hätte er ihr soeben befohlen, die Flügel zu spreizen und aus dem Fenster schweben.

»Aber …«, setzte sie an, ihre Stimme nicht mehr als ein Flüstern.

»Aber ja, du kannst jetzt *gehen*«, sagte Weissmann mit einem Nachdruck, der meiner Mitbewohnerin keine andere Wahl ließ, als zu knicksen und den Saal mit hochrotem Kopf zu verlassen.

Es herrschte eine Stimmung, die ich schon oft unter Balletttänzern erlebt hatte. Einerseits Mitgefühl für die gedemütigte Tänzerin, andererseits Erleichterung und ein wenig Stolz darüber, dass es einen nicht selbst erwischt hatte.

»Weissmann in Hochform«, raunte eine der Tänzerinnen ihrer Freundin zu. »Der schafft uns heute noch alle …«

***

Nachdem wir den Ball im Zauberschloss von Zuckerburg bis zur Erschöpfung durchgegangen waren und Weissmann die eine oder andere Tänzerin mit seinen Bemerkungen filetiert hatte (auch ich hatte ein paar üble Spitzen abbekommen), durften wir am Rand des Saals Pause machen. Ich lehnte mich ans Fensterbrett und stürzte das lauwarme Wasser in meiner Flasche hinunter.

»Während unsere Hintergrund-Kulisse zu ihren Wasserquellen eilt, würde ich die Zuckerfee und den Nussknacker bitten, nach vorne zu kommen, um ihr Pas de deux zu tanzen.

Dorian warf mir einen schuldbewussten Blick zu, den ich ausdruckslos erwiderte und fand sich dann zusammen mit Valentina vor Weissmann ein.

»Ich bitte um nicht weniger als eine Vorstellung, für die Tschaikowsky persönlich vom Himmel herabsteigen würde«, erklärte der Choreograph.

»Also nur kein Druck«, murmelte jemand.

»Der Herausforderung sind wir gewachsen«, verkündete Valentina mit einem klebrig süßen Lächeln, das ihrer Rolle mehr als gerecht wurde.

»Das will ich hoffen«, antwortete Weissmann und gab Madame Flegeau einen Wink.

Dorian und Valentina begannen zu tanzen. Ich stellte mich an eines der Fenster und fühlte wie immer eine Mischung aus Bitterkeit und Nostalgie in mir aufsteigen. Ich sah nicht Valentina, sondern mich selbst über den Boden schweben, konnte fast wieder die neidvollen Blicke spüren, die dabei auf einen gerichtet waren. Wie sehr wünschte ich mir wieder gemeinsam mit Dorian im Mittelpunkt zu stehen ... so wie früher. Zum ersten Mal konnte ich wirklich nachvollziehen, wie hart es für Roxane war, wenn sie die Vertrautheit zwischen Dorian und mir mit ansah.

»Angeblich tut sie sich mit den Jétés auch nicht mehr so leicht wie früher«, flüsterte eine helle Stimme mir zu. Überrascht drehte ich mich um. Hinter mir stand Louise, das blonde Haar streng zurückfrisiert und die dunklen Augen erwartungsvoll auf mich gerichtet

»Ach und woher weißt du das?«, zischte ich ärgerlich. »Schleichst du ihr etwa auch nachts hinterher?«

Wahrscheinlich war der Ballettsaal nicht der beste Ort, um diesen Streit auszutragen, doch in mir brodelte es.

»Oder hat sie dir das verraten, als ihr beide über mich hergezogen seid?«

Louise runzelte die Stirn.

»Ich habe überhaupt nicht …«

»Ob es nun Absicht war oder nicht, fall nicht denjenigen in den Rücken, mit denen du dir die Wohnung teilst«, fuhr ich ihr ins Wort. »Sieh zu, dass du Valentina in Zukunft aus dem Weg …«.

In diesem Moment ließ der Aufschrei unsere Köpfe herum schnellen. Die Klaviermusik war verstummt. Valentina Sorokin saß auf dem Boden und hielt sich mit schmerzverzerrtem Gesicht den Knöchel. Dorian kniete mit erschrockenem Blick neben ihr.

»Ich habe … den Halt verloren«, keuchte seine Tanzpartnerin und klammerte sich mit der anderen Hand an Dorian fest.

Weissmann kam auf sie zu und beugte sich zu seiner gestürzten Zuckerfee hinunter.

»Kannst du dich an Dorian festhalten? Wir setzen dich an den Rand – wäre vielleicht jemand so freundlich, ein Kühlpad zu holen?«, rief der Choreograph in die erschrockene Menge und einer der Tänzer machte sich sofort auf den Weg.

Valentina ließ sich von Dorian zu dem Stuhl helfen, auf dem normalerweise Weissmann Platz nahm, wenn er die Proben beobachtete.

»Danke, ich denke, es ist nicht so schlimm. Es war kein harter Sturz«, sagte sie und begann wieder ihren Knöchel zu betasten.

»Valentina ist noch nie ausgerutscht«, raunte Louise neben mir, doch in meinem Magen hatte sich schon von ganz allein ein eiskaltes Gefühl ausgebreitet. Ich argwöhnte, was Valentina mit ihrem angeblichen Sturz bezwecken wollte …

»Ich kann nur hoffen, dass so etwas auf der Bühne nicht vorkommt«, sagte Weissmann in diesem Moment ungnädig.

»Machen Sie sich keine Sorgen«, erwiderte Valentina gelassen. »Wir haben doch eine ideale Zweitbesetzung vor Ort.«

»Die musste ich vorhin aufgrund mangelnder Konzentrationsfähigkeit leider vor die Tür setzen«, sagte Weissmann ungeduldig.

»Aber nein, ich meine unsere Zuckerfee *vom letzten Jahr*«, erwiderte Valentina mit einem Lächeln.

Und damit trat ein, was ich mir vor wenigen Minuten noch so sehnlich gewünscht hatte: Ich stand im Mittelpunkt der gesamten Kompanie ...

5

»Richtig, Mademoiselle Laffon kennt sicher noch vom letzten Jahr ganz genau den Part der Zuckerfee«, sagte Weissmann gedehnt. »Und da unsere Zweitbesetzung Roxane heute leider nicht in Form ist ... Wie sieht die Lage denn aus, Mademoiselle? Würden Sie vielleicht nach vorne kommen und unserem armen Nussknacker aus der Patsche helfen? Wir sehnen uns alle danach, Sie beide endlich wieder beim Pas de deux zu sehen.«

Weissmanns Worte traten ein gespanntes Raunen unter den Tänzern los. Ich war mir sehr wohl der Gerüchte bewusst, die es seit meinem Unfall gab. Dorian und ich beachteten das Flüstern allerdings nicht. Wir sahen uns durch den Raum hinweg einfach nur an und erkannten die Furcht in den Augen des anderen. *Wirst du mich halten, Dorian Barratier? Wirst du mir helfen? Bist du immer noch mein Freund?* Noch vor kurzem wäre ich mir mit meiner Antwort sicher gewesen, aber was sollte ich jetzt nur tun? Mich weigern? Weissmann widersprach man nicht ... Es reichten schon geringere Vergehen, um von ihm vor die Tür gesetzt zu werden, wie Roxane bereits eindrucksvoll demonstriert hatte. Meine Gedanken rasten. Wie kam ich aus dieser Situation nur unbeschadet heraus?

»Also, was ist jetzt?«, durchschnitt Weissmanns Stimme das leise Gemurmel. »Jede Tänzerin in diesem Raum würde bei einer Aufforderung wie dieser sofort die Bühne stürmen. Fühlen Sie sich in der zweiten Reihe etwa wohler, Mademoiselle?«

»Nein«, antwortete ich rasch. »Natürlich nicht, Monsieur. Es war mir immer eine große Ehre, Solotänzerin zu sein ...«

»Sie haben eine seltsame Art, das zu zeigen, Laffon«, sagte Weissmann unwirsch und verschränkte die Arme.

Mein Blick wanderte verzweifelt durch den Raum und landete bei Valentina, die mir ein mildes Lächeln zuwarf. Ihr überlegener Gesichtsausdruck verwandelte die kalte Panik in meinen Inneren schließlich in trotzige Wut. Wenn ich den Gerüchten ein Ende machen wollte, dass ich es als Tänzerin nicht mehr brachte, dann wohl jetzt. Ich musste mich eben zusammenreißen. Irgendwie würde es schon gut gehen.

»Dorian!«, sagte ich und straffte die Schultern. »Können wir?«

Ich ging zu ihm in die Mitte des Saals und reckte das Kinn.

»Würden Sie bitte für die passende Musik sorgen, Monsieur Weissmann?«, sagte ich entschlossen.

»Gerne, Laffon«, antwortete er und gab der Pianistin einen Wink.

Ich warf Dorian einen Blick zu und er ... reichte mir schließlich die Hand.

Gemeinsam begannen wir das Pas de deux der Zuckerfee. Wir schlüpften in unsere Rollen und für einen kurze Zeit lang fühlte ich wieder, wofür ich das Ballett früher so geliebt hatte. Die Möglichkeit, eine andere Figur zu verkörpern, meine Gefühle auszuleben, ohne sprechen zu müssen. Wenn ich meine Pirouetten drehte, auf den Spitzenschuhen über den Boden trippelte, dann war das meine Art mich auszudrücken, ohne dass ich dabei die falschen Worte wählte. Ich vergaß Weissmanns Ehrgeiz, Valentinas Neid oder Roxanes unglückliche Liebe. Ich war in diesem Moment die Zuckerfee und schwebte über allem ... bis wir uns schließlich dem großen Finale näherten. Mein Herzschlag beschleunigte sich, als ich die Melodie erahnte. Gleich, gleich würde es wieder passieren. Ich sog die Luft ein, versuchte das Hämmern in meiner Brust zu ignorieren, als Dorians Hände sich um meine Taille schlossen. Kühle Schweißperlen traten auf meine Stirn, als ich wieder begann, das Ziehen in meinem Rücken zu spüren. Der Druck von Dorians Händen verstärkte sich, ich hielt die Luft an ... doch dann löste mein Tanzpartner den Griff und trat einen Schritt zurück.

»Ich kann nicht«, sagte Dorian in die Musik hinein und ich sah im Spiegel, wie er die Arme vor der Brust verschränkte. »Sie hat Angst, Monsieur Weissmann. Sie bekommt Panikattacken, wenn ich sie hochhebe. Dieser Ort macht Mademoiselle Laffon nur noch krank.«

Mit seinen letzten Worten verstummte auch das Klavier und hinterließ eine dröhnende Stille. Ich starrte Dorian an und versuchte mich davon zu überzeugen, dass das hier gerade wirklich passierte, es nicht einer meiner Albträume war. Meine Kehle schnürte sich zu und ich fühlte die Tränen in mir aufsteigen, die ich so sorgfältig seit jenem Unglückstag zurückhielt.

»Dich etwa nicht?«, sagte ich mit heiserer Stimme, so leise, dass nur Dorian mich verstand.

»Trotzdem vielen Dank für Ihre halbe Vorstellung des großen Finales«, meldete sich Weissmann mit beißendem Sarkasmus zu Wort. Er hatte sich neben Valentina postiert, die noch immer auf seinem Stuhl saß und kam jetzt auf uns zu. Ich schluckte und bereitete mich innerlich darauf vor, noch heute aus der Kompanie verwiesen und im Kreise der gesamten Tänzerriege in den Boden gestampft zu werden. Der Choreograph sah mit zusammengezogenen Augenbrauen zu mir herunter wie ein ergrauter Adler, der seine Beute taxierte.

»Laffon, wir sprechen nach der Probe«, sagte er schließlich. »Dorian, Sie geleiten Valentina zur Garderobe. Nach einem Sturz sollte man sich den restlichen Tag schonen.«

Ich atmete aus, im ersten Moment erleichtert nicht rausgeschmissen worden zu sein. Dorian zog nur den Kopf ein und ging zu der immer noch zufrieden lächelnden Valentina, um ihr aufzuhelfen.

Ich schlich zurück zu Louise und den anderen Tänzern, die einen Halbkreis um uns gebildet hatten. Ich meinte, die vielen Blicke auf meiner Haut kitzeln zu spüren, die mich dabei begleiteten. Mitleid – aber vor allem Erleichterung, nicht in meiner Haut zu stecken ...

»Wir hatten heute einen anstrengenden Tag und ich bin mehr als dankbar, dass Sie alle trotz ein paar Anlaufschwierigkeiten voller Elan bei der Sache waren! Danke auch an unsere jüngeren Gäste, die so fleißig mitgewirkt haben. Ich bin sicher, einige von Ihnen eines Tages auch in der Kompanie über die Bühne scheuchen zu dürfen. Und nun, ab!«, rief Weissmann und klatschte in die Hände. »In die Umkleiden mit Ihnen. Wir sehen uns morgen zur Generalprobe!«

Es gab einen kurzen Applaus und die von Schweiß dampfende, aber glückliche Menge pilgerte einträchtig aus dem Saal.

»Soll ich draußen auf dich warten?«, flüsterte Louise mir zu.

»Nein, nicht nötig«, antwortete ich. Ich sah zu Dorian hinüber, der mir erst einen zögerlichen Blick zuwarf und dann den anderen Tänzern aus dem Raum folgte. Nie, *niemals* hätte ich geglaubt, dass er sich so entscheiden würde.

»Dann sehen wir uns im Appartement.« Louise nickte mir kurz zu, dann verließ auch sie zusammen mit Madame Flegeau als letztes den Saal.

Ich schluckte kurz, dann ging ich hinüber zu Monsieur Weissmann, der auf dem Klavierhocker Platz genommen hatte und gedankenverloren über die weißen Tasten strich.

»Monsieur …«, begann ich.

Weissmann hob nur einen Finger, zum Zeichen, dass ich still sein sollte.

»Sie stecken in Schwierigkeiten.« Es war keine Drohung, eher eine Feststellung.

»Ich …«

»Wie lange ist Ihr Unfall jetzt her?«

»Ungefähr ein Jahr.«

»Und seit wann sind Sie wieder zurück in der Opéra?«

»Seit zwei Monaten erst, als Sie mit den Proben begonnen haben. Nach dem Unfall musste ich längere Zeit im Krankenhaus bleiben und mehrere Operationen am Rücken durchstehen, danach kam die Reha. Ich habe von Neuem zu laufen gelernt. Es war ein harter Kampf, aber es hat sich gelohnt. Ich konnte hierher zurückkehren.«

»Sie wollen mir also wirklich weißmachen, dass jetzt alles wieder beim Alten ist? Woche für Woche bekomme ich einen neuen Zettel, auf dem steht, es ist Ihr Rücken, der Ihnen immer noch keine Hebefiguren erlaubt ... Ich bezweifle allerdings stark, dass es wirklich nur Ihr Rücken ist – und dass Sie meinen besten Solotänzer in die Arme der größten Zicke der Kompanie treiben, nehme ich Ihnen auch ziemlich übel, Charlotte.«

Ich starrte Weissmann an. Wann kam nun der Teil, in dem er mich anblaffte und aus dem Haus schmiss? Ich hatte mich innerlich so sehr darauf eingestellt, dass mich der sachliche Ton, den er anschlug, mehr verwirrte als jede Strafpredigt.

»Ich weiß, Sie und alle anderen Tänzer halten mich für einen zynischen Unmenschen«, sagte Weissmann, als hätte er meine Gedanken gelesen. Er stand auf und begann vor dem langen Spiegel auf- und abzugehen. »Vermutlich bin ich das auch, aber ich habe Achtung für Sie, Laffon. Ich erinnere mich noch genau, wie damals im Theater die Geschichte die Runde machte, Sie würden nach ihrem Sturz nicht mehr laufen können, geschweige denn tanzen ... Trotzdem stehen Sie hier. Wir beide sind Kämpfernaturen. Nichts hat Sie mehr angespornt als die Häme Ihrer Konkurrenten. Ich kenne dieses Gefühl, es hat mich zwar nicht zurück auf die Bühne gebracht, aber immerhin hierher. Ich schätze Ihre Willenskraft und deshalb möchte ich Sie nicht aus der Kompanie verweisen.«

»Ich ... ich weiß nicht, was ich sagen soll«, stammelte ich. Das Letzte, womit ich auf dieser Welt gerechnet hatte, war Verständnis von Weissmann, dem Choreographen, der Tänzerinnen nach ein paar Patzern aus dem Saal warf.

Weissmann war stehen geblieben und sah mich prüfend an.

»Freuen Sie sich nicht zu früh, Laffon«, sagte er. »Ich kann eine

Ballerina, die kein Pas de deux mehr tanzt, nicht in der besten Kompanie des Landes behalten. Sie stehen jetzt an einem Scheideweg. Sie haben es bereits geschafft, ihre physischen Grenzen auszuloten und sich aus dem Krankenhaus wieder hierher gekämpft. Nun stellt sich die Frage, ob Sie es auch schaffen, ihre mentalen Fesseln zu überwinden. Ich will Ihnen eine Chance geben, es zu beweisen ...«

»Das ...«, erwiderte ich, ohne überhaupt zu wissen, was genau ich sagen wollte.

»Sie werden am Nachmittag des vierundzwanzigsten Dezembers anstelle von Valentina Sorokin die Weihnachtsvorstellung des *Nussknackers* tanzen, Mademoiselle Laffon. Das gesamte Stück, auch das Pas de deux. Wenn Sie das schaffen, behalte ich Sie hier.« Weissmann verschränkte die Arme und sah mich auffordernd an. »Bis zur Aufführung am 24.12 haben Sie absolute Narrenfreiheit. Sie können zu den Proben diesen Monat kommen, müssen aber nicht, auch an den vorherigen Aufführungen müssen Sie nicht teilnehmen, wenn Sie es nicht wünschen. Bereiten Sie sich für den vierundzwanzigsten Dezember vor, wie auch immer Sie wollen. Sie haben ja die Rolle im letzten Jahr ansonsten ausgezeichnet beherrscht. Besprechen Sie sich mit Ihrem Partner oder auch nicht, das überlasse ich ganz Ihnen. Ich rate Ihnen nur Ihre Zeit sinnvoll zu nutzen und mich nicht zu enttäuschen.« Er wandte sich ruckartig mit dem Kinn in Richtung Tür. »Und nun gehen Sie.«

Ich nickte. Wie in Trance griff ich nach Weissmanns Hand, knickste kurz und verließ dann den Saal.

***

»Was hat er gesagt? Musst du etwa gehen?«

Einen Moment glaubte ich, Louise hätte meinen Wunsch ignoriert und doch auf mich gewartet, aber es war Dorian, der voller Sorge auf mich zutrat. All die Anspannung, die sich während meines Gesprächs mit dem Choreographen aufgestaut hatte, brach sich bei seinem Anblick plötzlich Bahn.

»Nein, muss ich nicht«, fuhr ich ihn an. »Und das habe ich ganz sicher nicht dir zu verdanken.«

»Coco, bitte, reg dich nicht auf. Ich will doch nur das Beste für dich ...«

»Das Beste für mich? Du glaubst, jetzt, wo du erkannt hast, dass ich es als Tänzerin nicht mehr schaffen werde, hängst du dich lieber an Valentina! Gibt es ruhig zu«, rief ich aufgebracht. »Und ich dachte, wir wären Freunde, Dorian!«

»Ich will doch nur nicht, dass du dich quälst, Coco!«, entgegnete er. Mit blitzenden Augen baute er sich vor mir auf. »Ich will nicht, dass das Ballett dich zerstört. Ich habe Angst, dass du dich an deiner eigenen Leidenschaft verbrennst. Sonst endest du als genauso eine seltsame, eigenbrötlerische Gestalt wie Weissmann. Du hast dich aus dem Rollstuhl wieder auf die Beine gekämpft, Coco. Reicht dir *ein* Wunder denn nicht? Wieso zwingst du dich zurück auf die Bühne, wenn du nicht mehr dorthin gehörst? Warum riskierst du diesmal endgültig alles zu verlieren? Was, wenn dein Rücken einen weiteren Sturz nicht verkraftet?«

Ich schluckte. Dorians Worte rüttelten in meinem Inneren und ich merkte, wie dort langsam eine erschreckende Erkenntnis Gestalt annahm. Distanz. Ich hatte nie wirklich begriffen, welche Distanz der Unfall zwischen uns beide gebracht hatte und dass er Dorian genauso verändert hatte wie mich.

»Wenn du das Ballett wirklich so liebst wie ich, kannst du dir selbst beantworten, warum ich noch kämpfe«, sagte ich leise. »Weissmann hat mich vor ein Ultimatum gestellt, entweder ich tanze zur Weihnachtsvorstellung das Pas de deux oder das war es – und du solltest dir bis dahin überlegen, auf wessen Seite du stehst.«

Damit ließ ich den sprachlosen Dorian stehen und ging zurück zu den Umkleiden, vorbei an der Galerie berühmter Tänzerinnen und Tänzer der Opéra. Sie schwebten für immer im schwarzweißen Raum ihrer Fotos, losgelöst von allem und ich konnte nicht anders als sie dafür von Herzen zu beneiden.

6

»Stimmt es, was Louise erzählt hat? Bist du jetzt wirklich draußen! Er *kann* dich nicht rausschmeißen! Wag es ja nicht, mich hier alleinzulassen! Soll ich versuchen nochmal mit Weissmann zu reden? Ich könnte Unterschriften sammeln! Hauptsache, du gehst nicht …«

»Calme-toi, Roxane«, würgte ich den Wortschwall meiner Mitbewohnerin ab. »Er hat mich nicht rausgeschmissen, okay?«

»Er hat dich *nicht* rausgeschmissen?«, wiederholte Roxane perplex.

»Nein«, antwortete ich nachdrücklich.

»Mon Dieu! Ich dachte echt, das war es für dich!«, rief Roxane und stürmte zum Kühlschrank unseres Appartements. »Also das muss gefeiert werden!« Roxane hatte bereits das Kühlfach geöffnet und mich beschlich das Gefühl, dass sie primär nach einer Ausrede suchte, sich mal wieder eine große Portion von ihrem neuerdings geliebten Cookie-Eis einzuverleiben.

»Weissmann verlangt allerdings etwas von mir«, sagte ich vorsichtig.

»Was denn?«

»Ich soll in der Weihnachtsaufführung die Zuckerfee tanzen …«

Roxane runzelte die Stirn.

»Mich scheint er nur im allergrößten Notfall auf die Bühne schicken zu wollen«, sagte sie mit verletztem Unterton.

»Keine Sorge, du bekommst deinen Auftritt«, antwortete ich. »Ich habe nämlich keine Ahnung, wie ich das schaffen soll …«

»Also stimmt es doch, was Louise, Valentina und alle anderen sagen?«, fragte Roxane mit ihrem Eisbecher im Arm. »Du hast Angst seit dem Unfall? Du kannst niemandem mehr vertrauen und du brauchst Hilfe?«

Ich schluckte.

»Ja«, gestand ich schließlich. »Ich kann nicht mehr Pas de deux tanzen, ohne an den Sturz zu denken … Verdammt, ich kann nicht mal mehr *träumen,* ohne daran zu denken!«

»Ach, Coco«, seufzte Roxane. »Warum hast du mir nie etwas gesagt?«

Ich war erleichtert, in ihrer Stimme keinen Vorwurf zu hören.

»Kann ich denn irgendetwas tun, um dir zu helfen?«, fragte sie ernst.

»Nein«, antwortete ich. »Im Moment habe ich leider nicht mal selbst eine Ahnung, was ich als nächstes tun werde.«

»Verflucht, ich bin nur froh, dass es Tina nicht mit ihrem miesen Trick geschafft hat, dich in die Pfanne zu hauen!«, sagte Roxane, während sie bereits begann, die ersten Löffel Eis zu verdrücken. »Gut, dass ich nicht dabei war, ich hätte ihr wahrscheinlich den Hals umgedreht.«

»Dorian hat es ihr wahrscheinlich nicht übelgenommen«, sagte ich bitter.

»Ich bin mir sicher, er wollte dir nie etwas Böses, Coco«, erwiderte Roxane beschwichtigend. »Für mich klingt es so, als hätte er sich einfach Sorgen um dich gemacht und wusste keine andere Lösung.«

»Keine andere Lösung«, schnaubte ich. »Du kannst ihn ja von mir aus weiter anhimmeln, Roxane, aber ich bin mir nicht so sicher, ob ich ihm so schnell verzeihen kann. Ich verstehe ihn einfach nicht mehr.«

»In jeder Freundschaft gibt es diesen Moment«, sagte Roxane seltsam nachdenklich.

»Hm«, machte ich. »Du kannst meinen Verbleib in der Kompanie noch gerne mit deinem ausgewogenen Abendessen feiern, Colibri, aber ich ziehe mich kurz zurück, okay? Ich brauche ein wenig Zeit zum Nachdenken.«

»Ja, klar, das verstehe ich«, sagte Roxane sofort. »Und ich brauche dieses Eis, um vorübergehend zu vergessen, dass mich Weissmann für eine Vollkatastrophe hält.«

»Er hat ja keine Ahnung«, erwiderte ich mit einem schiefen Lächeln, dann ging ich in mein Zimmer.

Mit einem tiefen Seufzer ließ ich auf mein ungemachtes Bett fallen. Mein Blick wanderte durch den Raum, von der Glastür, die auf einen winzigen Balkon hinausführte, zu den vielen Bildern an den Wänden, die mich in verschiedenen Tütüs zeigten. Zahlreiche Schleifchen und Pokale lagen verstaubt auf einem Regalbrett darunter. Ich hatte die Trophäen angehäuft und sorgfältig nebeneinander drapiert für jeden Moment des Selbstzweifels, der einen so oft im Ballett überkam. Die vielen Tage, in denen man sich nicht mehr sicher war, wirklich in diese Welt zu gehören. Die dunklen Tage, in denen ein Teil von mir den Worten meiner Mutter nachgeben wollte, lieber etwas *Vernünftiges* mit meinem Leben anzustellen.

In diesem Moment hörte ich mein Handy in meiner Tasche vibrieren. Ich riss sofort den Reißverschluss auf und schnappte mir mein Smartphone. Vielleicht war es ja … Nein, es war keine Nachricht von Dorian, der unseren Streit begraben wollte.

»Lucile hat geschrieben, dir geht es nicht gut. Melde dich!«

Konnte diese Frau Gedanken lesen? Die Nachricht war so typisch für meine Mutter. Ihre Bitten klangen immer wie ein Befehl. Es hieß einfach nur *»Melde dich!«*, nicht *»Ich mache mir Sorgen um dich«* oder *»Wie fühlst du dich, Liebes?«*. Himmel, selbst Roxane nannte mich öfter *chérie*, als Maman es tat. Nun, wenn heute schon der Tag der unangenehmen Gespräche war … Ich wählte in meinem Handy den Kontakt meiner Mutter und ließ es durchklingeln.

Es dauerte exakt drei Sekunden, bis sie abnahm.

»Charlotte?«

»C'est moi, Maman. Wie geht es dir?«

»Du klingst nicht wirklich interessiert daran«, stellte sie fest.

»Hast *du* mich nicht gebeten anzurufen?«, antwortete ich gereizt und begann, in meinem Zimmer Kreise zu laufen.

»Sei doch nicht gleich eingeschnappt. Lucile meinte, du warst bei ihr im Krankenhaus?«

»Jaja, mein Rücken, du weißt schon«, sagte ich. Roxane konnte ich vielleicht von meinen Dämonen erzählen, aber ganz bestimmt nicht meiner Mutter. Sie würde es nur als Munition dazu verwenden, mich davon zu überzeugen, dass ich mich mit dem Tanzen übernommen hatte.

»Lucile hat da etwas anderes erzählt. Sie meinte, du wärst ziemlich ausfällig geworden.«

»Ja, das ... das tut mir auch leid, aber bei mir ist alles in Ordnung, Maman, okay? Ich bin hier nur gerade etwas ... im Stress.«

»Wenn du meinst«, sagte sie mit beleidigtem Unterton. »Was ich eigentlich fragen wollte, kommst du zu Weihnachten nach Hause?«

Innerlich stöhnte ich auf. Es gab nichts Schlimmeres als die steifen Weihnachtsfeste bei uns daheim. Diese eine Gelegenheit im Jahr, bei der mein Vater und meine Mutter Zeit in einem Raum verbrachten und die Stimmung eisiger war als jeder Schneesturm draußen. Ich hatte diese Abende in den letzten Jahren nur mit einer exorbitanten Menge Glühwein überstanden.

»Tut mir leid, Maman«, sagte ich daher. »Ich habe an Weihnachten ...«

»Deine Familie hat wohl überhaupt keine Priorität mehr für dich?«, fragte Maman vorwurfsvoll. »Lucile hat sich extra freigenommen. Ich verstehe nicht, warum du also ...«

»Ich kann mir nicht freinehmen!«, rief ich entnervt. Immer wurde mir die ewig perfekte Lucile vorgehalten. »Ich habe an Weihnachten eine Aufführung, Maman!«

Darauf herrschte einige Sekunden Stille, in der ich meinen aufgeregten Atem im Lautsprecher des Telefons hören konnte.

»Na schön«, sagte meine Mutter knapp. »Schön, dann kommen wir diese Weihnachten eben zu dir.«

Mir fiel fast das Smartphone aus der Hand.

»Bitte?«, fragte ich entgeistert.

»Dein Vater hat ohnehin angekündigt, dass er dieses Jahr lieber mit seiner neuen Freundin feiern will. Lucile und ich sehen uns dieses Tanz-Stück von dir an und dann verbringen wir gemeinsam Weihnachten in Paris«, sagte meine Mutter in einem Ton, der keinen Widerspruch duldete.

»Aber du hasst Paris!«, hielt ich dagegen.

»Und ich liebe meine Töchter«, erwiderte Maman bissig.

»Ich ...«, sagte ich leicht verzweifelt. »Willst du wirklich ...?«

»Du besorgst uns Karten?«

»Könnt ihr nicht ...?«

»Schön, dann hätten wir das geklärt. Melde dich die Tage mal wieder. Lucile ruft fast jede Woche an. À bientôt, Charlotte! Und trainier fleißig.«

»À bientôt Maman«, antwortete ich resigniert, doch meine Mutter hatte bereits aufgelegt.

Ich steckte mein Handy in die Hosentasche und sah in den kleinen Spiegel, vor dem ich stehengeblieben war.

»Charlotte Laffon, du steckst *wirklich* in Schwierigkeiten«, erklärte ich meinem niedergeschlagenen Selbst.

Jetzt kam tatsächlich auch noch meine Mutter nach Paris. Sie besuchte sonst nie meine Aufführungen. Wie oft hatte ich mir früher gewünscht, sie würde mich einmal in der Opéra sehen. Ich hatte immer gehofft, sie würde dann vielleicht verstehen, wieso ich diesen Ort so sehr liebte – und jetzt, ausgerechnet *jetzt* kündigte sie ihren Besuch an! Ich schnaubte frustriert. Nicht dass ich mich nicht schon genug wegen der Weihnachtsaufführung unter Druck gesetzt hätte. Ich wusste nicht einmal, mit wem ich überhaupt trainieren sollte. Dorian war schließlich zu dem Schluss gekommen, dass ich seiner Karriere schadete. Ich seufzte leise und in diesem Moment blieb mein Blick an der kleinen goldenen Eintrittskarte hängen, die im Rahmen meines Spiegels steckte. *»Du siehst aus wie jemand, dem unsere Vorstellung gefallen könnte«*, schossen mir die Worte durch den Kopf. Es war eine verrückte Idee. Aber besser als gar keine ...

***

Der Cirque d'Hiver lag jenseits des rechten Seine-Ufers. Es war ein zirkuszeltförmiger Bau aus hellgelbem Stein mit einer hellgrauen Kuppel. Korinthische Säulen rahmten die Eckpunkte der Mauer ein. Den Eingang bildete ein breites Holzportal, das ebenfalls aussah, als hätte es schon Generationen von Besuchern Einlass gewährt. Links und rechts davon thronten dunkelgrüne Reiterstandbilder auf zwei Vorsprüngen. Es waren ein Mann und eine Frau in Tuniken, die Arme in kriegerischen Posen erhoben. Auch die weißen Fresken an den Wänden zeigten Menschen auf Pferden, ebenso wie Akrobaten, die mit Bällen jonglierten, Purzelbäume und Räder schlugen. Ein Gewimmel, das wohl das Geschehen in der Manege darstellen sollte. Ich konnte mir Farid an einem Ort wie diesem sehr gut vorstellen.

Ich blickte auf mein Handy hinunter, das mich brav hierher navigiert hatte. Es war noch früh am Morgen, Vorstellungen waren immer erst abends angesetzt. Ich hoffte trotzdem, Farid anzutreffen – vorausgesetzt, man ließ mich überhaupt hinein, vorausgesetzt Farid erinnerte sich überhaupt noch an mich.

Ich hauchte nervös in meine Hände und mein Atem stieg in kleinen Wölkchen auf. Der Winter in Paris konnte ganz schön ungemütlich werden. Durch die Seine machte sich ab Dezember eine feuchte Kälte breit, die sich erst milder wurde, wenn die ersten Schneeflocken vom Himmel tanzten. Dann war es zwar immer noch kalt, aber wenigstens romantisch kalt.

Ich stand bestimmt schon seit fünf Minuten einfach nur vor den Zirkus-Toren, verlagerte mein Gewicht von einem Bein auf das andere und versuchte mich davon zu überzeugen, nicht völlig übergeschnappt zu sein. Ich suchte gerade einen Wildfremden auf, den ich im Krankenhaus kennengelernt hatte, mit dem Ziel, ihn um einen nicht ganz kleinen Gefallen zu bitten. Wenn das mal gut ging ... Schließlich fasste ich mir endlich ein Herz und ging auf das Gebäude zu. Was hatte ich jetzt noch groß zu verlieren? Wie erwartet, waren die Eingangstüren verschlossen und es gab nicht einmal eine Klingel oder Ähnliches. Ich umrundete weiter den Zirkus und entdeckte ein Kassenhäuschen, bei dem die Holzrollos heruntergelassen waren, ebenso wie eine weitere schmale Tür. Ein Schild klebte daran »Nur für Künstler«. Das war ich zwar, aber leider an einem anderen Ort.

Was hast du eigentlich erwartet?, schalt ich mich. *Dass du hier einfach auftauchst und plötzlich ...*

»Suchen Sie etwas, Mademoiselle?«

Eine Hand tippte auf meine Schulter und ich drehte mich erstaunt um.

Vor mir stand eine junge Frau mit rabenschwarzen Haaren und asiatischen Gesichtszügen. Sie war ungefähr so groß wie ich, ihr Blick aufmerksam, aber zurückhaltend.

»Allerdings«, sagte ich nervös.

»Sie sind ein wenig früh dran für eine Vorstellung«, sagte die Frau.

»Ich bin nicht hier, weil ich ... ich wollte keine Vorstellung, sondern jemanden besuchen.«

»Jemanden besuchen?«, antwortete sie überrascht und musterte mich misstrauisch. »Wen?«

Ich schob meine Hand in die Tasche meines Mantels und zog die goldene Eintrittskarte hervor.

»Sein Name ist Farid«, sagte ich und zeigte sie ihr.

Meine neue Bekanntschaft nahm mir das Billet aus der Hand und musterte es, als wäre sie immer noch nicht sicher, ob ich vielleicht eine Hochstaplerin oder Einbrecherin war.

»Sie müssen verstehen, dass wir normalerweise keine Privatleute hinter die Kulissen lassen«, sagte sie.

»Natürlich, aber könnten Sie nicht vielleicht trotzdem eine Ausnahme machen? Es ist wirklich dringend.«

Anscheinend war mein Blick bei diesen Worten einigermaßen verzweifelt, denn die junge Frau nickte schließlich und steckte meine Karte ein.

»Na schön«, sagte sie. »Dann wollen wir mal sehen, was Farid zu der Sache sagt. Mein Name ist übrigens Mariku.« Mariku schulterte ihre Umhängetasche und bedeutete mir mit einem Nicken ihr zu folgen. Wir gingen zu dem kleinen Seiteneingang, wo meine geheimnisvolle Begleitung einen Schlüsselbund aus ihrer Tasche zog und uns beiden aufschloss. Wir traten in einen spärlich erleuchteten Gang.

»Woher kennen Sie denn Farid?«, fragte Mariku, während wir den Gang entlangliefen.

»Wir sind uns im Krankenhaus begegnet.«

»Oh ja, der Arme hat zurzeit eine Menge Pech. Gehen wir in die Manege, wenn er heute trainiert, wird er dort sein.«

»Was meinen Sie denn mit Pech?«, hakte ich nach, doch in diesem Moment schob Mariku eine weitere Tür auf und vor uns tat sich plötzlich das Herz des Winterzirkus auf.

Rot, das war die Farbe, die hier vorherrschte, die kleine Mauer, die die runde Manege eingrenzte, war rot. Auch die Zuschauertribüne, die kreisförmig in die Höhe ging, bestand aus roten mit Samt bespannten Sitzen. Ebenso wie die Wände und der Vorhang mit den Goldborten, der den Eingang markierte. Leben hauchten aber nicht die kräftigen Farben dem Zirkus ein, sondern die Menschen, die darin probten.

In der Manege herrschte ein unübersichtliches Getümmel, wie es Weissmann wohl nie in seinen Proben geduldet hätte. Ich sah Bälle durch die Luft fliegen, Bänder umherflattern, Artisten im Handstand stehen oder eine Pyramide aus Menschen bilden. Der Anblick war einigermaßen überwältigend. Abgerundet wurde er von dem Duft von Zuckerwatte und Sägespäne. Ich hörte Lachen, Rufe, Gemurmel, doch nirgends in der Menge konnte ich Farid entdecken.

»Kommst du?«

Mariku kletterte zielstrebig über die kleine Mauer und landete auf der kreisrunden, mit Sägespänen bestreute Fläche, ich sah zu, dass ich hinterherkam.

Wir blieben beide am Rand des Geschehens stehen und ich ließ meinen Blick wieder suchend über die probende Menge schweifen. Nein, ich konnte meine Krankenhaus-Bekanntschaft nirgends entdecken. Enttäuscht kniff ich die Augen zusammen. War ich etwa umsonst hergekommen?

»Ich glaube, du suchst am falschen Ort.« Mariku stupste mich in die Seite.

»Wie?«, fragte ich verwirrt.

Zum ersten Mal sah ich die Asiatin lächeln, dann nickte sie mit dem Kinn Richtung Decke.

Ich sah in die hohe Kuppel der Manege und meine Augen fanden Farid, der sich von einer kleinen schmalen Plattform in die Tiefe stürzte. Seine Hände umklammerten dabei fest eine schmale Holzstange, die mit zwei Drahtseilen an der Decke befestigt waren. Farid rauschte mit einer atemberaubenden Geschwindigkeit an den gläsernen Kronleuchtern vorbei. Seine Bewegungen hatten eine Leichtigkeit und Eleganz, als bräuchte er gar keine Seile, die ihn der Luft hielten. Mir wurde allerdings allein schon vom Zusehen schwindelig.

»Farid ist Trapezkünstler?«, flüsterte ich mit trockenem Mund.

»Das wusstest du nicht?«, fragte Mariku überrascht und drehte sich zu mir um.

»Naja, ich dachte natürlich schon, dass er Akrobat ist«, murmelte ich, legte den Kopf in den Nacken und sah dabei zu, wie Farid durch schwindelerregende Höhen flog. Er schwang nach vorne, wechselte am höchsten Punkt die Griffhand und schwang wieder zurück. Dann sah ich eine Frau auf einer kleinen Plattform gegenüber in der Höhe stehen. Sie hatte die Hände weit von sich ausgestreckt und schien auf ihren Einsatz zu warten. Als Farid ein zweites Mal nach vorne schwang, sprang sie unerschrocken von ihrem Absatz herunter, mit ausgestreckten Händen ihm entgegen. Innerhalb von Sekunden ahnte ich, dass der Trick nicht gelingen würde. Wenn Balletttänzer ein Gefühl für etwas hatten, dann für den richtigen Einsatz. Die Frau war zu früh gesprungen. Ihre und Farids Fingerspitzen verfehlten sich zwar nur um Zentimeter, dennoch verfehlten sie sich und die Artistin rauschte vorbei in ein breites Netz, das unter ihnen beiden aufgespannt war.

Mariku neben mir stöhnte auf.

»Die beiden waren auch schon mal besser in Form.«

Das schwarze Netz zitterte heftig wie das einer Spinne, das eine Beute eingefangen hatte. Die Frau hatte sich allerdings wieder aufgerappelt. Sie hielt sich an den Maschen des Netzes fest und kletterte an den Rand, wo eine Strickleiter hinunter in die Manege hing. Auch Farid war auf eine der Plattformen gelandet und kletterte an einer Strickleiter zurück gen Erdboden.

»Wenigstens kommt er jetzt runter, dann könnt ihr zwei miteinander sprechen«, sagte Mariku und steuerte zielstrebig auf Farid und seine Partnerin zu, die bereits heftig miteinander diskutierten.

»Es reicht mir mit dir, Farid Alfarsi! Du bist ein hirnloser Idiot, der denkt ihm liegt die Welt zu Füßen! Und ich habe ernsthaft versucht aus *dir* einen Profi zu machen!«, wehten die Worte zu uns hinüber.

»Meiner Meinung nach bist du gerade diejenige, die sich unprofessionell benimmt. Ich hab dir doch zugerufen, dass du noch einen Schwung abwarten sollst …«

»Ach, halt doch den Mund! Das hast du mit Absicht gemacht! Du wolltest dich rächen, gib es zu!«

Unsicher blieb ich einige Meter entfernt von den beiden stehen. Mir behagte die Vorstellung überhaupt nicht, mich in Farids Streit mit seiner Partnerin einzumischen.

»Ja, der Kerl hat ein gewisses Talent dafür, sich in Schwierigkeiten zu bringen«, stellte Mariku neben mir fest, die mein Zögern bemerkt hatte.

»Er mag zwar genial in der Manege sein, aber die ewige Streiterei mit Isabell bricht ihm noch das Genick. Eigentlich kann er sich dieses Tauziehen nicht leisten, schließlich hat er es nur ihr zu verdanken, dass er überhaupt hier ist. Einen wie ihn hätte Monsieur le Directeur unter normalen Umständen nie eingestellt. Ich habe keine Ahnung, was du von Farid willst, Kleine, aber ich an deiner Stelle, würde eure Beziehung möglichst kurz und … professionell halten.«

»Was soll das heißen, einen wie Farid …?«

Doch Mariku nickte mir nur mit einem vielsagenden Blick zu, ließ mich mit den beiden Streithähnen allein und war schon wieder in der bunten Menge probender Artisten untergetaucht. Ich schlich unterdessen näher an Farid heran.

»In Wahrheit legst *du* es doch zurzeit darauf an, mich vor den anderen wie einen Idioten dastehen zu lassen!«, zischte er jetzt.

»Du hast sie ja wohl nicht mehr alle! Jetzt schiebst du mir die Schuld für deine Unfähigkeit in die Schuhe? Vergiss es, das muss ich mir nicht länger antun.«

Farids Kontrahentin wirbelte herum und stürmte an mir vorbei, dass zu beiden Seiten Sägespäne aufstoben. Ich sah gerade noch eine Mähne blondes Haar vorbeiwehen, dann drehte ich mich wieder zu Farid um. Der starrte mich mit einem Ausdruck an, der deutlich verriet, dass er mich in dieser Umgebung überhaupt nicht einordnen konnte. Ich wiederum konnte nicht umhin zu bemerken, dass er lediglich eine lockere schwarze Hose trug – und seine Bauchmuskeln selbst auf eine Profi-Tänzerin Eindruck machten. Sein dunkel gelocktes Haar hatte Farid zu einem kurzen Zopf zusammengebunden, aus dem mehrere Strähnen bereits ausgebüxt waren. Seine Wangen waren noch immer von dem hitzigen Streit gerötet.

»Hallo«, sagte ich in Ermangelung eines originelleren Eisbrechers.

»Mademoiselle«, sagte Farid und runzelte die Stirn. »Kann ich Ihnen helfen ...?« Er stockte kurz, dann hellte sein Gesicht sich auf. »Coco! Das war doch dein Name, richtig? Die kleine Schwester der Ärztin!«

»Genau, das bin ich«, sagte ich erleichtert.

»Was machst du hier?«, fragte Farid und ein verschmitztes Lächeln trat auf sein Gesicht. »Ich hätte ja nicht gedacht, dass du gleich auf eine *Privatvorstellung* aus bist.«

Ich zog die Augenbrauen hoch. Farid schien sich für unwiderstehlich zu halten.

»Das ist eine komplizierte und wahrscheinlich auch ziemlich verrückte Geschichte«, begann ich unbehaglich. »Weißt du noch, wie du mal gesagt hast, du liebst Geheimnisse?«

»Und daran hat sich bis heute nichts geändert«, erklärte Farid und legte leicht den Kopf schief. »Aber, wenn es sich wirklich um ein Geheimnis handelt, sollten wir es lieber an einem etwas – privateren – Ort besprechen.«

»Was meinst du ...?«

Farid nahm kurzentschlossen meine Hand und steuerte zielstrebig auf die fragile Strickleiter zu, die in die Manege hinunter hing. Er wollte doch nicht wirklich ...

»Da oben haben wir unsere Ruhe. Zirkusleute sind nämlich unglaublich neugierig, musst du wissen.«

Ich sah mit mulmigem Blick in das Halbdunkel der Kuppel, dann blickte ich wieder zu Farid, der sich bereits die Leiter hoch hangelte. Er neigte wahrhaftig zu Übersprungshandlungen.

»Kommst du, chérie?«, rief er hinunter.

»Mein Name ist Coco!«, gab ich zurück. Ich schluckte kurz, dann schlüpfte ich aus meinem Wintermantel. Ich hängte ihn an der untersten Stufe der Leiter auf und folgte Farid. Die schmalen Holzstäbe gaben zwar Halt, doch die Seile waren wirklich sehr dünn und schwangen mit jeder meiner Bewegungen hin und her. Ab einem gewissen Punkt verbot ich mir, nach unten zu sehen und konzentrierte mich nur darauf, dieselben gleichförmigen Bewegungen solange auszuführen, bis ich das Ende der Leiter erreicht hatte.

»Du machst das gut! Komm schon, du hast es fast geschafft«, ermutigte mich Farid und streckt mir kurz darauf seine kräftigen Hände entgegen. Sie zogen mich hoch auf eine der kleinen Metallplattformen und Farid und ich standen uns jetzt beinahe Nasenspitze an Nasenspitze gegenüber. Ich konnte seine Wärme nahe an meinem Körper spüren und hoffte wiederum, dass er nicht spürte, wie mein Herzschlag sich in seiner Nähe beschleunigte.

»Meiner Meinung nach der beste Platz für Geheimnisse«, sagte Farid und löste den Bann. Er wandte sich ab und setzte sich an den Rand der Plattform. Zögerlich setzte ich mich neben ihn, noch immer berührten sich unsere Schultern. Nur abzurücken hätte bedeutet das Fangnetz unter uns auszuprobieren.

»Also, Coco«, begann Farid von Neuem. »Wie kann ich dir helfen?«

»Ich war …«, sagte ich zögerlich. »Ich *bin* Tänzerin, aber vor einem Jahr bin ich gestürzt und seitdem … ich glaube, seitdem geht irgendetwas schief in meinem Kopf. Ich vertraue einfach niemandem mehr. Ich kann nicht mehr wirklich mit einem Partner tanzen.«

»Verstehe«, sagte Farid und die Sachlichkeit seines Tonfalls tat mir überraschend gut. »Und wo komme ich da ins Spiel?«

»Ich ... ich dachte, vielleicht könnte ich in einer völlig neuen Umgebung mit einem völlig neuen Partner neu anfangen. Es geht nicht darum, Pliés, Arabaseque oder Tendues zu üben, es geht um viel mehr als das. Ich muss lernen mich wieder ohne Angst zu bewegen – und das würde ich am liebsten mit jemandem als Partner, der mit Ballett überhaupt nichts am Hut hat. Ich wusste nur nicht, dass du dich ausschließlich durch die Lüfte bewegst«, fügte ich mulmig hinzu und ließ meinen Blick über die riesige Manege schweifen, woraufhin prompt eine leichte Welle von Übelkeit in mir hochkam.

Ich sah rasch zurück zu Farid, der mich die ganze Zeit über von der Seite beobachtet hatte.

»Ich muss zugeben, ich bin beeindruckt, dass du einen Zirkusartisten um diesen Gefallen zu bittest«, sagte er mit einem schiefen Lächeln. »Normalerweise halten sich Ballerinas für etwas Besseres, weil sie in großen Theatern, auf ›richtigen‹ Bühnen auftreten. Aber nehmen wir mal an, ich würde deiner Bitte nachgeben. Lässt du dich dann wirklich darauf ein? Würdest du mir wirklich freie Hand lassen? Denn, ja, ich glaube, ich kann dir helfen, Coco – aber ich kann es nur auf meine Weise.«

Farid sah mich mit diesem Blick an, der mir das Gefühl gab, wir wären schon längst keine Fremden mehr. Diese Wärme, die in seinen Augen funkelte, war so anders als Dorians ruhige, manchmal spöttische Art. Vielleicht würde es ja wirklich funktionieren, vielleicht war dies wirklich der richtige Ort für einen Neuanfang, aber dann schossen mir wieder Marikus warnende Worte durch den Kopf ... Ich holte tief Luft:

»Gut, ich bin einverstanden, Farid, aber dann lass uns lieber hier und jetzt eine Vereinbarung schließen«, sagte ich entschlossen. »Wir spielen das hier zwar nach deinen Regeln, aber wir halten es von Anfang bis zum Ende auf einer vollkommen – professionellen – Ebene.«

»Professionellen Ebene?«, wiederholte Farid mit einem spöttischen Unterton. »Wurden dir etwa schon bei deinem ersten Besuch hier ein paar abenteuerliche Geschichten über mich erzählt?« Er drehte sich zu mir und seine Hand streifte wie zufällig die meine. Ich fühlte, wie meine Wangen zu kribbeln begannen.

»Und wenn es so wäre?«, fragte ich leise.

»Dann waren Sie wenigstens gewarnt, Mademoiselle«, sagte Farid mit funkelnden Augen. »Ich finde, wir sollten uns heute Abend wiedersehen ...«

7

»Bist du des Wahnsinns, Coco? Spät dran bei der Generalprobe und das bei Weissmann? Ich glaube, du verspürst eine ausgesprochene Sehnsucht danach, aus dem Stück gestrichen zu werden. Zwölf Uhr mittags ist doch wirklich machbar.«

»Halt mir keine Vorträge, Roxane«, antwortete ich ungeduldig. Mit fliegenden Fingern drehte ich meine Haare zu einem unordentlichen Dutt, während ich meiner Freundin hinterher stürmte. Ich hatte dem Taxifahrer ein fürstliches Trinkgeld versprechen müssen, um es noch rechtzeitig zur Opéra zu schaffen. »Ich war heute Vormittag beschäftigt, das hat sich etwas gezogen.«

»Das kannst du unserem geliebten Choreographen ja gerne persönlich erzählen, interessiert ihn sicher brennend. Beeil dich jetzt! Die allermeisten sind schon in der Maske.«

Wir schlitterten um eine Ecke und ich stieß die Tür zu einem Raum auf, in dem es nach Puder, Schweiß und getrocknetem Haargel roch.

Dort standen lange Tisch, davor hohe Spiegel, die von hellen Glühbirnen ausgeleuchtet wurden. Ein Teil der Tänzerinnen beugte sich gerade davor und tupften mit einem Pinsel ihre Stirn ab, andere saßen mit geschlossenen Augen auf Stühlen, während Maskenbildnerinnen um sie herum huschten und Rouge auf ihre Wangen stäubten. Die meisten wirkten auf den ersten Blick gnadenlos überschminkt, aber tatsächlich sah für das Publikum diese dicke Schicht Make-Up von Weitem ganz natürlich aus.

»Wo sind denn unsere Stars?«, fragte ich Roxane und sah mich um.

»Valentina und Dorian haben ihre eigenen Garderoben«, antwortete sie und rollte mit den Augen.

»Ich hatte gehofft, wenigstens Dorian lässt sich nochmal beim Fußvolk blicken«, sagte ich, bissiger als gewollt.

Ich ließ meine Tasche in eine Ecke fallen und schon stürmte eine der Visagistinnen auf mich zu.

»Bei euch muss ja noch alles gemacht werden«, stöhnte sie und gestikulierte mich zu einem der Stühle. Roxane nahm daneben Platz und bekam ebenfalls ihr Make-Up verpasst. Ich schloss die Augen und spürte nur noch das feine Piksen der Pinselborsten auf meiner Haut und die Fingerspitzen der Visagistin, die immer wieder etwas ausbesserten.

»Ich dachte echt, du kommst gar nicht mehr«, hörte ich Roxanes Stimme. »Valentina hat schon den Verdacht – oder vielleicht eher die Hoffnung – geäußert, du bist jetzt völlig durchgedreht.«

»Darauf kann sie lange warten«, schnaubte ich. »Das Gegenteil ist sogar der Fall. Ich war auf der Suche nach einer Lösung für mein … Problem.«

»Klingt ja sehr geheimnisvoll.«

Und das sollte es lieber noch ein wenig bleiben. Ich hatte ja bereits erlebt, was passierte, wenn an einem Ort wie diesem persönliche Informationen durchsickerten. Nichts gegen Roxane, aber ich konnte mir in diesem Fall nicht mal das kleinste Missgeschick erlauben. Es stand zu viel auf dem Spiel. Besser sie wusste nichts von der Handynummer, die seit heute Morgen in meinem Telefon eingespeichert war.

»Ich bin einfach auf der Suche nach einem Weg, meine Angst zu überwinden«, sagte ich daher ausweichend.

»Den suche ich auch«, seufzte Roxane. »Ich weiß, Dorian und du seid momentan zerstritten, aber … ich kann trotzdem einfach nicht aufhören an ihn zu denken, verstehst du? Ich wünschte nur, ich könnte nochmal den Mut zusammenkratzen, ihn zu fragen, ob …«

»Du willst allen Ernstes immer noch Dorian daten?«, fragte ich dazwischen. »Ich dachte, du bist auf meiner Seite? Und mal ganz davon abgesehen, merkst du mittlerweile nicht von selbst, dass er einfach nicht auf dich steht? Tut mir wirklich leid, Roxane, aber du solltest dir Dorian endlich aus dem Kopf schlagen.«

»Wow, danke für die ehrlichen Worte«, sagte Roxane mit einem zutiefst beleidigten Unterton. »Und was soll denn dieser Quatsch mit den Seiten? Wir sind doch nicht im Krieg. Du nimmst Dorians Aktion viel zu persönlich, Coco. Er wollte dir doch nur helfen – und du hast, glaube ich, einfach nur Angst davor, ihn teilen zu müssen, darum versuchst du auch permanent mich zu entmutigen. Damit fährst du übrigens genau dieselbe Strategie, die du Dorian vorwirfst.«

Mir blieb einen Moment in meinem Stuhl die Spucke weg.

»Ich soll Angst davor haben, Dorian *teilen* zu müssen? Was für ein Blödsinn!«, wiederholte ich mit zusammengekniffenen Augen. Allmählich reichte es mir wirklich, ständig musste ich mir von wechselnden Leuten die absurdesten Vorwürfe gefallen lassen. Dass meine Familie keine Priorität mehr hatte, dass ich nicht mehr auf die Bühne gehörte und jetzt, dass ich Besitzansprüche auf Dorian erhob.

»Coco ...«

»Lass mich jetzt bitte mal was klarstellen, Roxane!«, sagte ich fest. »Denkst du wirklich, ich habe keinen sinnvollen Grund dafür, auf dich seit Ewigkeiten einzureden wie auf einen dickköpfigen, liebeskranken Esel?«

»Coco, du ...«

»Der einzige Grund, warum du bei Dorian niemals landen wirst, ist *nicht*, dass ich dir keine traumhafte Romanze gönnen würde, Roxane. Der einzige Grund ist vielmehr, dass mein ehemaliger Tanzpartner nicht auf Frauen steht! Ich hatte ja gehofft, du würdest irgendwann selbst draufkommen, aber sei es drum. Ich bin es jedenfalls leid, in der Sache die Böse zu spielen. Ich hoffe, du begreifst jetzt endlich, warum ich dir nie eine hilfreiche Stütze für deine Flirt-Versuche war.«

»Und das sagst du mir jetzt?!«

Ich atmete tief aus und fühlte, dass meine Wangen während meines Ausbruchs ganz heiß geworden waren. Im selben Moment wünschte ich mir, ich hätte mein Temperament nicht schon wieder überhand gewinnen lassen. Dorian war nach allem, was passiert war, doch trotzdem mein Freund. Ich seufzte und öffnete die Augen.

»Tut mir leid, Roxane«, sagte ich und wandte mich ihr zu. Meine Freundin war kreidebleich. Schuldbewusst rang ich die Hände. »Ich hätte nicht gleich so ruppig werden dürfen und bitte, erzähl niemandem weiter, was ich gerade gesagt habe. Dorian wollte ...«

»Diese Neuigkeit lieber für sich behalten?«

Mein Herz setzte einen halben Schlag aus. Mein Kopf allerdings ratterte weiter und wünschte sich nichts sehnlicher, als sich die dunkle, verletzte Stimme nur eingebildet zu haben. Ich wandte mich langsam um und blickte in die abweisenden Augen von Dorian Barratier.

»Ich wollte eigentlich mit dir reden und unseren dämlichen Streit begraben, Coco«, sagte er und verschränkte die Arme. »Ich hatte mir tatsächlich eingeredet, dir würde der gestrige Tag genauso leidtun wie mir.«

»Dorian!«, rief ich und sprang so schnell auf, dass die Maskenbildnerin neben Roxane eilig zur Seite auswich.

Aber Dorian hatte sich schon umgedreht und war aus dem Raum gestürmt.

»Warum hast du denn nichts gesagt?«, fragte ich verzweifelt Roxane. Die hatte sich allerdings von mir abgewandt. Ihre Schultern bebten.

»Als ob du jemals auf mich ...«

Den Rest des Satzes hörte ich nicht mehr, denn ich lief Dorian hinterher. Im Gang prallte ich direkt in einen Haufen zwölfjähriger

›petit rats‹, die sich aufgeregt schnatternd einen Weg zur Bühne suchten. Dorian ragte dazwischen auf wie ein verirrter Riese.

»Dorian, warte!«, rief ich und bahnte mir einen Weg durch die aufgekratzten Ballettschüler.

Ich erwischte ihn an einem Ärmel und bekam ihn so dazu, einen Moment stehen zu bleiben.

»Bitte, lass uns kurz reden!«, flehte ich über den Lärm hinweg.

Dorian musterte mich mit finsterem Blick. Genau in diesem Moment knackte es in den Lautsprechern, die im Gang angebracht waren.

»Mesdames et Messieurs, diejenigen, die in der Maske fertig sind, begeben sich bitte auf die Bühne! Die Kostüme werden erst nach dem Aufwärmen angelegt«, schallte Weissmanns Stimme gebieterisch über uns hinweg.

»Dorian!«, rief ich, doch er wandte sich ab und ließ mich mit den kleinen Ballettschülern stehen.

Einigermaßen verzweifelt ließ ich mich vom Strom der »petits rats« zur Bühne tragen, wo sich bereits einige erwachsene Tänzer versammelt hatten.

Die Kulisse wurde im Hintergrund immer noch aufgebaut und die Bühnenarbeiter schoben Teile des Wohnzimmers, in dem Clara mit ihrer Familie Weihnachten feierte, hin und her. Mehrere Techniker waren gerade damit beschäftigt, einen riesigen Weihnachtsbaum auf die Bühne zu bringen. Weissmann stand zwischen alldem wie der Kapitän eines sturmumtosten Schiffs.

»Die roten Kugeln können warten!«, rief er gerade. Als er auf uns Tänzer aufmerksam wurde, wedelte er unwirsch mit der Hand. »Aufwärmen, bitte!«

In die Mitte der Bühne hatte man ein paar Stangen geschoben, die man nach Belieben wieder aus dem Weg rollen konnte. Ich sicherte mir einen Platz weiter hinten und begann mechanisch meine Beine zu dehnen. Nach und nach stieß auch der Rest der Kompanie dazu und das Aufwärmen begann. Ich hielt die ganze Zeit über mit gestrecktem Hals Ausschau nach Dorian. Schließlich entdeckte ich ihn vorne in der ersten Reihe.

»Laffon, haben Sie etwas verloren?«, peitschte Weissmanns Stimme durch die Reihen, während wir ins Plié gingen.

»Nein, Monsieur«, erwiderte ich rasch.

»Dann machen Sie statt einer Giraffe bitte wieder eine Balletttänzerin nach.«

Einige kicherten. Ich versuchte mir nichts anmerken zu lassen und mich wieder auf die Übungen zu konzentrieren.

»Ich denke, das sollte der Sicherheit Ihrer Gelenke genügen«, verkündete Weissmann eine halbe Stunde später. »Es wird ohnehin allerhöchste Zeit, dass wir ...«

Wir erfuhren nicht, wofür es höchste Zeit wurde, da sich in genau diesem Moment der riesige Weihnachtsbaum aus seiner Verankerung löste und nach vorne kippte. Mit einem klatschenden Geräusch landete er auf der Bühne und ein Dutzend Tänzerinnen stob kreischend zur Seite.

»Wie schön daran erinnert zu werden, wozu Generalproben gut sind!« Sämtliche Köpfe drehten sich zurück zu Weissmann, der mit angesäuertem Gesichtsausdruck an den aufgewühlten Tänzerinnen vorbeieilte.

»Es sieht so aus, als bräuchten wir noch einmal die Leute von der Technik hier!«, verkündete er. »Und meine geliebte Kompanie sieht zu, dass sie von der Bühne runterkommt, während wir das Chaos zu beseitigen! Allez! Ab mit Ihnen!«

Das ließen sich die meisten nicht zweimal sagen. Ich stürmte nach vorne zu Dorian und stellte mich ihm in den Weg, während sich links und rechts die Kompaniemitglieder vorbeidrängten. Mein ehemaliger Tanzpartner sah mich mit abweisendem Gesichtsausdruck an.

»Dorian! Lass uns kurz reden«, flehte ich. »Bitte!«

Erst dachte ich, Dorian würde mich wieder stehen lassen, doch zu meiner großen Erleichterung nickte er. Zielstrebig verließ er die Bühne, während ich ihm folgte. Wir gingen den Gang hinunter, dann öffnete Dorian eine der Türen. Ich wusste sofort, wo wir uns befanden, als ich eintrat. Hatte es in der Maske nach Puder und Lippenstift gerochen, so spürte ich hier vor allem Staub in der Nase kitzeln und bemerkte sofort den Geruch von altem Stoff. Lange halbdunkle Regalreihen erstreckten sich ins Innere des Raumes. Überall standen Schneiderpuppen, in den Ecken stapelten sich Kartons, aus denen Stoffreste quollen.

»Es tut mir leid, Dorian!«, platzte es sofort aus mir heraus. »Ich hätte das nicht ... Ich weiß, eigentlich gibt es keine Entschuldigung.

»Ich verstehe dich nicht mehr, Coco«, sagte er. »Hast du jetzt schon so einen Groll auf mich entwickelt?«

»Nein! Es war nur ...«

»Du weißt ganz genau, aus was für einer Familie ich komme! Meine Eltern haben sich schon schwer damit getan, dass ihr einziger Sohn Ballett tanzt – sowas ›Unmännliches‹ aber auch – und liegen mir seit Ewigkeiten schon damit in den Ohren, dass ich keine Freundin mit nach Hause bringe.«

»Ich weiß«, sagte ich unbehaglich. »Aber was bringt es denn, sich ewig zu verstecken?«

»Darum geht es doch überhaupt nicht! Ich habe deine Geheimnisse gewahrt, in dem Glauben, dass du dasselbe für mich tun würdest.«

»Mir war gar nicht klar, dass du das so siehst«, erwiderte ich bitter. »Oder hast du nicht gestern auch beschlossen, meine Geheimnisse vor allen preiszugeben?«

Dorian schwieg. Wir sahen uns beide an und ich spürte Verzweiflung in mir aufsteigen. Was hatte sich nur auf einmal verändert? Warum verletzten wir uns nur noch bei jedem unserer Versuche, aufeinander zuzugehen?

»Wenn das der Weg ist, den du gehen willst, Coco, von mir aus«, sagte Dorian. Sein Gesicht war zu einer Maske erstarrt, die nicht länger verriet, ob er die Gleichgültigkeit seiner Worte wirklich fühlte. »Wenn du lieber Verbitterung wählst, meinetwegen tu es, aber dir sollte klar sein, dass ich diese letzte Aufführung am Weihnachtstag nicht mit dir tanzen werde.«

Seine Worte durchbohrten mich mit einer Wucht, die mich im ersten Moment nach Luft schnappen ließ. Meine Glieder erstarrten, während mein Herz zu rasen begann.

»Dorian, bitte ...«, flüsterte ich.

»Ich habe das Vertrauen in dich verloren, Coco. Genauso wie du es vor einem Jahr in mich verloren hast. Ich weiß einfach nicht mehr, wer du bist. Finde es heraus oder tanz in den Abgrund. Mit mir brauchst du dabei jedenfalls nicht mehr zu rechnen.«

Dorian wandte sich ab und ließ mich allein im Kostümfundus stehen. Ich wollte ihm nachlaufen, ihn zurückrufen, aber ich bekam in diesem Moment keine Luft mehr. Mein Hals schnürte sich zu und es begann wieder: Dieses Kribbeln in meinem Rücken, das taube Gefühl in meinen Beinen ... Scheiße, bekam ich etwa jetzt schon außerhalb der Bühne Panikattacken? Ich atmete hektisch ein und aus. Der Raum um mich begann zu verschwimmen und ich hielt mich krampfhaft an einem der Regalbretter fest. *Warte einfach,* redete ich mir gut zu, *warte einfach, es geht vorbei.* Ich zitterte jetzt jedoch so stark, dass ich mich nicht mehr auf den Beinen halten konnte. Ich ließ mich auf den kalten Boden sinken. Hinter meiner Stirn hämmerte es und ich meinte wieder helles, heißes Scheinwerferlicht auf mich herunterstrahlen zu spüren. Ich vergrub den Kopf zwischen den Knien, in der Hoffnung, Zuflucht in der Dunkelheit zu finden, während Erinnerungen auf mich einprasselten. Sirenen, laute Stimmen. Ich drückte meine Knie fest gegen meine Schläfen. Wieder brach eine neue Welle der Panik über mich herein. Ich wollte aufspringen, weglaufen, doch meine

Beine waren taub, während der stechende Schmerz wieder meinen Rücken hinabwanderte ...

Ich konnte nicht sagen, wie lange ich so in meiner dunklen Ecke verharrte. Es war schließlich ein merkwürdiges Geräusch, das mich aus meiner Starre riss. Ein Klirren, als hätte jemand einen metallenen Gegenstand fallengelassen. Ich zuckte zusammen und meine Finger gruben sich fest in meine Knie. Gleichzeitig wurde mir bewusster denn je, dass ich nicht länger hierbleiben durfte. Wenn mich jemand fand ... Die Geschichte würde sich wie ein Lauffeuer verbreiten. Ich streckte die Hand aus und hielt mich am Regal hinter mir fest, dann zog ich mich langsam hoch, testete mein Gleichgewicht aus und gewann das Vertrauen in meine Beine zurück.

Wie eine Hundertjährige tastete ich mich vorsichtig an den Regalen vorbei. Ich bog um eine Ecke und landete in einem helleren Bereich. In den geöffneten Kartons entdeckte ich die Kostüme für die anstehende Aufführung. Einige lagen auf Schneidertischen, abgesteckt mit silbernen Nadeln. Ich kniete mich neben einen der Kartons auf dem Boden und strich über den goldbestickten Ärmel einer Jacke. Gleichzeitig begann eine erschreckende Erkenntnis zu mir durchzusickern:

Das war das erste Mal gewesen, dass mich ein Panikanfall nicht auf der Bühne überfallen hatte. Hieß das, es wurde es schlimmer? Würde ich endgültig die Kontrolle verlieren? Ich runzelte die Stirn, als etwas anderes meine Aufmerksamkeit erregte. Auf dem Boden waren überall winzige rosa Glasperlen verstreut. Ein seltsames Gefühl stieg bei ihrem Anblick in mir hoch. Ich hob eine von ihnen auf und rollte sie zwischen den Fingern. Meine Hand schloss sich um die Perle und ich folgte der hauchfeinen Spur, die zu einem Paravent führte. Hinter dem durchsichtigen Stoff zeichnete sich der Umriss einer Schneiderpuppe ab. Mein Mund wurde trocken. Eines der ersten Gespräche, das ich damals nach meinem Sturz im Dämmerzustand im Krankenhaus mitbekommen hatte, trat mir in Erinnerung.

Die Perlen auf Ihrem Kostüm waren nicht richtig angenäht. Vorsichtig schob ich mit der Fußspitze den Paravent zur Seite. *Ihr Partner ist weggerutscht, als er sie halten sollte.*

Unter meinen Füßen knirschte es, als ich auf die Glasperlen trat, die auf dem ganzen Boden verstreut lagen. Ich hob den Blick und erkannte an der Schneiderpuppe die Überreste dessen, was einmal das Kostüm der Zuckerfee gewesen war. Ein hauchfeines rosa goldenes tailliertes Kostüm, das jetzt nur noch in Fetzen vom Stoffleib der Puppe herabhing. Zerschnitten und voller loser Fäden. Die schimmernden Perlen an den Ärmeln abgerissen. Ich starrte dieses Bild blinder Zerstörungswut an, unfähig zu begreifen, dass jemand zu solch einem Akt fähig sein sollte. All die Arbeit und Liebe, die in diesem Gewand einmal gesteckt hatten, zunichte gemacht mit ein paar brutalen Scherenschnitten. Dann fiel mein Blick auf die breite silberne Schere, die jemand achtlos nach vollzogener Tat fallengelassen hatte, ich erinnert das klirrende Geräusch von eben … Wie in Trance hob ich sie auf.

»Sie müssen es *unbedingt* noch einmal enger machen!« Valentinas Stimme wehte durch den Raum wie eine eiskalte Brise. Plötzlich hörte ich die Schritte mehrerer Personen hinter den Regalen. Entsetzt wandte ich mich um.

»Ihre Zuckerfee letztes Jahr hatte doch *wesentlich* breitere Hüften als ich.«

Ich hätte vielleicht noch weglaufen können oder mir eine gute Erklärung dafür einfallen lassen, warum ich mit erschrockener Miene im Schneiderfundus stand, mutterseelenallein vor Valentina Sorokins zerschnittenem Kostüm. In der einen Hand eine kleine rosa Glasperle, in der anderen einen Grund, mich aus der Opéra zu werfen.

8

Es gab bestimmte Situationen, in denen lagen einem bestimmte Sätze ganz automatisch auf der Zunge – obwohl man fast ebenso bestimmt wusste, dass sie nichts bewirken würden. Man benutzte sie daher als Platzhalter, um Zeit zu gewinnen. Zeit, in der man nach Worten fischen konnte, die einem *wirklich* aus der Patsche halfen.

Ich jedenfalls tat weder das eine noch das andere. Ich wählte in dieser Situation einen ganz anderen Weg. Vorsichtig legte ich die silberglänzende Schere auf den Tisch neben der Schneiderpuppe, streckte die Handfläche aus und sagte entschieden:

»Es ist genau das, wonach es aussieht, Valentina – jemand hat dein Kostüm zerschnitten.«

Valentina und die Schneiderin starrten mich völlig entgeistert an, während ich im Hintergrund hörte, wie die Tür aufging und weitere Personen in den Raum strömten. Anscheinend standen für einige andere Tänzer ebenfalls Kostümproben auf dem Programm.

»Jemand hat dein Kostüm zerschnitten«, wiederholte ich noch einmal, als eine Gruppe Halbwüchsiger um die Ecke kam. »Jemand. Aber nicht ich.«

Ich wählte mit meinen Worten die Flucht nach vorne. Valentina unterdessen war aus ihrer Schock-Starre erwacht.

»Jetzt ist sie völlig übergeschnappt«, stellte sie durch zusammengebissene Zähne fest.

Die Schneiderin neben ihr beachtete ihre Worte hingegen kaum. Wie eine Schlafwandlerin ging sie langsam auf das völlig zerfetzte Kostüm zu und strich mit den Fingerspitzen über die ausgefransten Stoffkanten. Sie war diejenige, die mir in diesem Moment wirklich leidtat. Hinter Valentina hatte sich währenddessen ein Knäuel Ballettschüler gebildet, der völlig perplex dastand, unschlüssig, was diese Szene zu bedeuten hatte. Valentina öffnete mit blitzenden Augen den Mund, doch ich kam ihr zuvor.

»Du hast völlig Recht. Wir müssen es Weissmann sagen! Offensichtlich läuft jemand im Kostümfundus mit einer Schere Amok. Wenn du dich vielleicht um die Kleinen kümmern würdest? Ich gehe unseren Choreographen suchen.«

Mit diesen Worten ließe ich die aufgebrachte Valentina mit den Ballettschülern allein, die kaum, dass ich zu Ende gesprochen hatte, in aufgeregtes Tuscheln ausbrachen und die Zuckerfee in spe mit Fragen löcherten. Ich drängte mich mit wild klopfendem Herzen an ihnen vorbei und verließ die Garderobe.

In den Gängen herrschte das typische Gewimmel vor Generalproben. Eine bunte Mischung aus Künstlern, Technikern, Maskenbildnern, Assistenten und deren Assistenten lief durcheinander. Eine Anweisung folgte der nächsten, während die eine oder andere Nachfrage dazwischen schoss. Ich hielt Ausschau nach Roxane, konnte sie aber nirgends entdecken. Kurzentschlossen hielt ich einen der Bühnentechniker am Ärmel fest.

»Wo ist Weissmann?«, fragte ich den gestressten Mann im T-Shirt.

»Wo wohl? Auf der Bühne«, antwortete der mürrisch und stürmte weiter.

»Danke auch«, murmelte ich und machte mich auf den Weg Richtung Bühneneingang.

Ich hörte die ersten Klänge des *Nussknackers,* als ich mich der Bühne näherte. Es steigerte nur noch meine Nervosität. Lieber würde ich hier und jetzt ein komplettes Solo vor tausend Zuschauern aufführen, als Weissmann von Valentinas Kostüm zu erzählen. Ich konnte nur hoffen, dass er mir glauben würde. Aber warum sollte ich auch so etwas tun? Meine Karriere zu retten war mir momentan wesentlich wichtiger als meine Abneigung gegen Valentina. Das musste Weissmann doch klar sein. Ich hatte kein Motiv! Wesentlich wichtiger als ihn von meiner Unschuld zu überzeugen war jetzt, dass er mir half diesen Feldzug gegen mich zu beenden und den wahren Täter zu finden. Wenn in der Ballettwelt erstmal die Geschichte die Runde machte, ich wäre eine zerstörungswütige, karrieregeile Irre, würde ich keine Engagements mehr bekommen – völlig egal ob mit oder ohne Panikattacken.

Ich stand jetzt am Rand der Bühne und hatte durch einen breiten Spalt freien Blick auf die Kulisse. Dort waren einige Arbeiter mit dem riesigen Weihnachtsbaum beschäftigt, der zwar wieder aufrecht stand, aber noch eine unheilvolle Schlagseite nach rechts aufwies. Einige Balletttänzer standen auf der Bühne und betrachteten die mehr oder weniger erfolgreichen Bemühungen.

»Wenn sie diesen verdammten Baum nicht bald richtig aufstellen, führen wir das Stück morgen mit einer Topfpalme auf.«

Ich zuckte zusammen. Neben mir war plötzlich Weissmann aufgetaucht. Seine mit Tätowierungen übersäten Arme hatte er vor der Brust verschränkt.

»Schön, dass Sie auch hier sind, um dem Spektakel beizuwohnen, Mademoiselle Laffon. Ich hoffe, wir schaffen es heute noch, die Probe fortzusetzen«, sagte er ungeduldig. »Wenn es eins gibt, das ich hasse, dann sind es diese unnötigen Verzögerungen! Als ob es vor einer Aufführung nicht genügend Probleme gibt.«

Ich schluckte schwer.

»Ich fürchte, ich muss Ihnen von einem weiteren berichten, Monsieur.«

»Quoi?«, fragte Weissmann unwirsch, der immer noch mit Argusaugen den schwankenden Baum betrachtete.

»Jemand hat Valentinas Kostüm zerschnitten – und alles deutet darauf hin, dass ich es war.«

Weissmann wandte sich abrupt zu mir um und sah mich über

seine Adlernase hinweg scharf an. Einen Moment fixierte er mich einfach nur mit zusammengezogenen Augenbrauen, dann sagte er:

»Haben Sie denn etwas anderes erwartet?«

»Wie bitte?«, antwortete ich perplex.

»Laffon, ich bitte Sie. Wie lange sind Sie schon beim Ballett? Sie sind sicher nicht die erste Tänzerin, die man versucht aus einer Kompanie zu drängen.«

»Das heißt, Sie halten mich für unschuldig«, erwiderte ich erleichtert. »Könnten Sie dann nicht …?«

Weissmann schnalzte ungeduldig mit der Zunge.

»Könnte *ich* nicht? Das ist Ihr Kampf, Mademoiselle, nicht meiner. Ja, jemand spielt Ihnen offensichtlich übel mit, aber das ist jetzt erst einmal *Ihr* Problem, wenn Sie die Direktheit erlauben. In diesem Haus geht es nicht nur darum, wer von Ihnen sich zur elegantesten Arabesque verbiegt. Es geht auch darum, wer sich gegen Attacken dieser Art zur Wehr setzen kann. Ich habe Ihnen die Chance eingeräumt, es wieder auf die Bühne zu schaffen, Laffon. Den Weg dorthin müssen Sie sich allein ebnen. Wenn Sie also wirklich diese letzte Aufführung am Heiligen Abend nachmittags tanzen wollen, dann klären Sie die Angelegenheit. Beschaffen Sie einen angemessenen Ersatz für das ruinierte Kostüm oder Sie überreden Valentina, nackt zu tanzen – das wäre der Aufreger des Jahres, sämtliche Kritiker würden … egal. Entweder Sie präsentieren mir bis morgen eine akzeptable Lösung oder Sie suchen sich eine neue Anstellung. Wenn Sie mich jetzt entschuldigen würden? Ich habe nicht nur bei Tänzern eine Schlagseite zu korrigieren.« Weissmann nickte Richtung Baum. »Und ich hoffe für Sie, dass Sie nicht so töricht waren, jemandem von unserer Vereinbarung zu erzählen. Ansonsten werden Sie sich vor Vorfällen dieser Art bald nicht mehr retten können. Wenn Sie es wirklich an die Spitze schaffen wollen, sollten Sie lernen, wie man die Dinge alleine regelt.«

»Aber meine Freunde …«

»Konkurrenten, Laffon, Konkurrenten«, sagte Weissmann über die Schulter und trat dann mit großen Schritten auf die Bühne hinaus. Ich sah ihm mit einem Gefühl nach, das irgendwo zwischen Erleichterung und Verzweiflung schwankte. Erleichterung einerseits, schließlich glaubte er mir, dass ich keinen Grund hatte, Valentinas Robe zu ruinieren, Verzweiflung andererseits, denn wie sollte ich bis morgen einen angemessenen Ersatz beschaffen und dafür sorgen, dass die Zeit bis zur Aufführung nicht mit weiteren Anschlägen gespickt war? Und diese Verzweiflung wuchs mit dem Gedanken an den Streit zwischen Dorian und mir. Würde er an meine Unschuld glauben? Ich dachte wieder an Weissmanns Worte. Ja, das Ballett war wirklich ein verdammt hartes Pflaster. Anders hatte ich es nie erlebt, aber momentan brachte es mich tagtäglich an meine Grenzen. Früher hatte eine Art Balance existiert. Wenn es privat schlecht lief, hatte ich Halt im Tanz gefunden. Wenn ich es im Tanz vergeigte, hatten meine Freunde mich aufgebaut. Diese Balance war fort und ich kämpfte nur noch darum, im reißenden Strom nicht unterzugehen ...

»Mesdames et Messieurs! Unsere begnadeten Bühnentechniker konnten endlich sicherstellen, dass niemand Gefahr läuft, unter der Kulisse begraben zu werden. Wenn ich Sie alle darum bitten dürfte, sich für den ersten Akt in Position zu begeben. Möglichst im Kostüm!«

Im nächsten Moment musste ich aufpassen, nicht von den anderen Kompaniemitgliedern an den Rand gedrängt zu werden, die auf die Bühne strömten. Ich holte tief Luft und straffte die Schultern. Jetzt musste ich erst einmal die Probe hinter mich bringen. Mein neues Überlebensmotto lautete wohl mich nur auf ein Problem gleichzeitig zu konzentrieren ...

***

Es wurde eine Generalprobe ganz nach Weissmanns Geschmack.

Weder liefen die Dinge perfekt noch vollkommen katastrophal. Altem Bühnenaberglauben zufolge bedeutete eine miese Generalprobe eine gelungene Premiere. Trotzdem fühlten sich die meisten Choreographen wohler, wenn der allerletzte Durchgang nicht zur Vollkatastrophe ausartete. Ein paar Missgeschicke reichten. Dass Valentina Sorokin ihren Solopart im Trainingsdress tanzte, war meiner Meinung nach ohnehin genug. Selbstverständlich sah ich, wie sie in einer Pause Weissmann zur Rede stellte und dabei immer wieder anklagend in meine Richtung gestikulierte. Eines musste ich ihm lassen, genauso kaltschnäuzig wie er mich vor die Wahnsinnsaufgabe gestellt hatte, die Sache zu befrieden, ließ er auch Valentinas Gezeter von sich abperlen. Aber eines konnte er mit seinem kühlen Temperament nicht verhindern: dass die Geschichte umgehend die Runde machte und ich abends in der Umkleide vor meinem Spind stand und hörte, wie ringsum getuschelt wurde.

»Hat sich schon immer für was Besseres gehalten …«

Ich merkte, wie sich meine Kehle zuschnürte, setzte mich und beugte mich noch ein Stückchen tiefer über meine Tasche, um meinen Gesichtsausdruck zu verbergen

»Aber gleich ein Kostüm zu zerschneiden …«

»Sie ist eben eifersüchtig.«

»Versteh nicht, warum Weissmann sie nicht einfach rausschmeißt …«

»Ich finde, ihr solltet euch alle schämen.«

Ich zuckte zusammen, als ich Roxanes Stimme erkannte. Zögernd hob ich den Kopf und sah, dass sie sich neben mir aufgebaut hatte und mit blitzenden Augen in die Runde blickte.

»Findet ihr es fair, jemanden so vorschnell zu verurteilen??«

»*Vorschnell*« wiederholte eine Tänzerin gedehnt.

»Spiel dich nicht so auf, Roxane. Man wird ja wohl noch seine Meinung haben dürfen«, sagte eine andere und reckte das Kinn. »Du kannst schließlich auch nicht ihre Unschuld beweisen.«

Roxane öffnete den Mund, doch ich warf ihr einen eindringlichen Blick zu. Sie verkniff sich mühsam ihre Antwort, zog mich auf die Beine und hakte sich bei mir unter.

»Ihr benehmt euch alle komplett bescheuert, das ist jedenfalls *meine* Meinung, und wenn ihr an Cocos Stelle wärt, würdet ihr euch wahrscheinlich eine andere Behandlung wünschen«, sagte Roxane und zog mich aus der Umkleide.

Erst als sie empört die Tür hinter sich zugeworfen hatte, wagte ich es aufzuatmen.

»Die haben sich ja wohl nicht mehr alle! Keine von denen schert sich sonst auch nur einen Deut um Tina!«, rief Roxane. »Aber jetzt plötzlich sind sie Verfechterinnen der Gerechtigkeit, die dich sofort aus der Kompanie schmeißen würden.«

»Sie sind Profis. Zumindest würde das Weissmann sagen«, antwortete ich müde.

»Profis sollten sich anders verhalten.«, erwiderte Roxane mit niedergeschlagener Stimme. »Schaffen wir dich erstmal zurück ins Appartement. Du siehst aus wie jemand, der mehr als zwei Kugeln Cookie-Eis vertragen könnte.« Zielstrebig steuerte Roxane den Weg Richtung Ausgang an, doch ich löste meinen Arm aus ihrer Umklammerung.

»Das ist sehr lieb von dir, Colibri, aber geh schon einmal vor. Ich habe noch was zu ... erledigen.«

»Was? Wieso?«, fragte Roxane. »Du hast doch Geheimnisse vor mir, Coco, das merke ich ganz genau. Kannst du mir nicht endlich erzählen, was genau los ist? Was hast du heute Morgen gemacht?«

Einen Moment drohte mich die Müdigkeit und die Anspannung zu übermannen und ich wollte Roxane alles erzählen, von meinem Streit mit Dorian, von Farid und meiner Abmachung mit Weissmann, aber dann schossen wieder seine Worte durch meinen Kopf: *»Konkurrenten, Laffon, Konkurrenten«*. Also schluckte ich nur und setzte ein gezwungenes Lächeln auf.

»Es ist schon gut, Colibri. Ich komme nach, versprochen, aber jetzt würdest du mir am meisten helfen, indem du keine weiteren Fragen stellst.«

Roxane schürzte die Lippen, dann nickte sie schließlich.

»Es ist deine Entscheidung«, sagte sie nur. »Ich kann dich nicht zwingen mir zu vertrauen. Niemand kann das.«

Ich wusste nicht, ob Roxane mit Absicht diese Worte gewählt hatte, aber sie bohrten sich fast so tief in mein Herz wie Dorians verletzter Blick in der Schneiderei.

»Das ist nicht so einfach, wie du vielleicht denkst«, sagte ich leise. »Wir sehen uns später, Roxane.«

Ich wandte mich ab und lief wieder den Gang zurück ins Theater hinunter.

Als ich die Schneiderei betrat, lehnte ich mich an die Wand neben der Tür und atmete tief durch. Ich hatte von jetzt an noch knapp 24 Stunden, um Valentinas Kostüm zu retten und damit auch meine eigene Karriere. Wie ich das anstellen sollte? Ich hatte keine Ahnung. Ich war ausgebildete Profi-Tänzerin, ich konnte die Löcher in Strumpfhosen notdürftig flicken und Seidenbänder an Spitzenschuhe nähen, aber noch nie in meinem Leben hatte ich über Nacht ein komplettes Bühnenkostüm wieder zum Leben erweckt. Gedankenverloren ging ich an den hohen Regalen vorbei, bis ich schließlich in den Schneiderraum kam.

»Mademoiselle? Was haben Sie denn hier noch zu suchen?«

Zu meiner Überraschung musste ich feststellen, dass die ältere Kostümbildnerin von heute Morgen an einem der Tische saß, vor sich Valentinas ausgebreitetes Kleid.

»Ich, ähm, wollte sehen, wie groß der Schaden ist«, antwortete ich und trat näher.

»Oder dem armen Kleid den Rest geben, sofern sie wirklich die Schuldige an der Misere sind«, sagte die alte Dame trocken. Ihr Name war, soweit ich wusste, Madame Beneva.

»Bin ich nicht«, erwiderte ich knapp. Ich beugte mich über das zerschundene Kostüm. »Ist da überhaupt noch ein Rest, den man retten kann?«

»Vielleicht«, erwiderte die Schneiderin müde und wiegte den Kopf hin und her. »Mademoiselle Sorokin war ja auch schon hier, um mir in der Angelegenheit einen Vortrag zu halten. Wochenlang ist sie mir damit auf die Nerven gefallen, was sie hier und dort nicht alles verbessert haben möchte. Mon Dieu und jetzt das. Ich glaube, ihr Kleid ist noch zu retten, aber sicher nicht heute oder morgen. Das hier ist nicht dasselbe wie ein Hemdchen aus dem Discounter zu richten. Das sind Bühnenroben, Haute Couture, Mademoiselle. *Eines* davon zu nähen, braucht eine Menge Zeit, Liebe und Hingabe. Ich kann dieses Kostüm ebenso wenig über Nacht nähen, wie Sie über Nacht ein komplettes Ballettstück einstudieren können. Ich fürchte, wir werden für Mademoiselle Sorokin morgen ein passendes Ersatzteil heraussuchen müssen. Etwas Elegantes, Schlichtes, in dem sie sich gut bewegen kann.

»Ich verstehe«, sagte ich leise.

Seufzend stand Madame Beneva auf und schob sich die kleine goldene Brille die Nase hoch.

»Gehen Sie nach Hause, Kindchen«, sagte sie und tätschelte meine Schulter. Madame Beneva faltete umsichtig das zerfledderte Kleid zusammen, packte ihr Nähgarn weg und schulterte dann eine altmodische Ledertasche.

»Kommen Sie?«

»Ich würde mir noch kurz neue Spitzenschuhe aus der Kammer holen – sofern Sie erlauben, dass ich hier drinnen unbeaufsichtigt bleibe«, erwiderte ich.

»Ich habe doch Ihren Blick gesehen, als Sie vor dem Kostüm standen. Sie sind keine Kunstschänderin. Ich weiß, dass Sie mein Handwerk genauso respektieren wie ich das Ihre. Guten Abend, Mademoisellle Laffon.«

Madame Beneva lächelte mir zu, dann verschwand sie hinter den Regalen. Ich hielt die Luft an, bis ich die Tür hinter ihr ins Schloss fallen hörte. Es tat mir leid, dass ich zu einer kleinen Notlüge gegriffen hatte, um noch allein zu bleiben, aber ich hielt es in diesem Moment für das Beste. Ich ging zum Regal, das mir gegenüberstand, und begann darin zu stöbern, bis ich einen flachen leeren Pappkarton gefunden hatte. Vorsichtig zog ich ihn heraus, dann ging ich zurück zu dem von Madame Beneva so liebevoll zusammengefalteten Kleid. Ich zögerte kurz, dann schob ich meine Hände unter das Bündel und legte es in den Karton. Ich verschloss ihn mit dem schlichten braunen Pappdeckel und klemmte das ganze unter den Arm. Mein Herz begann dabei so schnell zu pochen, als wäre ich wirklich mit der Schere darauf losgegangen.

Kurz darauf schlich ich schuldbewusst aus der Opéra Garnier mit dem Kleid der Zuckerfee im Gepäck. Hatte Weissmann nicht gesagt, ich sollte die Angelegenheit irgendwie in Ordnung bringen? Die Betonung lag gerade eindeutig auf *irgendwie*, denn ich hatte nicht die leiseste Ahnung, wie ich das bis morgen fertigbringen sollte. Zumal ich mich jetzt mit Farid treffen musste ...

9

Es war spät am Abend, als ich am Künstler-Eingang des Cirque d'Hiver stand und müde an die Tür klopfte. Während ich wartete, strich ich mir ein paar vereinzelte Haarsträhnen aus der Stirn. Eigentlich fühlte ich mich viel zu erledigt, um heute noch jemandem zu treffen. Ich hätte mich am liebsten genau wie Roxane mit einer Schachtel Eis in irgendeine Ecke verzogen und darauf gewartet, dass der Sturm des Lebens endlich von allein vorüberzog, aber mir war klar, dass er nicht die Freundlichkeit haben würde, dies zu tun. Bevor ich länger meinen tristen Überlegungen nachhängen konnte, öffnete sich glücklicherweise der Eingang.

Farid stand im Türrahmen und musterte mich prüfend. Sein schwarzes Haar stand wie so oft vollkommen zerzaust vom Kopf ab. Der besorgte Blick in seinen Augen spiegelte sich in seiner Stimme wider, als er sagte:

»Coco! Ich dachte schon, du kommst nicht mehr – wie geht es dir?«

»Gut«, antwortete ich und spürte, wie sich bei diesen Worten mein Hals zuschnürte. »Ja, wirklich gut«, wiederholte ich matt.

»Komm rein«, sagte Farid. Er trat einen Schritt zurück, um mich durchzulassen.

Dankbar ging ich durch die Tür und stand im schummrigen Licht des Gangs.

»Kann ich dir vielleicht etwas abnehmen?«, fragte Farid und griff nach dem flachen Karton, den ich eingeklemmt unter meinem Arm trug.

»Was? Nein!«, antwortete ich reflexartig und hob abwehrend die Hand. Die Pappschachtel segelte zu Boden und landete mit einem dumpfen Geräusch zwischen uns beiden. Der Deckel rutschte vom Karton.

»Hey, ich wollte nur helfen«, sagte Farid, überrascht von meiner Reaktion. Beinah gleichzeitig gingen wir in die Knie, um die Schachtel aufzuheben. Ich versuchte noch den Deckel schnell wieder auf den Karton zu schieben, aber Farid war schneller.

»Ist dieses zerfetzte Stück Stoff vielleicht der Grund, warum du so fertig bist?« Mit einer raschen Handbewegung zog er Valentinas ruiniertes Kostüm heraus. »Dem Teil hat man ja richtig übel mitgespielt. War das mal ein – hey, ganz ruhig ...«

Ich merkte erst, dass mir die Tränen über das Gesicht liefen, als Farid behutsam über meine Wange strich.

Erschrocken wich ich zurück, dann zog ich ihm das Kleid aus den Händen und stopfte es zurück in den Karton.

»Ist egal«, schniefte ich. »Ich bin hier, um zu trainieren, nicht um dich mit meinen Problemen zu belasten. Das habe ich ohnehin schon genug.« Ich stand auf und presste die Schachtel fest an meine Brust. Weissmanns nüchterne Worte hallten in meinem Kopf wider. *Wenn Sie es wirklich an die Spitze schaffen wollen, müssen Sie lernen, wie man die Dinge alleine regelt, Laffon ...*

»Tut mir leid, Farid.«

Der Artist war ebenfalls aufgestanden und bedachte mich mit einem strengen Blick.

»Kann es sein, dass du nicht erst seit deinem Unfall ein Problem damit hast, Leuten zu vertrauen?« Es war mehr eine Feststellung als eine Frage.

»Das hat nichts mit Vertrauen zu tun. Ich muss das einfach nur alleine regeln.«

»Ist es so oder nicht?«

Ich schwieg. Farid hatte mich an einer empfindlichen Stelle getroffen. Um ehrlich zu sein hatte er mich an einer Stelle getroffen, über die ich nie wirklich nachgedacht hatte. Ich hatte vor dem

Unfall *funktioniert*, aber ob ich vertraut hatte? Vielleicht. Es war mir nie wichtig erschienen.

»Komm, lass uns nicht länger in diesem zugigen Gang herumstehen. Wir brauchen einen Ort, an dem wir in Ruhe reden können.«

Farid legte den Kopf schief und sah mich nachdenklich an.

»Darf ich dich zu mir einladen?«

»Zu dir?«, antwortete ich verwirrt.

»Das nehme ich mal als Ja«, sagte er mit einem kleinen Lächeln.

Farid führte mich zielstrebig den Gang hinunter, an mehreren Abzweigungen vorbei. Obwohl der Abend schon weit fortgeschritten war, begegneten wir auf dem Weg immer wieder anderen Menschen. Die meisten ignorieren Farid, bis auf einen muskelbepackten Hünen, der mir einen interessierten Blick zuwarf.

»Hey, Alfarsi? Wer ist das denn?«, fragte er.

»Eine Freundin«, sagte Farid gelassen und setzte zielstrebig seinen Weg fort.

Ich folgte ihm und sah mit einem entschuldigenden Lächeln noch einmal kurz über die Schulter.

»Ich würde mich nicht von Isabell mit ihr erwischen lassen«, rief der andere noch.

Ich sah stirnrunzelnd zu Farid, der zuckte nur die Schultern und ging weiter. Kurz darauf kamen wir zu einer großen Flügeltür. Farid sah sich kurz nach links und rechts um, dann schob er sie auf. Mir wehte ein eisiger Luftzug von draußen entgegen.

»Verrätst du mir vielleicht, was das werden soll?«, fragte ich misstrauisch und schlang fröstelnd die Arme um meine Schultern.

»Geh voran und finde es heraus«, sagte Farid lediglich

Also gab ich nach und trat nach draußen. Wir befanden uns hinter dem Zirkus, wo einige Holz-Gebäude standen. Sie sahen alt aus. Die mit roter und goldener Farbe verzierten Schnitzereien an den verwitterten Toren blätterten bereits ab. Meine Frage, was sich dort befand, konnte kurz darauf meine Nase beantworten, als der Geruch von Heu und Pferdemist zu uns hinüberwehte.

»Wir treten schon lange nicht mehr mit Wildtieren auf«, sagte Farid, der neben mich getreten war. »Aber einige von uns arbeiten nach wie vor mit Pferden.«

»Hast du etwa eins? Vielleicht eins mit Flügeln?«

»Leider nicht«, erwiderte Farid und lachte.

Zielstrebig ging er voraus, an den Ställen entlang, bis wir zu einem alten Unterstand kamen, der nicht mehr benutzt wurde. Rauweißes Unkraut und wildwuchernde Hecken schossen dort aus dem Boden und verdeckten so beinahe den alten Eisenbahnwagen, der dort stand. Es war ein uralter Wagen aus verwittertem Metall, das einmal in einem knalligen Rot angestrichen gewesen sein musste. Jetzt war die Farbe verblasst, ebenso wie der eingestanzte Schriftzug auf der Vorderseite. Zirkus Belmero stand dort in selbstbewusst breiten Lettern.

»Wohnst du etwa in einem Eisenbahnwaggon?«, fragte ich Farid ungläubig. »Wie kommt der denn hierher?«

»Oh, er gehört Monsieur le Directeur und davor wiederum gehörte er seinen Vorfahren. Es ist ein echtes Museumsstück, stammt noch aus der Zeit, als man mit dem Zirkus auf Schienen unterwegs war und quer durchs Land reiste. Es gibt nicht mehr viele aus diesen Tagen, soweit ich weiß. Der hier steht jedenfalls seit langem vollkommen vergessen unter diesem Vordach.«

»Willst du damit sagen, du hast keine richtige Wohnung?«

»Sieh es dir doch erstmal an.«

Farid sprang die Stufen zum Wagon hinauf, zog einen Schlüssel aus seiner Hosentasche und öffnete dann die schmale, an den Ecken oval geformte Tür. Ich musste mich ein wenig ducken, als ich hinter ihm eintrat. Tatsächlich, das winzige Innere war wohnlich eingerichtet. Wie Farid es geschafft hatte, das schmale Bett, den Tisch, die Waschschüssel, den Heizstrahler und die Regalbretter an den Wänden hineinzubringen, würde wohl immer sein Geheimnis bleiben. Ich hob den Blick und sah, dass die Decke mit dunkelblauer Farbe gestrichen und mit weißen Sternschnuppen verziert worden war.

»Wow«, sagte ich in Ermangelung eines besseren Wortes, dann setzte ich mich auf die bunte Patchworkdecke, die über das schmale Bett gespannt war.

Farid hantierte erst an dem kleinen Heizkörper herum, dann setzte er sich neben mich. Seine körperliche Nähe brachte mich zu meinem Missfallen auch jetzt wieder in Verlegenheit. Nervös wandte ich den Blick ab und strich mit der Hand über den Karton auf meinem Schoß.

»Ich verstehe, wenn du nicht erzählen möchtest, was dir Sorge bereitet. Wir kennen uns ja bisher kaum«, sagte Farid und ich wusste, auch ohne aufzusehen, dass er mit seinen dunklen Augen jede meiner Bewegungen registrierte. »Darum habe ich jetzt einen Anfang gemacht, Coco. Ich möchte dir zeigen, wo und wie ich lebe.«

»Aha?«, antwortete ich und sah nun doch auf. »Ich dachte, unsere Vereinbarung war, dass du mir deine Zirkus-Künste näherbringst?«

Farid schüttelte den Kopf.

»Hier geht es nicht nur darum zu lernen, wie man ohne Zögern aus zehn Metern Höhe springt, Coco. Dass du die Nerven dazu hast, wissen wir wohl beide. Wir dürfen aber nicht zwei verschiedene Dinge durcheinanderbringen, Coco. Vertrauen und Mut. Ich bezweifle nicht, dass ich dir beibringen könnte eine exzellente Trapezkünstlerin zu werden, aber das würde nur so lange anhalten, bis etwas schiefläuft, dann stündest du wieder am Anfang. Gefangen in Zweifeln. Bevor ich dich dort oben hinstelle, muss ich also zwei Dinge von dir wissen. Woraus schöpfst du deinen Mut und woraus dein Vertrauen?«

Farids Frage brachte mich dazu, fast eine Minute lang stumm die metallene Wand des Eisenbahnwagens zu betrachten. Ich wollte antworten, aber fühlte mich mit einem Mal so unfassbar müde. Was machte ich eigentlich hier? Ich saß mit einem Trapezartisten, dem ich zufällig im Krankenhaus über den Weg gelaufen war, in einem ausrangierten Zirkuswagen und ließ therapeutische Fragen über mich ergehen. Was sollte das alles bringen? Ich war hier, weil ich endlich wieder tanzen wollte, nicht um mein Seelenleben umzukrempeln! Etwas davon preiszugeben hatte sich noch nie für mich ausgezahlt. Meine Mutter benutzte meine Gefühle meist nur als Munition, um ihre eigenen Argumente zu stärken, und Dorian hatte mir die Deutungshoheit über sie einfach abgenommen, indem er beschloss, dass mir das Ballett nicht länger guttat. Und schlussendlich gab es dann noch Weissmann, der mich täglich daran erinnerte, dass Sentimentalitäten keinen Platz in der Welt der Profis hatten. Woraus schöpfte ich also meinen Mut? Wie hatte sich aus dem kleinen Mädchen, dessen Träume nirgends Anerkennung fanden, eine starrsinnige Ballerina entwickeln können? Erst schwankte ich, dann griff ich nach dem Karton auf meinem Schoß, öffnete den Deckel und zog das zerfetzte Kostüm heraus.

»Daraus«, sagte ich und hielt die verbliebenen Pailletten ins runzelige Glühbirnenlicht. »Daraus schöpfe ich meinen Mut. Ich leihe ihn mir. Er kommt aus den Rollen, die ich tanze. Mut, Verletzlichkeit, Stolz, Stärke und Schönheit. Wenn ich tanze, bin ich nicht mehr Charlotte Laffon. Ich bin jemand anderes, jemand Besseres, jemand, der all das ist, was ich gerne wäre und darum muss ich tanzen Farid. Darum muss ich einfach. Weil ich daraus meine Stärke nehme.« Ich legte das zerschundene Kleid vorsichtig auf seine Knie. »Und damit beweise ich gerade mein Vertrauen, wenn du so willst.«

Ich atmete tief aus, dann erzählte ich Farid alles, was seit meiner Panikattacke passiert war, und von dem Ultimatum, das Weissmann mir gestellt hatte. Mir klangen dabei die Worte des Choreographen in den Ohren, dass wir alle Konkurrenten waren. Reden bedeutete Angriffsfläche zu riskieren. Ich erwartete also, dass der

Druck auf meinen Schultern stärker werden würde, stattdessen wurde er mit jedem Wort leichter und am liebsten hätte ich einfach weitergeredet, noch lange nachdem die Ereignisse des Tages berichtet waren.

Farid war ein guter Zuhörer. Er unterbrach mich nicht und hatte er Fragen, so meinte ich, sie schon in seinen Augen lesen zu können, bevor er sie stellte. Niemals hätte ich früher geglaubt, dass simples *Erzählen* solch einen Sog entwickeln konnte. Reden? Über die eigenen Probleme?

***

Weshalb reden, wenn man tanzen konnte? Vielleicht hatte ich mich deshalb so hoffnungslos ins Tanzen verliebt, weil es einem das Reden abnahm. Nur war ich dadurch über die Jahre hinweg fast stumm geworden. Ich hatte voller Verbissenheit wieder zu laufen gelernt – und darüber fast das Sprechen vergessen.

Schließlich kamen die Worte zwischen Farid und mir langsam zum Erliegen und selbst die Stille, die darauf in dem kleinen Eisenbahnwagen folgte, hatte etwas Heilsames an sich. Ich lehnte mich mit einem Seufzen an die Wand des Waggons, zog die Knie an und beobachtete Farid, der vorsichtig über das ruinierte Zuckerfee-Kleid strich.

»Bis morgen?«, fragte er leise, als er mit den Fingerspitzen die zerfetzten Spitzenärmel nachfuhr.

»Bis morgen«, antwortete ich müde.

»Dann brauchst du ein Wunder«, stellte er fest. »Oder eher *einen* Wunder.«

»Wie bitte?«, erwiderte ich verwirrt.

»Monsieur Miracle«, sagte Farid. »Du brauchst Monsieur Miracle.«

»Allmählich glaube ich, *du* brauchst einen Monsieur le Docteur«, antwortete ich. »Es sei denn, du hörst auf in Rätseln zu sprechen.«

»Ich hoffe nur, er ist noch da …«, sagte Farid. »Aber meistens sitzt er bis spät nachts an seinen Meisterwerken.« Farid sprang so schnell auf, dass er sich fast den Kopf an einem von der Decke hängenden Kochtopf stieß. »Gehen wir!«

Ich hätte in diesem Moment gerne etwas gesagt wie: *Erst wenn du mir erklärst, von wem du überhaupt sprichst!* oder *Musst du einen immer so überrumpeln?* Aber ich war inzwischen in einem Stadium der Verzweiflung gekommen, dass mich Farids spontane Aktionen widerstandslos hinnehmen ließ.

»Gehen wir«, sagte ich daher mit einem schiefen Lächeln und stand ebenfalls auf.

Wir kletterten aus dem winzigen Waggon und Farid stemmte die Tür auf, die zurück in den Zirkus führte. Diesmal schlug er allerdings einen anderen Weg ein, beziehungsweise tat sich nach ein paar Biegungen eine Treppe vor uns auf, die in eine Art Keller zu führen schien.

Farid öffnete eine unscheinbare Tür und wir traten ein. Ich konnte nicht anders, als im ersten Moment erstaunt zu blinzeln. Mit einem Mal stand ich einem schier endlosen Regenbogen aus Masken, Clownskostümen, Artistentrikots und paillettenbesetzten Korsetts an langen Kleiderhaken. Das alles auf engstem Raum, so nah zusammengepfercht, dass der kunterbunte Mix noch knalliger erschien. In der Mitte dieses farblichen Vulkanausbruchs saß ein glatzköpfiger Mann an einem mit Garn, Papier und Nadelkissen übersäten Holztisch. Er trug eine kantige Brille und einen schwarzen Anzug, der ihn wie einen Bankier aussehen ließ. Nur das mattgelbe Maßband, das er nachlässig über die Schultern gelegt hatte, verriet seine eigentliche Profession. Mit hochgezogenen Augenbrauen sah er auf.

»Dass Sie es sind, Farid, hört man schon daran, wie die Tür aufgeht – oder sollte ich sagen fliegt?«

»Wortspiele, die mein Leben reicher machen …«

»Freut mich, wenn ich dazu einen Beitrag leisten kann«, erwiderte der Schneider, der wohl Miracle sein musste.

»Das könnten Sie tatsächlich, aber ausnahmsweise nicht für mich. Darf ich Ihnen Mademoiselle Coco vorstellen? Sie ist Primaballerina an der Opéra de Paris«, sagte Farid. Gewinnend lächelnd trat er beiseite und deutete mit großer Geste auf mich.

Ich widerstand der spontanen Versuchung, einen Knicks zu machen.

»Charlotte Laffon«, sagte ich. »Sehr erfreut.«

»Und das hier ist unser Kostümmagier Moniseur Miracle«, erklärte Farid. »Er ist der Mann, der selbst aus einem Kartoffelsack und ein paar alten Schnürsenkeln ein spektakuläres Kostüm erschaffen kann.«

»Sie übertreiben, Farid«, sagte Miracle streng, konnte sich aber ein geschmeicheltes Lächeln nicht verkneifen.

»Heißen Sie wirklich Miracle?«, fragte ich neugierig.

»Schön, dass endlich jemand das fragt«, sagte Farid mit einem Grinsen.

»Meiner Meinung nach hat jeder, der in einem Zirkus arbeitet, das Anrecht auf einen stilvollen Künstlernamen«, erwiderte Miracle würdevoll.

»Da hast du es«, sagte Farid.

»Bei uns gibt es auch Künstlernamen«, antwortete ich trocken. »Eiskaltes Biest habe ich zuletzt gehört.«

»So sehr ich abendlichen Besuch auch schätze, würde ich von den Herrschaften trotzdem gerne wissen, was sie hierherführt«, meldete sich Miracle wieder zu Wort.

»Selbstverständlich«, antwortete Farid und wurde wieder ernst. »Eine einfache Frage, Monsieur: Kriegen Sie das wieder hin?«

Er stellte den mittlerweile etwas mitgenommenen Pappkarton vor Miracle ab. Der öffnete ihn vorsichtig. Ich hörte den Schneider zischend einatmen, als er den traurigen Überrest des Zuckerfee-Kostüms herauszog.

»Was soll das einmal gewesen sein?«, fragte er, während er es mit spitzen Fingern vor sich ausbreitete.

»Ein Bühnenkostüm«, sagte ich zerknirscht. »Für eine Ballettvorstellung. Für den *Nussknacker,* um genau zu sein.«

»Bitte sagen Sie nicht, dass ich diese Stoffleiche wieder zum Leben erwecken soll.«

»Naja ... Bis morgen wäre gut.«

Miracle warf Farid über den Rand seiner Brille einen mitleidigen Blick zu.

»Bis morgen kann ich daraus höchstens den edelsten Putzlumpen schneidern, den die Welt je gesehen hat, aber das Kleid komplett wiederherstellen – unmöglich.«

»Irgendeine Möglichkeit muss es doch geben!«, warf ich ein und versuchte, dabei nicht so verzweifelt zu klingen, wie ich mich fühlte.

»Weiß Monsieur le Directeur eigentlich, dass Sie beide hier sind?«, fragte Miracle auf einmal.

»Also, ich habe ... nein«, sagte Farid widerstrebend.

Anstatt zu antworten lehnte sich der Kostümschneider daraufhin auf seinem Stuhl zurück und tippte nachdenklich an sein Kinn.

»Und dabei bleibt es besser, wenn ich Ihnen jetzt einen Vorschlag mache«, sagte er. Er strich ein letztes Mal über das ruinierte Kleid, während Farid und ich überraschte Blicke wechselten.

Miracle erhob sich umständlich von seinem Platz.

»Ich kann Ihr Kostüm zwar nicht über Nacht wiederherstellen, Mademoiselle, aber ... vielleicht gibt es trotzdem eine Lösung.«

Der geheimnisvolle Zirkusschneider schob seinen Stuhl beiseite und führte uns durch ein dichtes Gewühl aus Kartons und Kleiderständern. Vor einem besonders hohen blieb er stehen und betrachtete ihn prüfend. Ich blieb dicht hinter ihm und sah mir ebenfalls kritisch die Kleiderstangen an. Sie waren mit pechschwarzen Umhängen beladen.

»Also ich weiß nicht ...«, hob ich an, doch in diesem Moment schob Miracle mit einem Ruck die Kostüme auf der Stange beiseite. Zu meiner Verblüffung öffnete sich dahinter ein kleiner Raum.

»Einen Baum versteckt man am besten im Wald«, sagte Miracle, der meinen verblüfften Blick bemerkte. Er trat zur Seite und nun sah ich die Schneiderpuppe, die dort stand. Es war eine alte Figur aus dunklem Holz, doch viel wichtiger ... sie trug das atemberaubendste Kostüm, das ich jemals gesehen hatte.

Es war ein cremefarbenes Manegen-Dress aus mattglänzendem Satin. Die Ärmel endeten in feinen weißen Spitzen und rund um das Dekolleté waren kleine Perlmuttstücke angenäht, die das geheimnisvolle Funkeln des Kleids nur noch verstärkten. Weissmann hatte einmal gesagt, Kostüme hatten eine zwiespältige Macht. Sie konnten unsere Vorstellung vervollständigen – oder überstrahlen. Dies war mit Sicherheit eines, das einen strahlen ließ ... wenn man ihm gewachsen war. Ich streckte unwillkürlich die Hand danach aus.

»Das gibt's doch nicht!«

Ich zuckte zurück und drehte mich zu Farid um, der mit anklagendem Blick den Zirkus-Schneider musterte.

»Glauben Sie etwa, ich wüsste nicht, was das für ein Kostüm ist?«

»Ich wäre enttäuscht, wenn nicht«, sagte Miracle gelassen.

»Ich verstehe nicht«, schaltete ich mich ein und verschränkte die Arme. »Was hat es damit auf sich?«

»Es ist eines der ältesten und wertvollsten Kostüme im Besitz des Zirkus. Es gehörte einer berühmten Kunstreiterin. Monsieur Belmeros Ururgroßmutter.«

»Als ich hier anfing, war es in einem sehr schlechten Zustand. Ich habe Monate damit verbracht, es wiederherzustellen«, sagte Miracle. »Aber der Aufwand hat sich gelohnt, nicht wahr?«

»Ich glaube nicht, dass ...«

»Sie glauben, es gehört hierher? Ich habe nicht so viel Arbeit in dieses Kostüm gesteckt, damit es niemand sieht, Farid«, fiel ihm

Miracle ins Wort. »Oder würden Sie jahrelang vor leeren Rängen auftreten wollen? Nein, dieses Kostüm sollte mal wieder ein wenig Bühnenluft schnuppern dürfen. Eine Ballettvorstellung wäre dafür genau das Richtige.«

»Ich bin mir immer noch nicht sicher, ob das eine gute Idee ist«, brummte Farid. »Wenn Belmero davon erfährt oder Isabell ... Wenn dieses Kostüm Schaden nimmt, haben wir ein Problem.«

»Dieses Kleid ist meine einzige Chance«, sagte ich leise.

»Da haben Sie es«, sagte Miracle, für den der Fall klar zu sein schien. »Mein Vorschlag ist also, ich gebe es Ihrer Freundin, bis das ursprüngliche Kostüm wiederhergestellt ist. Niemand muss je davon erfahren.«

»Sie retten mir gerade das Leben«, sagte ich und wandte mich an den Schneider.

»Eine Freundin von Farid ist auch meine Freundin«, antwortete Miracle nur mit einem Lächeln. »Zu dem Kleid gehört übrigens noch eine Tiara.«

Miracle geleitete uns aus seinem kleinen Geheimversteck hinaus und führte uns zu einem schwindelerregend hohen Regal, das über und über mit Kartons vollgestellt war. Am Rand lehnte eine wacklig aussehende Leiter.

»Farid? Wären Sie vielleicht so freundlich?«, sagte Miracle. »Es ist das oberste Fach, eine schwarze Box mit dem silbernen Aufdruck einer Krone. In meinem Alter steigt man nur noch ungern in luftige Höhen.«

»Natürlich, Monsieur«, antwortete Farid und begann die Leiter zu erklimmen. Die alten Sprossen gaben ein unheilvolles Knacken von sich.

»Mademoiselle und ich packen unterdessen das Kleid ein!«, rief Miracle hinauf.

Bevor ich etwas anderes vorschlagen konnte, hatte er sich bereits umgedreht und schlug den Weg zurück ein.

Als wir wieder vor der Puppe standen, begann der Zirkus-Schneider vorsichtig das Kostüm davon abzulösen. Ich konnte noch immer kaum glauben, dass ich es tatsächlich morgen Weissmann präsentieren würde. Innerlich hatte ich mich schon halb damit abgefunden, meinen Platz in der Kompanie zu verlieren. Mir kam bei diesem Gedanken Farids Angst in den Sinn, seine Trapezpartnerin oder Belmero könnte von der Sache erfahren.

»Farid scheint ziemlich große Angst davor zu haben, dass Isabell etwas mitbekommt«, sagte ich daher zu Miracle, der gerade mit einer weichen Bürste einige winzige Fussel aus dem Stoff entfernte.

»Weil sie ihn in der Hand hat, Mademoiselle«, antwortete er. »Beziehungsweise, es hängt von ihrem Wohlwollen ab, wo Monsieur Alfarsi die Nacht verbringt.«

»Wie bitte?«, fragte ich irritiert. »Ich dachte, der alte Waggon gehört Monsieur Belmero.«

»Unser Direktor duldet Farid nur hier, weil Isabell darauf besteht und er einen seiner Stars nicht verprellen will. Normalerweise würde er jemandem mit einer derart – undurchsichtigen – Vergangenheit nicht in der Truppe anstellen. Verstehen Sie mich nicht falsch, ich mag Farid. Er hat das Herz am richtigen Fleck, aber viele hier haben gewisse Vorbehalte gegen ihn.«

»Vorbehalte?«, hakte ich nach. Das alles wurde von Minute zu Minute merkwürdiger.

»Sein Lebenswandel war bis hierher etwas ... sagen wir unstet. Ich an Ihrer Stelle würde mein Herz nicht zu schnell an ihn verschenken.«

»Wer behauptet, dass ich das vorhabe?«, erwiderte ich abwehrend.

»Dass es freiwillig geschieht, habe ich nie behauptet«, sagte Miracle gelassen.

»Was geschieht hier unfreiwillig?«

Ich zuckte zusammen und drehte mich um. Farid war soeben um

die Ecke gekommen und präsentierte stolz ein schlichtes Kästchen aus Holz.

»Unterhält dich Miracle mit einer seiner fantastischen Zirkusgeschichten?«, fragte er.

»Das könnte man so sagen«, erwiderte ich.

»Würdest du dich hiervon kurz ablenken lassen?«

Farid trat näher und öffnete das Kästchen. Auf einem mattschwarzen Kissen lag eine goldene Tiara. Hauchzart mit winzigen funkelnden Steinchen verziert. Im Haar würde sie kaum zu sehen sein und trotzdem das Kostüm vervollständigen wie kein anderes Accessoire.

»Kann ich das wirklich annehmen?«, sagte ich und sah zweifelnd zu Miracle. »Das ist fast schon zu viel.«

»Oh, ich bin sicher, es wird Ihnen ausgezeichnet stehen. Die kleinen Kristalle in ihrem dunklen Haar – wundervoll!«

Ich schluckte. Vorerst würden diese Kristalle Valentinas Haar erstrahlen lassen und nicht meines.

»Danke«, sagte ich einfach nur. »Ich schwöre Ihnen, ich werde die Sachen hüten wie meinen Augenapfel.«

»Ihr Ballerinas achtet sicher mehr auf eure Zehen«, scherzte Farid.

»Und ich sollte allmählich darauf achten, zurück an meine Arbeit zu kommen«, sagte Miracle und bedeutete uns mit einer Handbewegung, voranzugehen.

»Schlafen Sie eigentlich nie?«, fragte Farid.

»Es gibt noch ein paar Sachen, die bis zur nächsten Vorstellung geflickt werden müssen. Wie schnell Kostüme in Ihrem Berufsstand verschleißen, brauche ich wohl niemandem zu erzählen. Es war mir jedenfalls ein Vergnügen, Ihnen zu helfen«, sagte Miracle. »Bringen Sie Ihre reizende Freundin gerne einmal wieder mit, Farid, zusammen mit dem Kostüm, sobald Sie es nicht mehr benötigen.«

»Sie bekommen es unversehrt wieder. Versprochen!«, antwortete ich.

»Dann lasst uns gehen«, sagte der Zirkusschneider. Vorsichtig überreichte er mir die knisternde Schutzhülle, in der sich das Kleid befand, und gemeinsam begaben wir uns zurück zum Ausgang.

Als Farid und ich wieder draußen im schwach beleuchteten Gang standen, meinte ich fast körperlich zu spüren, wie eine ungeheure Last von mir abfiel.

»Das war … unglaublich«, sagte ich in Ermangelung treffenderer Worte. »Euer Schneider trägt seinen Namen zurecht.«

»Miracle findet immer eine Lösung«, antwortete Farid mit einem breiten Lächeln. »Er war einer der ersten, mit dem ich hier Freundschaft geschlossen habe. Er gibt jedem eine Chance.«

Ich warf Farid einen nachdenklichen Blick zu. Natürlich spukten mir immer noch Miracles Worte im Kopf herum. Gleichzeitig wollte ich Farid nicht jetzt, nach allem, was er heute für mich getan hatte, mit misstrauischen Fragen löchern.

»Nun sind wir mit unserem eigentlichen Projekt heute leider nicht weitergekommen …«, sagte ich stattdessen.

»Findest du?«, antwortete Farid und seine Augen funkelten dabei. Ich spürte ein kribbliges Gefühl in mir aufsteigen, das ich sonst nur von Momenten größten Lampenfiebers kannte.

»Allerdings«, sagte ich und riss mich hastig von seinem Blick los. Energisch ging ich voran den Gang hinunter. Farid hatte Mühe hinterherzukommen.

»Hey, warte! Wir arbeiten doch daran!«, sagte er. Seine Hand streifte meine und wieder hinterließ die Berührung ein kurzes, warmes Kribbeln. *Ich an Ihrer Stelle, würde mein Herz nicht zu schnell verschenken.*

»Meinen wir damit auch das Gleiche?«, fragte ich und verfluchte meine so kurzatmig klingende Stimme.

Wir waren mittlerweile wieder im oberen Gebäudeteil angekommen. Ich blickte auf meine Armbanduhr. Es wurde Zeit, dass ich zurück ins Appartement kam. Ich blieb unschlüssig stehen und Farid holte mich endgültig ein.

»Mir hat es gutgetan, dich heute ein wenig besser kennenzulernen«, sagte er. »Und ich habe versprochen dir zu helfen, vergiss das nicht.«

»Ja, natürlich«, erwiderte ich betreten und blickte hinunter auf die weiße Schutzhülle unter meinem Arm. »Bitte entschuldige, ich bin wohl schon ziemlich müde.«

»Ich weiß, darum wäre es auch Unsinn, heute noch mehr von dir zu verlangen«, sagte Farid sanft. »Komm Sonntagmorgen wieder her. Das ist mein freier Tag und wir können mit dem Training beginnen.«

»Du opferst deinen freien Tag für mich?«

Farid lachte und machte eine wegwerfende Handbewegung.

»Ich würde nicht von opfern sprechen. Im Gegenteil, ich glaube, wir werden Spaß haben.«

Wir waren nun am Seiteneingang angekommen, an dem mich Farid ein paar Stunden zuvor hineingelassen hatte.

Ich drückte ihm kurz das Kostüm in die Arme und zog meinen Mantel an.

»Hüte es wie deinen Augapfel, deine Zehen und deine umwerfende Dickköpfigkeit«, sagte Farid, als er es zurückgab. Als nächstes steckte er das kleine Kästchen mit dem Haarschmuck, das er die ganze Zeit über für mich verwahrt hatte, in meine Manteltasche.

»Ich bin nicht dickköpfig, nur entschlossen«, gab ich zurück und klopfte sacht auf die Ausbuchtung meiner Jacke.

»Und lass dich nicht von diesem komischen Choreographen unterkriegen ... Du kannst dich immer bei mir melden, wenn etwas ist. Das weißt du, oder?« Farid sah mir bei diesem Satz lang in die Augen, sodass ich gar nicht nachzufragen brauchte, worauf er anspielte.

»Ich … ja, danke«, antwortete ich und spürte, dass ich schon wieder rot wurde. Was war nur los mit mir?

»Machs gut, Coco. Wir sehen uns Sonntag.« Farid schob die schwere Metalltür auf und von draußen fuhr eine kalte Windböe hinein.

Ich wusste nicht, warum ich genau diesen Moment wählte, vielleicht weil ich Angst hatte, dass mich wieder der Mut verließ, wenn ich länger darüber nachdachte, also fragte ich geradeheraus:

»Du hast heute einiges über mich erfahren, Farid. Wirst du … wirst du, wenn wir uns wiedersehen, auch von dir erzählen? Ich weiß immer noch so wenig über dich. Miracle hat …« Ich biss mir auf die Lippen. Jetzt war es doch herausgerutscht.

»Hat …?«, wiederholte Farid und ein unwilliger Ausdruck trat auf sein Gesicht.

»Ein paar merkwürdige Dinge gesagt«, nuschelte ich.

»Natürlich hat er das«, seufzte Farid. »Mir ist durchaus bewusst, dass hinter meinem Rücken geredet wird, Coco. Genau wie hinter deinem. So ist das Leben auf der Bühne – naja, sagen wir eher das Leben hinter der Bühne. Solltest du dir also nicht lieber selbst ein Urteil bilden, bevor …«

»Du lebst in einem alten Eisenbahnwaggon und kennengelernt habe ich dich im Krankenhaus! Ich finde, ein paar Antworten bist du mir durchaus schuldig. Vertrauen lässt sich nicht einseitig aufbauen.«

»Um Himmels Willen, nicht so laut, Coco!«, fiel mir Farid ins Wort. Eindringlich sah er mich an. »Wenn du es unbedingt jetzt wissen willst, die Sache im Krankenhaus war …«

»Farid! Wieso bist du … Was macht *sie* schon wieder hier?«

Wir fuhren beide erschrocken herum und ich sah die zierliche Trapezkünstlerin mit den langen blonden Haaren um die Ecke kommen. Isabell, Farids Trapezpartnerin. Ich erstarrte zum Eiszapfen und spürte daher erst kaum die Hand, die mich entschlossen zur Tür hinausschob.

»Sonntag«, raunte Farid.

Ehe ich blinzeln konnte, stand ich auf einmal in der Eiseskälte und hinter mir schloss sich mit einem dumpfen Geräusch die schwere Metalltür des Cirque d'Hiver.

10

Ich tanzte wieder auf der Bühne. Es war die Weihnachtsvorstellung des *Nussknackers.* Meine große, *meine einzige Chance* es jemals wieder auf die Bühne zu schaffen. Alles hatte perfekt funktioniert. Beinah unwirklich perfekt und die Melodie des *Nussknackers* erklang in meinen Ohren. Ich sah an mir herunter. Das Kostüm der Zuckerfee schmiegte sich an meinen Körper und glänzte im Licht der Scheinwerfer. Das war mein Moment. Dorians Hände schlossen sich sanft um meine Taille und hoben mich hoch in die Lüfte. Ich hob die Arme und streckte angespannt den Rücken durch, wartete auf den Horror, der mich gleich einholen würde, doch – nichts, nichts passierte. Ein ungläubiges Lächeln glitt über mein Gesicht. Geschafft! Ich hatte es wirklich geschafft! Die Angst, sie würde mich endlich verlassen! Das Ballett hatte mich wieder! Im Publikum erhob sich jetzt zum Applaus. Die Leute klatschten und jubelten – und obwohl ich sie nicht sehen konnte, wusste ich, dass Lucile und meine Mutter unter ihnen waren.

»Siehst du, Maman!«, rief ich außer mir vor Freude. »Ich kann wieder fliegen!«

»Aber wer fliegen will, muss auch fallen lernen …«, hörte ich eine vertraute Stimme und plötzlich verschwanden Dorians Hände und ich stürzte ins Dunkel.

»Wer fliegen will, muss vertrauen können.«

Mit einem Keuchen riss ich die Augen auf. Wie schon so oft lag ich schweißverklebt nach einem schlimmen Traum in meinem Bett und brauchte einige Sekunden, bis ich wieder wusste, wo ich war. Ich setzte mich auf und strich mir die Haare aus der Stirn. Farid. Es war Farids Stimme gewesen. Warum nur ging mir der Trapezkünstler nicht mal mehr in meinen Träumen aus dem Kopf? Wir kannten uns erst so kurz und trotzdem wirbelte er mein Leben gerade gehörig durcheinander. Ich mochte ihn, ja, aber ich wusste so wenig über ihn. Ihn näher kennenlernen zu wollen war das, was meine Mutter als sehr, sehr »unvernünftig« bezeichnen würde. Frustriert ließ ich mich zurück in die Kissen fallen. Besser, ich bekam ein wenig Schlaf ab und versuchte, den Trapezkünstler fürs Erste aus meinen Träumen zu verbannen. Den neuen Tag an der Opéra zu überleben, würde meine ganze Konzentration erfordern. Die große Premiere des *Nussknackers* stand vor der Tür …

***

Balletttänzer waren Lampenfieber gewöhnt. Es war unser tägliches Brot und wer nicht damit umgehen konnte, hielt eine Karriere auf der Bühne nicht lange durch. Ich konnte mich noch ganz genau an meinen allerersten Auftritt erinnern. Es war nichts Großes gewesen, eine winzige Aufführung im Gemeindesaal meines Heimatdorfes mit fünfzig Zuschauern, aber nichtsdestotrotz: Mein Moment im Rampenlicht. Nervös hatte ich auf meinen Einsatz gewartet, schwitzend und frierend gleichzeitig – und dann klemmte plötzlich der Vorhang! Erst hatte ich diese Panne verflucht, in Wahrheit aber war sie wohl das Beste gewesen, das mir damals passieren konnte. Sie gab mir die Gelegenheit, wieder zur Besinnung zu kommen. Ich hatte dreimal tief durchgeatmet und auf diese Weise die Angst langsam in Vorfreude verwandelt. Bis heute war das ein kleines Ritual, dem ich vor Aufführungen treu geblieben war. Ich tat es auch jetzt, als ich mit meinem Papp-Karton unter dem Arm vor Valentina Sorokins Garderobe stand. Die Premiere des *Nussknackers* würde in einigen Stunden beginnen, die meisten Tänzer waren bereits an der Opéra und wärmten sich auf. Auch die Techniker, gefolgt (oder sollte ich sagen verfolgt?) von Weissmann, hatte ich gehetzt über die Flure laufen sehen. Ich musste zugeben, in mir sträubte sich eine Menge dagegen, Valentina das wunderschöne Kleid zu übergeben ... Nicht nur, weil ich die Zuckerfee gerne selbst getanzt hätte, sondern auch, weil mich die gesamte Kompanie wegen ihr für ein intrigantes Biest hielt. Ich wurde den Verdacht einfach nicht los, dass sie selbst das Kostüm zerschnitten hatte, um mir zu schaden ...

»Reiß dich zusammen«, schalt ich mich. »Du bist ein Profi, Coco.«

Ich straffte die Schultern und klopfte kurz an die Tür der Garderobe. Nichts geschah. Verwundert klopfte ich noch einmal. Immer noch keine Antwort. Erst zögerte ich, dann drückte ich vorsichtig die Klinke herunter.

»Tina?« Langsam schob ich die Türe auf und spähte in die Garderobe. Tatsächlich. Sie war leer. Unschlüssig blieb ich im Eingang stehen. Ich hatte fest damit gerechnet, Valentina dabei anzutreffen, wie sie sich bereits großzügig mit Haarspray einnebelte, stattdessen blickte ich auf den verlassenen Frisiertisch, der vor dem runden Spiegel stand. Sollte ich später wiederkommen? Draußen warten? Jemand anderem das Kleid übergeben? Ich war gerade zu dem Schluss gekommen, lieber nach Madame Geneva zu suchen, als eine kleine Stimme in meinem Kopf flüsterte:

»Was, wenn Valentina wieder etwas Neues gegen dich ausheckt? Was, wenn du es verhindern, sogar beweisen könntest?«

Meine Hand schloss sich bei diesem Gedanken unwillkürlich fester um die Klinke. Wenn man mich in der Garderobe dabei erwischte, wie ich nach Spuren suchte, war ich endgültig erledigt, aber es war gleichzeitig eine einmalige Gelegenheit. Und vor allem: Was, wenn ich Recht hatte? Wenn Valentina hinter alldem steckte? Schließlich war es nicht meine, sondern Weissmanns Stimme, die den Ausschlag für meine Entscheidung gab:

Konkurrenten, Laffon, Konkurrenten ...

Ich huschte in die Garderobe und zog, so leise ich konnte, die Tür hinter mir zu. Mein Herz pochte mittlerweile so heftig, als hätte ich stundenlang Grand Jetés geübt – oder Pirouetten, denn mir wurde ein wenig schwindlig angesichts meines Wagemuts. Ich stellte meinen Karton vorsichtig auf den Tisch der Garderobe und musste dabei aufpassen, dass nicht einige Haarnadeln und Make-Up-Pinsel zu Boden fielen. Ich richtete mich auf und sah mich unbehaglich um. Noch vor einem Jahr war dies meine Garderobe gewesen. Noch vor einem Jahr hatte ich mich hier auf meine großen Auftritte vorbereitet. Die Bilder, die ich damals an die Wände gehängt hatte, klebten immer noch über dem großen runden Spiegel mit den Glühbirnen. Fotos von Rudolf Nurejew und Anna Pawlowa … Ich riss mich von den Fotografien los und blickte mich um. Unter dem Garderobenhaken mit Valentinas Jacke stand ihre Sporttasche. Ich ging darauf zu und begann mit bebenden Fingern, die Sachen darin durchzusehen. Sportkleidung, eine Haarbürste, eine Rolle Geldscheine, umwickelt mit einem Haargummi, und ein paar alte Kassenzettel der Theater-Kantine. Mir fiel beim besten Willen nichts Verdächtiges auf. Mein schlechtes Gewissen verstärkte sich mit jedem belanglosen Fund. Drehte ich mittlerweile völlig durch? Hatten sich zu den Panikattacken noch Anflüge von Paranoia hinzugesellt? Ich zurrte den Reißverschluss von Valentinas Tasche energisch wieder zu.

»Sieh zu, dass du verschwindest, Coco«, murmelte ich. Ich griff nach dem Karton auf dem Tisch, wollte gerade hinausgehen, als mir aus dem Augenwinkel auffiel, dass eine der Schubladen des Garderobentisches einen Spalt offenstand. Entgegen meiner Erwartung blitzten daraus nicht weitere Kosmetikartikel hervor, sondern das Silber von Tablettenblistern … Ich warf einen prüfenden Blick Richtung Tür, dann wandte ich mich wieder der Schublade zu, ging in die Hocke und zog sie ein weiteres Stück auf. Die Blister steckten in einer Pappschachtel einer billigen Hustenbonbon-Marke. Die Tabletten waren einzeln verpackt. Ich zog eine heraus, drehte die Verpackung um und las die Aufschrift:

Oxycodon-HCL, 40mg, Retard.

Ich hatte keine Ahnung, gegen was Oxycodon helfen sollte. Eins stand jedenfalls fest: Das hier waren keine Hustenpastillen aus der Drogerie und aus irgendeinem Grund wollte Valentina sie verbergen. Ich nahm einen der Blisterstreifen und steckte ihn ein. Meine Schwester würde mir mit Sicherheit mehr über das Medikament erzählen können. Ich stand auf und schob die Schublade wieder in die exakte Position, in der ich sie vorgefunden hatte. Jetzt wurde es aber wirklich allerhöchste Zeit, dass ich hier rauskam! Ich packte den Karton und eilte zur Tür. Genau in dem Moment, als ich nach der Klinke griff, hörte ich im Gang trippelnde Schritte – und sie kamen direkt auf mich zu. Mein Puls beschleunigte sich. Einige Herzschläge lang blieb ich einfach völlig entsetzt stehen, bis schließlich mein Verstand wieder übernahm. Hektisch sah ich mich um. Konnte ich mich irgendwo verstecken? Die Garderobe war winzig. Mir blieb wohl nur der Klassiker: Bauch einziehen und Luft hinter der Tür anhalten. Allerdings gab ich mit der Schachtel im Arm eine viel zu breite Gestalt dafür ab. Ich zögerte kurz, dann legte ich den Karton auf den Frisiertisch und huschte mit angehaltenem Atem neben die Tür. Keine Sekunde zu früh. Kaum, dass ich mich in Position begeben hatte, schwang die Tür auf und kam nur wenige Zentimeter vor meiner Nasenspitze zum Stehen.

»Wie lange soll ich denn noch warten?«

Wenn es nicht der typische Geruch nach Haarspray gewesen wäre, dann wohl die helle Stimme, die mich sofort Valentina erkennen ließ. Doch sie klang nicht wie sonst affektiert und hochnäsig, eher wütend und verängstigt.

»Ja, ja, es reicht noch eine Weile, aber ich will trotzdem jetzt schon … *wie* viel? Das letzte Mal war es noch …«

Ich hörte jetzt das Geräusch eines Reißverschlusses und ein Rascheln.

»Ich weiß nicht, ob ich mir das leisten kann … na schön. Ja, heute

Abend, aber komm um Himmels Willen nicht noch einmal zum Appartement! Ich will nicht, dass man uns sieht.«

Ich hörte ein Geräusch, als würde jemand sein Handy auf den Tisch legen. Anscheinend war Valentina so mit ihrem Telefonat beschäftigt gewesen, dass sie das neue Kostüm überhaupt nicht bemerkt hatte.

Valentina seufzte.

»Es hört wohl nie auf«, murmelte sie kaum hörbar und zum ersten Mal seit ich sie kannte, klang sie dabei weder selbstbewusst noch blasiert. Nur müde und niedergeschlagen. Niemals hätte ich gedachte, dass ich für Valentina Sorokin einmal so etwas wie Mitleid empfinden würde. In diesem Moment vernahm ich ein erneutes Rascheln, dann ein zischendes Einatmen.

»Das ... nein, das gibt's doch nicht!«, rief Valentina und mir war klar, womit sie sich darauf bezog. »Woher ...?«

Das Kratzen von Stuhlbeinen, hastige Schritte und die Zuckerfee-Solistin war aus ihrer Garderobe gestürmt.

Ich stand überrascht blinzelnd im leeren Zimmer. Mein Blick fiel auf den leeren Karton auf Valentinas Frisiertisch und auf das Geld aus ihrer Handtasche, das nun dort lag. Aufgefächert als hätte sie es gezählt.

Ich wandte mich ab, horchte kurz an der Tür, ob draußen jemand war, dann stahl ich mich, so leise ich konnte, mit verschwitzten Händen aus der Garderobe.

Erst als ich den anderen Tänzern begegnete, die schnatternd durch die Gänge liefen, verebbte das Adrenalin wieder ein wenig. Valentina hatte also auch ihre Geheimnisse. Das war gut zu wissen, doch viel mehr beschäftigte mich die Tatsache, dass sie wahrscheinlich nicht diejenige war, die das Kleid zerschnitten hatte. Es fiel mir schwer, es einzugestehen, aber in mir keimte der Verdacht auf, dass sich hinter Valentinas arroganter Maske in Wahrheit eine tiefe Unsicherheit verbarg, gepaart mit Ehrgeiz und persönlichem Druck.

Vielleicht hatte sie bei der Probe sich nicht nur zu Boden fallen lassen, um mir eins auszuwischen ... Vielleicht hatte sie auch ein anderer Grund dazu veranlasst, eine Pause zu erzwingen? Doch selbst wenn das stimmte, stellte sich immer noch die Frage, wer als Verursacher der Misere infrage kam. Natürlich war ich nicht die beliebteste Tänzerin der Kompanie, aber wer hatte etwas davon, sich gezielt auf mich einzuschießen?

In diesem Moment lief ich beinahe in eine feingliedrige Tänzerin hinein, der ein Paar knallrote Kopfhörer um den Hals hingen.

»Coco! Ich habe dich schon überall gesucht! Die Premiere fängt bald an und du bist noch nicht mal im Kostüm!«

»Du doch auch nicht«, antwortete ich und musterte Roxane, die einen legeren schwarzen Jumpsuit trug.

»Dann wird es für uns beide höchste Zeit«, entgegnete sie und zog mich kurzerhand mit sich. Während wir den Flur hinuntereilten, drehte sie sich fragend zu mir um.

»Und? Verrätst du mir, wo du dich die ganze Zeit über versteckt hast?«

Ich sah mich misstrauisch um.

»Später vielleicht«, murmelte ich Roxane zu.

»Aus dir ist eine echte Geheimniskrämerin geworden, weißt du das?«, grummelte sie.

Das wusste ich, aber solange ich nicht ebenso wenig wusste, wer Valentinas Kostüm zerschnitten hatten, würde ich das noch eine Weile so bleiben ...

***

Drei Stunden später standen wir hinter dem schweren Vorhang und langsam schwebten die ersten Klänge der Ouvertüre durch die spannungsgeladene Luft. Ich schluckte und streckte den Hals durch. Im Zuschauerraum warteten diesmal nicht eine Handvoll Einwohner meines bretonischen Heimatdorfes, sondern volle 1.900

Zuschauer: die Pariser Oberschicht, Theaterkritiker, Romantik- und Ballett-Begeisterte. Sie alle hatten sich an diesem Abend im Palais Garnier eingefunden, um von unserer Kompanie unterhalten zu werden. *Eines Tages sollte es ein Ballett darüber geben, wie unser Weg bis zu diesem Moment aussah,* schoss es mir durch den Kopf, als der Scheinwerfer unsere Gestalten in grelles Licht tauchte und wir begannen – zu tanzen.

Es wurde eine rundum gelungene Premiere, an der nicht einmal Weissmann später etwas auszusetzen fand. Weder fiel ein Weihnachtsbaum um noch verpasste jemand seinen Einsatz oder wurde faules Gemüse auf die Bühne geworfen (was ich allerdings noch nie erlebt hatte). Unangefochtenes Highlight der Vorstellung (und darin waren sich später selbst die Kritiker einig) wurde das Grande Finale der Zuckerfee und des Nussknackers, während dem ich stumm am Rand der Bühne stand. Eine exzellente Darstellung, tatsächlich. Die Wehmut, die mich überkam, als ich dabei zusah, wie Dorian Valentina in die Lüfte hob, war mit Worten kaum zu fassen. Aber Worte waren noch nie meine Stärke gewesen. Und letztlich war es nicht nur die Performance der beiden, die das Theater vor Entzücken die Luft anhalten ließ, sondern ein wunderschönes cremefarbenes Kleid, das eine ehrwürdige Eleganz versprühte und selbst den erfahrensten Ballettbesucher in seinen Bann zog. Das las ich nicht nur in den Reaktionen der Zuschauer, sondern auch in Weissmanns Gesicht. Der Choreograph hatte sich mir gegenüber auf der anderen Seite der Bühne postiert und die Vorstellung mit Argusaugen beobachtet. Als Valentina und Dorian ihr Pas-de-deux beendet hatten und das Publikum in tosenden Applaus ausbrach, sah ich zu ihm herüber. Unsere Blicke trafen sich und Weissmann quittierte die Lösung, die ich für seine nahezu unmöglich erscheinende Anweisung gefunden hatte, mit einem leichten Nicken. Ich schluckte und wandte wieder den Kopf ab.

Was hast du erwartet?, dachte ich mit leiser Bitterkeit. *Ein größeres Zeichen der Anerkennung hatte er noch nie für seine Untergebenen übrig.*

Dorian und Valentina verließen in diesem Moment die Bühne, begleitet von den Bravo-Rufen der Zuschauer. Ich trat einen Schritt zur Seite, um sie vorbeizulassen.

»Ihr wart gut«, sagte ich leise zu Dorian. Er sah mich unschlüssig an, dann nickte er kurz.

»Danke, Coco.«

»Natürlich waren wir das! Dorian? Kommst du?«, sagte Valentina, die neben ihm stand, energisch. Prompt hakte sie sich bei meinem ehemaligen Tanzpartner unter und zog ihn mit sich. Ich versuchte die Frustration, die in mir aufkeimte, hinunterzuschlucken, als ich ihnen nachsah – und bemerkte in diesem Moment, dass Valentina Sorokin sich nicht nur bei Dorian untergehakt hatte, um ihn mir von mir loszueisen. Die Primaballerina stützte sich an ihm ab, um ihren linken Fuß nicht zu belasten, den sie kaum merklich nachzog …

***

»Hallo? Lucile?«

»Charlotte? Was willst du?«, lautete die ziemlich kühle Antwort. Ich seufzte und streckte meine schmerzenden Beine aus. Es war spät am Abend und ich saß alleine in unserem Appartement auf dem Sofa. Roxane und Louise waren wie der Großteil der anderen Tänzer noch auf der After-Show-Party der Premiere. Dass Lucile ziemlich verhalten auf meinen Anruf reagierte, überraschte mich nicht. Unser letztes Treffen war schließlich alles andere als harmonisch verlaufen.

»Schön, dass ich dich erwische. Wie geht es dir?«, fragte ich daher, um ein wenig Boden gut zu machen.

»Ziemlich müde. Ich bin gerade von meiner Schicht heimgekommen. Grippesaison, ein Albtraum.«

Lucile machte wirklich nie viele Worte.

»Oh, okay, das klingt anstrengend«, antwortete ich. »Kannst du dich jetzt ein wenig erholen?«

»Ich bin in meiner Wohnung«, kam es lapidar zurück. Ich wusste nicht, ob das »Ja« bedeuten sollte. Unwillkürlich überkam mich ein Anflug von Mitleid für meine ältere Schwester. Tagsüber rackerte sich Lucile im Hôpital ab, aber was tat sie eigentlich danach? Mit wem sprach sie über das, was sie während ihrer Schicht erlebte? Ich hatte immer angenommen, Lucile blieb einfach lieber für sich. Nun traf mich die Erkenntnis, dass wir vielleicht beide Karrieren gewählt hatten, die ziemlich einsam machten.

»Tut mir leid, dass ich das letzte Mal so durch den Wind war«, sagte ich. »Hast du schon gehört, dass Maman an Weihnachten herkommt? Maman in Paris. Sie wird sicher wieder entsetzt sein, wie ›unglaublich voll‹ es hier ist.«

»Ja, sie hat mir erzählt, dass sie kommt. Weshalb rufst du an, Charlotte?«

Und das war das Problem an meiner Schwester. Selbst wenn man versuchte zu ihr durchzudringen, verharrte sie hinter ihrer Schutzmauer aus kühler Distanz und sachlicher Pragmatik. Damit konnte sie einen, konnte sie *mich*, regelmäßig zur Weißglut treiben.

»Ich rufe an, weil ich Ihr Fachwissen brauche, Docteur Laffon«, sagte ich daher betont ruhig. »Wann würdest du einem Patienten Oxycodon verschreiben?«

»Oxycodon?«, wiederholte Lucile scharf. »Was ist los, Charlotte? Versuchst du jetzt etwa so, die Sache mit deinem Rücken wieder in Ordnung zu bringen?«

»Sind es Schmerzmittel?«

»Das ist ein starkes Opioid, ja. Es beeinflusst das Schmerz- und das Hungerempfinden, doppelt so wirksam wie Morphin. Wir verschreiben es Patienten mit starken Schmerzen nach einer Operation oder im Verlauf einer Krebserkrankung. Aber auch das nur ungern, denn das Mittel macht hochgradig süchtig.«

»Rezeptfrei bekommt man es also sicher nicht?«

»Natürlich nicht!«, antwortete Lucile mit Nachdruck. »Charlotte, hör zu, das Ballett ist es wirklich nicht wert, dass du deinen Körper herunterwirtschaftest. Es gibt andere Möglichkeiten. Physiotherapie könnte ...«

»Ich nehme keine Medikamente, Lucile«, fiel ich ihr ins Wort. »Ich hatte nur einen ... Verdacht, dem ich nachgehen wollte.«

»Ich hoffe es«, grummelte meine ältere Schwester. Obwohl sie mir eben vorgeworfen hatte, dass ich Tabletten einwarf, war ich doch froh, dass ihr diese Aussicht eine halbwegs emotionale Reaktion entlocken konnte.

»Ich arbeite anders an meinen Problemen, Lucile«, sagte ich besänftigend. »Und das nicht nur symptomatisch, um es in eurem Fachjargon zu sagen.«

»Besser wäre es. Unsere Notaufnahme ist zurzeit schon voll genug.«

Das war Luciles Art, »Pass auf dich auf, kleine Schwester! Ich mache mir Sorgen um dich« zu sagen.

»Versprochen«, sagte ich. »À plus, Lucile!«

»À bientôt.«

»Mach dir noch einen schönen ...« Aber meine Schwester hatte bereits aufgelegt.

11

Seltsamerweise konnte ich mich am nächsten Morgen, als ich aufwachte, nicht daran erinnern, was ich geträumt hatte. Vielleicht hatten mich in der Nacht wieder meine Ängste eingeholt, vielleicht hatte ich aber auch etwas Schönes erlebt, ich wusste es nicht. Ich wusste lediglich, dass ich vergessen hatte, meinen Handy-Wecker zu stellen und Gefahr lief, zu spät zu meinem Treffen mit Farid zu kommen.

»Verdammt!«, fluchte ich, als ich einen Blick auf die Uhrzeit warf. Ich fegte die Bettdecke zur Seite, sprang auf und lief in die Küche, wo gerade Roxane und Louise beim Frühstück saßen.

»Eigentlich solltest du weniger Schlaf brauchen als wir«, feixte Roxane, die ausnahmsweise etwas anderes aß als Cookie-Eis. »Schließlich hast du ja die große Party geschwänzt.«

»Ich werde nun mal alt und langweilig«, antwortete ich, griff nach einem Croissant und goss mir ein Glas Orangensaft ein.

»Was machst du dann Langweiliges an deinem freien Tag?«, fragte Louise. »Gehst du trainieren?«

Ich lehnte mich betont gelassen mit meinem Glas an die Küchenzeile.

»Ich mache heute einen kleinen Ausflug«, erwiderte ich freundlich. »Aber keine Sorge, ganz so alt und langweilig werde ich doch nicht. Bei der Sponsorenparty bin ich wieder dabei.«

»Aber auch nur, weil wir müssen«, erwiderte Roxane und zog die Brauen hoch.

Die Opéra Garnier veranstaltete regelmäßig Events, bei denen wohlwollende bzw. *wohlhabende* Theaterliebhaber zusammenkamen, um sich bei Sekt und Häppchen über die neuesten Projekte an der Opéra zu informieren und (so die Hoffnung) diese danach finanziell zu unterstützen. Wir Balletttänzer waren oft ebenfalls vor Ort, um dem Ganzen ein wenig Nachdruck zu verleihen. Weissmann bestand darauf, auch wenn er Veranstaltungen dieser Art selbst nicht leiden konnte. Seine schlechte Laune bekamen wir bereits Tage vorher zu spüren.

»Macht euch jedenfalls einen erholsamen Tag«, sagte ich zu Louise und Roxane, nachdem ich Saft und Croissant verputzt hatte. Dann ging ich wieder zurück in mein Zimmer, wo ich mich eilends für mein Treffen mit Farid fertig machte.

Es wurde höchste Zeit, dass wir endlich mit unserem eigentlichen Vorhaben vorankamen, das hatte mir die gestrige Premiere noch einmal deutlich in Erinnerung gerufen ...

***

»Coco! Schön, dass du da bist!« Diesmal musste ich nicht erst an die Tür des Künstlereingangs des Cirque d'Hiver klopfen. Farid erwartete mich schon direkt davor. Mit einem breiten Lächeln kam er auf mich zu.

»Hallo, Farid«, sagte ich ein wenig nervös, als wir voreinander stehen blieben.

Es war ein kühler, aber klarer Dezembermorgen. Die Sonne schien von einem nahezu wolkenlosen Himmel und tauchte Farids hochgewachsene Gestalt in helles Licht.

»Bist du bereit für einen ganz besonderen Tag?«, fragte er.

»Ob ich für etwas wirklich bereit bin oder nicht, stellt sich meistens erst im Nachhinein heraus. Deshalb mache ich mir vorher auch keine allzu großen Gedanken darüber.«

»Interessante Einstellung«, erwiderte Farid. »Dann lass uns aufbrechen und es herausfinden.«

Er nickte mir zu und ging energischen Schrittes voran Richtung Métro-Station.

Verdutzt blieb ich stehen.

»Wir trainieren nicht im Zirkus?«, fragte ich.

Farid drehte sich mit geheimnisvollem Gesichtsausdruck zu mir um.

»Nein, so weit sind wir noch nicht. So weit bist *du* noch nicht«, sagte er.

Nachdem ich jahrelang daran gewöhnt gewesen war, zu den Besten meiner Zunft zu gehören, traf mich dieser Satz einigermaßen hart. Doch ich hatte versprochen Farid zu vertrauen in dem, was er tat. Also schluckte ich meine Zweifel hinunter.

»Okay«, gab ich mich geschlagen. »Dann lass uns gehen.«

Farid nickte mir ermutigend zu und gemeinsam machten wir uns auf den Weg zur Métro-Station.

»Hat mit dem Kostüm alles geklappt?«, frage er, während wir uns durch die geschäftige Menschenmasse schlängelten.

»Valentina sah großartig darin aus. Ihr ursprüngliches Kostüm liegt jetzt wieder bei Madame Beneva und wartet darauf, wiederhergestellt zu werden. Bis dahin wird sie dieses Kunstwerk schmücken.«

»Du wirst ebenfalls umwerfend darin aussehen«, sagte Farid selbstsicher. »Dieses Kleid ist für große Künstler gemacht.«

Wir fuhren die Rolltreppe hinunter in die Métro-Station. Die Luft hier unten war stickig und schwer. Es roch nach Putzmittel und fremden Parfums und an den Wänden wurden mit großen Plakaten die aktuellen Events der Stadt beworben. Ich wollte gerade den Schritt beschleunigen, als mein Blick an einem von ihnen hängen blieb. *»Le Cirque d'Hiver«* stand dort in riesigen Buchstaben. Darunter war ein farbenfrohes Bild der Manege abgebildet – und das Bild einer jungen Frau mit dunklen Haaren, die am Trapez durch die Lüfte flog. Ohne groß nachzudenken, brach ich aus dem Menschenstrom aus und trat näher an das Plakat heran. Am unteren Rand war ebenfalls ein Schriftzug abgebildet.

»Die spektakulärste Zirkus-Show Frankreichs! Verpassen Sie nicht die atemberaubende Isabell Martin am Trapez!«

»Coco, was ist los?«

Farid war mir gefolgt und berührte mich fragend an der Schulter.

»Warum steht dein Name nicht auf dem Plakat?«, fragte ich und deutete auf das Bild.

»Weil die Leuten nicht wegen mir kommen«, antwortete Farid nüchtern. »Ich bin noch nicht besonders lange dabei. Isabell Martin sagt jedem Zirkus-Fan etwas, aber glaub mir, ich arbeite daran, dass es auch mein Name tun wird.«

»Wenn man dich bei den Proben sieht, denkt man, du wärst schon immer beim Zirkus gewesen.«

»Ich wünschte, es wäre so«, murmelte Farid ungewöhnlich düster.

»In welche Richtung müssen wir jetzt?«, fragte ich, um ihn abzulenken.

»Norden«, erwiderte Farid, riss sich vom Anblick des Plakats los und nickte zu dem blauen Schild, das den Eingang zur Station markierte. Gemeinsam schlossen wir uns wieder dem Menschenstrom an, der sich Richtung Gleis bewegte

»Und was haben wir dort vor?«, versuchte ich erneut ein paar Informationen aus Farid herauszulocken.

»Ich habe über das nachgedacht, was du zu unserem Abschied gesagt hast«, erwiderte er. »Du hattest recht. Vertrauen kann man nicht einseitig aufbauen.« Wir waren nun im runden Tunnel der Station angekommen und standen zusammen mit ein paar anderen Einheimischen und Touristen mit bunten Rucksäcken am Gleis. Wie bestellt fuhr in diesem Moment eine der weiß-grün gestreiften Métros ein.

Schwerfällig kam sie vor uns zum Stehen und mit einem leisen Zischen öffneten sich die Türen.

»Nach Ihnen, Mademoiselle«, sagte Farid und machte eine höfliche Geste mit der Hand.

Ich stieg in den Waggon und nahm gemeinsam mit Farid auf einer Plastikbank Platz. Ich stützte den Ellbogen am Fenster auf und blickte nach draußen, während sich die Métro wieder rumpelnd in Bewegung setzte. Wir waren auf der Linie D unterwegs und entfernten uns immer weiter vom Pariser Stadtzentrum. Farid und ich schwiegen, während um uns herum unentwegt Menschen zu- und ausstiegen, bis der Waggon schließlich leerer wurde und die Métro auch nicht mehr durch die unterirdischen Tunnel rumpelte, sondern ans Tageslicht kam. Fünfundzwanzig Minuten später hatten wir fast die Endstation erreicht. Das Département Seine-Saint-Denis. Bekannt unter der Ordnungszahl 93 und häufiger Protagonist zahlreicher Zeitungsberichte über die sozialen Verlierer der französischen Gesellschaft. Es war eines der Viertel der Stadt, in dem viele Kulturen aufeinandertrafen und dessen Bild zu einem Großteil durch verrottende Betonbauten geprägt wurde. HLMs, Habitation à loyère moderé, hießen sie und mehr als günstige Wohnpreise hatten sie wirklich nicht zu bieten. Meine Mutter jedenfalls hätte den Besuch eines Ortes wie diesen mit Sicherheit als »hochgradig unvernünftig« eingestuft.

Eine kühle Frauenstimme verkündete in diesem Moment über Lautsprecher, dass wir uns am Ende unserer Fahrt befanden.

»Hier müssen wir raus?«, fragte ich und versuchte meine Stimme dabei nicht allzu nervös klingen zu lassen.

»Haben Sie etwa Angst, Mademoiselle?«, erwiderte Farid belustigt und stand auf.

»Quatsch«, antwortete ich sofort und folgte ihm aus der Meétro.

***

»Und das ist unser Ziel?«, fragte ich unsicher und legte den Kopf in den Nacken.

Nachdem wir uns eine Weile durch das Viertel geschlängelt hatten, waren wir vor einem besonders hässlichen, alten Wohnblock zum Stehen gekommen. Mit einem mulmigen Gefühl im Bauch sah ich die graue Fassade hinauf. In den unteren Stockwerken war sie mit zahlreichen Graffiti besprüht. Die eng beisammenstehenden Fenster sahen alt und verschmutzt aus, einigen fehlten bereits die Glasscheiben. Am Eingang des Hochhauses flatterten orangefarbene Absperrbänder. Hier lebte niemand mehr – und selten hatte ich einen derart trostlosen Ort gesehen. Ich kam aus einem kleinen ländlichen Dorf in der Bretagne. Ich war mit Kuhwiesen, blühenden Bäumen im Sommer und sandigen Boule-Plätzen aufgewachsen. Hier hingegen gab es nichts anderes als bröckelnden Beton und Glasscherben.

Wer hierherkam verstand, wieso jemand gerne in einem winzigen, unbeheizten Eisenbahnwaggon hinter einem Pferdestall lebte …

»Komm«, sagte Farid und hielt direkt auf den Eingang zu.

»Aber das ist doch abgesperrt?«, erwiderte ich unsicher. »Soll das nicht abgerissen werden?«

»Schon seit Jahren. Aber so baufällig ist es noch nicht, glaub mir.«

Unbeirrt ging Farid in die Hocke und schob sich unter den Absperrbändern hindurch. Erst zögerte ich, dann folgte ich ihm. Im Inneren des Gebäudes war es eiskalt. Auch hier waren die Wände über und über mit altem Graffiti beschmiert. Die Luft war muffig und roch leicht schimmelig. Ich versuchte durch den Mund zu atmen und mir vor Farid nicht anmerken zu lassen, wie unwohl ich mich fühlte.

»Was wollen wir hier?«, fragte ich und sah zweifelnd zu ihm hinüber.

»Hier unten wollen wir gar nichts«, sagte Farid. Er hatte die Hände in die Seiten gestemmt und sah sich suchend um, als hätte er ebenfalls soeben Neuland betreten. »Hier lang!«

Zielstrebig ging er zu den abgewetzten Treppen, die ins nächsthöhere Stockwerk führten. Das schwarze Geländer war an einigen

Stellen aus der Halterung gerissen. Ich folgte Farid stumm und erklomm mit ihm gemeinsam Etage um Etage. Einige der Türen zu den alten Appartements standen offen, manchmal wehten Stimmen aus ihnen zu uns ins Treppenhaus.

»Hier wohnt noch jemand?«, flüsterte ich Farid zu.

»Natürlich«, antwortete er achselzuckend und stieg nur noch schneller die Stufen hinauf.

Gerade als bei mir langsam das Seitenstechen einsetzte und ich Farid bitten wollte ein wenig langsamer zu laufen, kamen wir im letzten Stockwerk an. Hier oben war es stockdunkel und es wehte ein noch kälterer Luftzug, dafür roch es weniger nach Verwahrlosung.

»Gleich sind wir draußen«, sagte Farid. Er ging voran zu einer schweren Feuerschutztür, stemmte sich mit der Schulter dagegen und plötzlich fiel ein heller Strahl Tageslicht auf unsere Gesichter.

»Komm!«, sagte er und schob die Tür noch ein Stück weiter auf. Ich zögerte kurz, dann stieg ich die letzten Stufen hinaus nach draußen. Farid folgte mir.

Blauer Himmel tat sich über uns auf und wir standen auf dem flachen Dach des Betonhauses. Nach dem düsteren Treppenhaus war ich froh, endlich ans Tageslicht zu kommen. Direkt neben uns schlossen sich die Flachdächer der anderen Blöcke an. Ich schlang die Arme um die Schultern und ging dann vorsichtig näher an den Rand der Plattform. Nachdenklich betrachtete ich die Aussicht, die sich mir bot. Hohe Häuser, kleine Autos am Boden, die sich durch die engen Straßen schlängelten, Grau soweit das Auge reichte. In der Ferne heulte eine Sirene. Dies war wirklich ein ganz anderer Ort als das Palais Garnier.

»Hier hast du gelebt?«, fragte ich Farid leise, der begonnen hatte am Rand des Daches auf und ab zu balancieren.

»In diesem Haus? Manchmal«, antwortete er. »In diesem Département? Lang, ja.«

»Und was machen wir jetzt hier?«, sagte ich und beobachtete besorgt den balancierenden Farid.

»Ich möchte dir zeigen, wie das aus mir geworden ist, was ich heute bin«, sagte er. Der Trapezkünstler beendete seinen Balanceakt und ging nun zum anderen Ende des Daches, wo eine gelbe Feuerleiter auf das tieferliegende Nachbargebäude führte. Zögerlich folgte ich Farid.

»Ich will dir zeigen, wo ich gelernt habe meine Ängste zu überwinden und warum ich mich in dieser Höhe bewegen kann«, sagte er und begann plötzlich die angerostete Leiter hinunter zu kraxeln.

»Ich kann doch nicht mit dir über die Dächer klettern!«, rief ich ihm entgeistert hinterher.

»Doch, du kannst«, antwortete Farid entschlossen. »Vertrau mir, ich kenne mich hier blind aus. Dir wird nichts passieren, versprochen. Es wird schneller gehen, als du denkst – und sogar Spaß machen.«

»Das bezweifle ich«, murmelte ich, kletterte aber trotzdem Farid hinterher.

»Bereit?«, fragte er, als ich neben ihm stand, und streckte seine Hand aus.

»Keine Ahnung«, antwortete ich mit einem schiefen Lächeln, dann ergriff ich Farids Hand.

»Denk einfach dran, dass sie immer da ist, wenn du sie brauchst«, sagte er und drückte einmal kurz die meine.

Es war wohl mal wieder Zeit, etwas hochgradig Unvernünftiges zu tun …

Und damit lief Farid auch schon los. Wir überquerten das vor uns liegende Flachdach und sprangen auf das nächsttiefere. Hier wiederum warteten einige Schornsteine auf uns, die wir erstmal umrunden mussten. Doch kaum war dieses Hindernis bewältigt, gab es in dem eng verzweigten Beton-Labyrinth schon das nächste. Farid gab ein Tempo vor, bei dem mir trotz des Wintermorgens, meiner Jacke und Handschuhe bald ziemlich warm wurde. Der Trapezkünstler schien ein bestimmtes Ziel zu haben. Wir näherten uns bei unserer Klettertour jedenfalls immer mehr dem Boden an.

»Meine Güte, hast du ein Tempo drauf«, schnaufte ich, als wir eine knappe halbe Stunde später auf der flachen Spitze eines leicht schräg abfallenden Dachs standen. Wir waren nur noch ein Stockwerk vom Erdboden entfernt und trotz meiner Winterkleidung, war ich während unserer Klettertour jetztwirklich ins Schwitzen gekommen.

»Tja, früher war es wichtig, schnell weglaufen zu können«, sagte Farid.

»Weglaufen wovor?«

Farid zuckte mit rätselhafter Miene die Achseln.

»Diesem und jenem.«

Ich beließ es dabei, während ich Farid zusah, wie er erst in die Hocke ging und dann gekonnt das Dach hinunterschlitterte. Er landete auf dem Kiesdach des Gebäudes nebenan, rollte sich mit einer geschmeidigen Bewegung ab und schnellte wieder in die Höhe. Mit einem verschmitzten Lächeln sah er zu mir hoch und breitete die Arme aus.

»Und jetzt etwa ich?«, rief ich zu ihm hinunter.

»Warum nicht?«

»Wo soll ich anfangen?«

»Fangen ist schon mal ein gutes Stichwort!«, rief er mir zu. Ich sah einige Sekunden überrascht zu ihm hinab, dann fiel bei mir der Groschen.

»Ich weiß ja nicht, ob das eine gute Idee ist«, murmelte ich und ging langsam in die Hocke. Obwohl ich mich äußerlich gelassen gab, musste ich zugeben, dass mir das Herz mittlerweile bis zum Hals schlug. Zweifel prasselten gewitterartig auf mich ein, als ich mich mit den Händen am Rand der Dachspitze festhielt. *Was, wenn Farid sich verschätzt? Du könntest dich verletzen, du könntest dir etwas brechen, du könntest die nächste Panikattacke bekommen. Tu es trotzdem ... tu es nicht ...*

Zitternd blieb ich, wo ich war, während die Sekunden langsam vorbeikrochen.

»Gleich!«, rief ich Farid zu. »Gleich, okay? Ich brauche nur noch ein wenig ... ein wenig Zeit.«

Jetzt mach endlich, Coco, du verdammter Angsthase!, schoss eine harsche Stimme – meine eigene Stimme – durch meinen Kopf und mein Hals schnürte sich unaufhaltsam zu.

»Es ist zu gefährlich, Farid!«, rief ich zu ihm hinunter. »Ich könnte mich verletzen! Ich könnte ... Ich habe einfach Angst.«

»Es muss auch nicht ohne Angst gehen, Coco! Du brauchst sie nicht abzuschütteln. Ich habe Kraft genug für euch beide.«

Und ich wusste nicht, ob es der kühle Dezemberwind war, der in diesem Moment aufkam, oder ob es Farids Worte waren, die er mit sich trug. Ich wusste nur, dass sich meine Finger plötzlich lösten und ich das schräg abfallende Dach hinunterrauschte. Einige wenige Sekunden schien ich im luftleeren Raum zu schweben, gefangen irgendwo zwischen heller Panik und Euphorie – dann landete ich mit Schwung in Farids ausgestreckten Armen. Der Aufprall ließ uns ein paar Schritte zurücktaumeln, wobei mein Herzschlag noch einmal rasant in die Höhe schnellte, dann kamen wir zum Stehen.

»Sehen Sie, Mademoiselle«, flüsterte mir Farid zu. »Angst kann man vielleicht nicht immer besiegen, aber man kann sie fangen.«

Ich spürte seinen muskulösen Körper an meinem und als ich zu ihm hochsah, fochten zwei Stimmen in meinem Kopf einen erbitterten Kampf aus. Eine wies mich ganz deutlich darauf hin, dass wir uns viel zu nahe waren und ich Gefahr lief, in Farids dunklen Augen zu versinken, die andere rief ebenso deutlich, dass ich mir genau das mehr als alles andere wünschte.

»Ich verstehe es nicht, Farid«, flüsterte ich mit trockenem Hals.

»Was verstehst du nicht?«, fragte er.

»Warum ich mit dir über diese Dächer laufen kann, gegen jede Vernunft, gegen jede Angst. Warum ich mit dir zusammen etwas schaffe, das mich auf der Bühne um den Verstand bringt. Warum funktioniert es hier? Warum mit dir?«

»Ich glaube, das weißt du schon, Coco«, antwortete Farid mit einem leichten Lächeln.

»Wirklich?«

»Wirklich«, sagte er und plötzlich lagen seine warmen Lippen auf meinen.

***

Im Ballett gab es Momente, die man als perfekte Harmonie bezeichnete. Perfekte Harmonie, das war, wenn ein Paar beim Pas de deux in seinen Bewegungen miteinander zu verschmelzen schien. Wenn der Zuschauer glaubte beinahe sehen zu können, wie der eine wortlos die Schritte des anderen erahnte. Ich kannte diese Momente. Sie bestanden aus einem besonderen Knistern in der Luft, einer Spannung, einem feinen und dennoch festen Band, das zwei Menschen zu einem machte. Alles rückte dann in den Hintergrund: Die Bühne, die Scheinwerfer und man schien sich plötzlich an einem ganz anderen Ort zu befinden. Ich hätte niemals gedacht, diese Harmonie jemals auf einem zugigen Dach eines Pariser Banlieues zu erleben.

Es konnten Minuten, aber auch Stunden vergangen sein, als wir uns wieder voneinander lösten. Mein Herz jedenfalls raste so schnell, als hätte ich stundenlang Pirouetten gedreht.

Farid hielt mich nun an den Händen und sah mich mit diesem Blick an, der so viel Geborgenheit ausstrahlte.

»Eigentlich hatte ich für unseren Ausflug ja einen anderen Höhepunkt geplant«, sagte Farid dann mit einem verschmitzten Lächeln.

Das Band löste sich und ich atmete prustend aus. Irgendwo zwischen Erleichterung und Ärger stieß ich ihn fest in die Seite.

»Dass ich mir heute nicht alle Knochen gebrochen habe, das war mein Highlight!«, gab ich zurück.

»Autsch!«, rief Farid und rieb sich immer noch mit einem frechen Lächeln den Arm.

»Und was sollte dann das Highlight werden?«, fragte ich und versuchte einen strengen Gesichtsausdruck aufzusetzen.

»Verlier mich nicht, dann findest du es heraus«, erwiderte Farid herausfordernd.

Flink wandte er sich ab, ging forschen Schritten zum Rand des Daches und sprang hinunter. Ich hörte einen lauten Schlag.

Entsetzt stürmte ich Farid hinterher. An der Kante angekommen stellte ich fest, dass er erst auf einem hohen Müllcontainer und dann auf dem Boden gelandet war.

»Kommst du?«, rief er zu mir hinauf. »Du darfst mich unten auch wieder küssen – wenn du vorher nicht im Abfall gelandet bist.«

»Idiot!«, antwortete ich, konnte aber trotzdem nicht anders, als zu lachen. Vorsichtig kletterte ich dann erst auf den Container und dann zurück auf den Erdboden zu Farid, der mir eine helfende Hand entgegenstreckte.

Farid führte mich aus dem Hinterhof, in dem wir gelangt waren, hinaus. Wir überquerten eine Straße, bis wir an den eingezäunten Rand einer Grünfläche kamen. Die Absperrung war völlig zugewuchert.

»Wo sind wir denn jetzt?«, fragte ich erstaunt, als ich geduckt hinter Farid durch ein Loch im Maschendrahtzaun kroch. Ich hatte nicht erwartet, hier noch einen Ort zu finden, der keine Beton-Tristesse ausstrahlte. Farid und ich schoben uns an einigen Büschen vorbei und landeten auf einem gekiesten Weg am Rande eines künstlich angelegten Sees. Es kamen uns Familien mit Kinderwagen entgegen, ein paar Jogger. Kleine strubbelige Hunde flitzten kläffend über die Wiesen, wohl ebenso erstaunt wie ich darüber, dass es hier ein Stück lebendige Natur gab.

»Das ist der Parc Georges Valbon, aber die meisten sagen einfach nur Parc Courneuve. Wohl der einzige weniger graue Ort in Seine-Saint-Denis.«

Wir näherten uns einer hölzernen Parkbank. Farid wischte ein paar vertrocknete Blätter beiseite und wir setzten uns nebeneinander. In der Stille, die sich daraufhin zwischen uns ausbreitete, verflog die Unbeschwertheit, die für kurze Zeit zwischen uns geherrscht hatte. Stattdessen bohrten sich tausend Fragen in meine Gedanken, die ich am liebsten alle gleichzeitig gestellt hätte. Es war schließlich Farid, der das Wort ergriff.

»Im Sommer habe ich oft hier geschlafen, im Winter in den verlassenen HLMs. Es war nirgends leicht, aber nach Hause wollte ich nicht zurück.«

»Wie war dein Zuhause?«, fragte ich gespannt endlich mehr über Farids Vergangenheit zu erfahren.

Er seufzte und fuhr sich durch das unordentliche Haar.

»Schwierig, immer schwierig. Meinen Vater habe ich nie kennengelernt und meine Mutter musste rund um die Uhr arbeiten, um uns beide durchzubringen. In der Schule war ich nie besonders gut, ich war verträumt und, ja, auch ein wenig faul. Der Unterricht hat mich einfach nie interessiert. Ich habe es gehasst, drinnen zu sein. Habe die Betonhäuser gehasst, in denen einem die Decke auf den Kopf fiel und wo man durch die Wände die Nachbarn streiten hörte. Drinnen habe ich mich immer eingesperrt gefühlt. Meine Mutter ist vor einiger Zeit zurück zu ihrer Familie nach Marokko. Sie wollte, dass ich nachkomme, aber ich bin hiergeblieben. Ehrlich gesagt, wusste ich damals selbst nicht so genau, warum. Ich war eine ganze Weile ziemlich, ziemlich orientierungslos ...«

»Aber eins hast du immer noch nicht erzählt«, sagte ich und sah Farid geradeheraus an. »Wie bist du schließlich im Cirque d'Hiver gelandet? Und was hat Isabell mit alldem zu tun?«

Farid sah mich eine Weile nachdenklich an.

»Wir haben uns nach einer ihrer Vorstellungen kennengelernt«, sagte er knapp. »Sie ... sie hat mir angeboten zu bleiben und mich in der Truppe zu beweisen. Sie hat mir eine Chance gegeben gegen alle Widerstände.«

Ich spürte, dass das nicht die ganze Geschichte war, ging aber trotzdem zu der Frage über, die mir wesentlich dringender auf der Seele brannte.

»Und wart ihr – seid ihr – ein Paar?«

»Nein, natürlich nicht«, antwortete Farid und schüttelte nachdrücklich den Kopf. »Wir sind kein Paar.«

Ich war erleichtert das zu hören, gleichzeitig aber sah ich schweigend auf den See hinaus und wusste nicht, was ich als nächstes sagen sollte. Es hing jetzt eine ganz andere Frage in der Luft und ich war mir weder sicher, ob ich sie stellen wollte, noch ob ich sie überhaupt beantworten konnte.

»Und wir?«, fragte Farid dann schließlich leise. »Was wollen wir sein?«

Ich schluckte und wusste, dass nun der Moment war, in dem ich vom Wasser aufblicken und Farid gestehen sollte, dass wir wesentlich mehr für mich waren als Trainingspartner. Ich hätte ihm sagen müssen, dass selbst einfach nur auf dieser kalten Parkbank neben ihm zu sitzen, mir eine Ruhe und Sicherheit gab, die ich glaubte, für immer verloren zu haben, auch wenn ich den Grund dafür nicht richtig begriff – vielleicht nicht begreifen wollte. Ich hätte alle diese Dinge gerne zu ihm gesagt, stattdessen schoben sich Weissmanns Worte in mein Gedächtnis, dass ich gerade mit meiner letzten Chance spielte, es wieder auf die große Bühne zu schaffen. Dass mein Platz nicht an Farids Seite war, sondern an Dorians – und ich nicht zum Cirque d'Hiver gehörte, sondern an die Opéra Garnier ...

»Ich glaube, die Antwort, die du dir wünschst, würde die Dinge verdammt kompliziert machen«, sagte ich und sah zu ihm auf.

»Einfach fand ich schon immer langweilig«, antwortete Farid

ruhig und legte seine Hand auf meine. »Außerdem kommt es nicht nur darauf an, was ich mir wünsche.«

Ich schluckte, dann sagte ich schließlich.

»Ich … ich weiß es nicht. Ich kann einfach gerade … Ich habe Angst, dass wir in etwas hineingeraten, das uns hinterher nur unglücklich macht. Versteh mich nicht falsch, ich hatte heute … Das war unglaublich, aber würdest du mir Zeit geben, Farid? Wärst du mir böse, wenn ich auf deine Frage noch keine richtige Antwort geben kann? Es sind gerade so viele Dinge in der Schwebe, ich will dir erst eine Antwort geben, wenn ich diese geordnet habe«

Farid nickte und drückte kurz, aber fest meine Hand.

»Nimm sie dir. Ich warte auf dich.«

Vorsichtig beugte er sich zu mir hinüber und gab mir dann einen ganz leichten Kuss auf die Wange.

»Dann lass uns jetzt besser gehen«, sagte er und als wir aufstanden, lösten sich ein paar feine Regentropfen vom Pariser Himmel.

***

An diesem Nachmittag fühlte sich die Rückkehr ins Appartement zum ersten Mal nicht mehr wie Nachhausekommen an. Ich fühlte mich eher wie jemand, der wieder in ein altes Korsett gezwängt wurde und dieser Gedanke erschreckte mich. Frustriert ließ ich mich auf das Sofa fallen und legte den Kopf in den Nacken. Am liebsten hätte ich mich an einem einsamen Ort verkrochen, um in Ruhe nachzudenken, aber ich wusste, dass daraus heute nichts werden würde. Wie bestellt hörte ich in diesem Moment eine Zimmertür aufgehen.

»Coco? Wieder zurück? Wie schön!« Petit colibri, Roxane Leclerc, kam ins Zimmer gewirbelt und ließ sich mit Schwung neben mir auf die Couch fallen. Sie legte ebenfalls den Kopf zurück auf die Lehne und blickte nach links zu mir, sodass wir uns direkt in die Augen sahen.

»Bereit für die Gala heute Abend? Ich bin schon den ganzen Nachmittag am Überlegen, welches Kleid ...« Roxane legte plötzlich die Stirn in tiefe Falten und musterte mich streng. »Charlotte Laffon, ich fass es nicht.«

»Was?«, fragte ich abwehrend. Ich setzte mich rasch auf, sodass sich unsere Gesichter nicht mehr direkt nebeneinander befanden.

»Du erzählst mir jetzt sofort, wie er heißt, wie ihr euch kennengelernt habt und wie er es geschafft, dein verkümmertes Herz wieder zum Leben zu erwecken!«, verkündete Roxane.

»Was redest du da?«, erwiderte ich, während ich ganz genau fühlen konnte, wie meine Ohren ein paar Grad wärmer wurden.

»Ich wusste doch, dass da was ist! Die plötzlichen Ausflüge, deine geistesabwesenden Blicke beim Abendessen, das ständige Seufzen ...«

»Ich seufze?«, wiederholte ich alarmiert.

»Jep, aber du warst in letzter Zeit viel zu gedankenversunken, um es zu bemerken«, antwortete Roxane selbstzufrieden.

»O Mann«, sagte ich, lehnte mich vor und vergrub den Kopf in den Armen.

»Hey, dafür muss man sich doch nicht schämen, außerdem hast du meine Frage immer noch nicht beantwortet: Wer ist er!«

»Nicht Dorian«, antwortete ich und obwohl ich immer noch den Kopf zwischen den Arm gelagert hatte, konnte ich fast sehen, wie Roxane ein beleidigtes Gesicht machte.

»Sehr lustig.«

»Nein, mal im Ernst«, sagte ich und kam wieder aus meiner Tauchstation hervor. »Du verrennst dich da gerade, Colibri. Ich bin nicht ... verliebt.«

»Also bitte«, antwortete sie und schnalzte missbilligend mit der Zunge. »Wenn du es schon nicht zugeben willst, musst du in Zukunft etwas mehr an deinem Pokerface arbeiten.«

Ich seufzte. »Es ist eine komplizierte Geschichte, okay? Und darum würde ich sie fürs Erste lieber für mich behalten.«

Wie Roxanes Ratschlag aussehen würde, wenn ich ihr alles erzählte, konnte ich mir sowieso ausdenken. Sie würde mir ohne Umschweife raten, sofort alles hinzuschmeißen, mit Farid durchzubrennen und Weissmann eine Ansichtskarte zu schicken, von wo auch immer wir unsere Flitterwochen verbrachten.

»Es gibt sowieso gerade wesentlich Wichtigeres als mein *verkümmertes Herz*, wie du es nennst«, sagte ich und setzte mich auf. »Zum Beispiel, welches Kleid, du heute Abend trägst.«

Roxane verzog schmollend den Mund.

»Wo ist eigentlich Louise?«, fragte ich und sah mich im Appartement nach unserem Ballettküken um.

»Trainiert«, antwortete Roxane und rollte die Augen. »Seit Weissmann mich letztens rausgeschmissen hat, schiebt sie Panik und tut kaum etwas anderes. Ich hätte sie fast schon Coco genannt.«

»Haha«, antwortete ich und stupste Roxane in die Seite.

»Na dann sehe ich auch mal zu, dass ich etwas Passendes für heute Abend raussuche. Wenn nicht alles glatt läuft, würde ich mich nicht mehr zur Probe mit Weissmann trauen, nicht mal wenn ich Baryshnikov persönlich wäre.«

12

Es war gegen sieben Uhr abends, als ich zusammen mit Roxane und Louise die steinernen Stufen zur Opéra Garnier hinaufstieg. Hatte der Morgen noch einen wunderbar klaren Wintertag bereitgehalten, so war das Wetter nun auf eisige Windböen umgeschwenkt, garniert mit regelmäßigen Regenschauern. Roxane hielt einen riesigen Regenschirm wie einen Schutzschild vor sich ausgestreckt, der wehrte zwar einigermaßen den Wind ab, machte es aber auch schwierig, den Eingang nicht zu verfehlen.

»Boah, ich hatte fast Angst, wir werden zurück ins Appartement geweht«, sagte Roxane, als wir das Foyer betraten.

»So schlimm ist es draußen doch gar nicht«, antwortete Louise, die sich bereits aus ihrem Mantel schälte.

»Du kommst ja auch von der Normandie-Küste, da ist man ne Menge gewöhnt.«

Ich ging nicht auf das Geplänkel der beiden ein, dafür war ich viel zu beschäftigt mich nach Dorian umzusehen – und nach Tina. Wenn sie mir nicht dazwischenfunkte, war heute vielleicht eine gute Gelegenheit zu versuchen, mit ihm zu sprechen. Ich wollte, dass wieder Frieden zwischen Dorian und mir herrschte. Ich hasste es, dass wir nicht mehr miteinander sprachen – denn ich hatte, trotz allem was zwischen uns vorgefallen war, das Gefühl, seinen Rat gerade wirklich gut gebrauchen zu können. Dorian kannte mich besser als jeder hier und momentan fühlte ich mich furchtbar verloren.

»Coco? Luise? Kommt ihr?« Roxane hakte sich gut gelaunt bei mir unter und gemeinsam gingen wir weiter zu den hohen, runden Empfangstischchen, wo langstielige Sektgläser und Teller mit

Häppchen standen. Um die meisten hatten sich bereits kleine Gruppen aus Tänzern der Kompanie geschart. Sie unterschieden sich deutlich von den zu hofierenden Besuchern, die zwar ebenso fein herausgeputzt, aber von wesentlich weniger sportlicher Gestalt waren. Ehe ich genauere Beobachtungen anstellen konnte, zog Roxane mich zu einem der Tische. Sie schnappte sich drei Sektgläser und drückte jedem eines in die Hand.

»Auf uns, Mesdames! Lassen wir es krachen und zeigen den feinen Pinkeln, wer die besten Ballerinas in diesem alten Kasten sind«, verkündete sie und nickte mir fröhlich zu.

Noch während wir klirrend anstießen, tauchte plötzlich neben Roxane eine hagere Gestalt mit ausgebleichten Haaren auf.

»Wie schön zu sehen, dass Sie den Weg in unseren alten Kasten gefunden haben«, sagte Weissmann und prostete uns mit seinem halbleeren Sektglas zu. Das übliche schwarze T-Shirt hatte er heute gegen ein dunkles Hemd getauscht. »Amüsieren Sie sich gut?«

Statt zu antworten wurde Louise puterrot und senkte schließlich hüstelnd den Kopf. Auch Roxane war keine große Hilfe. Sie starrte Weissmann mit einer Mischung aus Entsetzen und Verlegenheit an und bekam kein Wort heraus.

»Nur keine Sorge, mir ist durchaus bewusst, dass Sie nicht für intelligente Konversation hier angestellt sind«, sagte Weissmann bissig und legte dann eine sehnige Hand auf meinen Arm. »Würden Sie erlauben, dass ich Mademoiselle Laffon auf einen kurzen Plausch entführe?«

»Klar, ähm, kein Problem«, sagte Roxane, die den Choreographen immer noch ansah wie ein Reh im Scheinwerferlicht.

»Hervorragend!«

Weissmanns Finger schlossen sich schraubstockartig um meinen Arm und ehe ich protestieren konnte, wurde ich von Louise und Roxane weggeführt. Wir gingen zu einer etwas ruhigeren Ecke des hell erleuchteten Saals. Dort blieben wir stehen und zu meiner großen Erleichterung löste Weissmann endlich seinen Griff. Ich nutzte dies, um ein paar Schritte Abstand zwischen uns zu bringen. Der Choreograph musterte mich unterdessen mit kühler Konzentration von oben bis unten.

»Sie sehen gut aus«, sagte er dann.

»Danke«, erwiderte ich ein wenig verwundert über das Kompliment, hatte ich doch für den Anlass schließlich nur ein schlichtes schwarzes Kleid angezogen, das die Schultern freiließ, und die Haare mit Gel zurückgekämmt.

»Ich freue mich wirklich Sie heute Abend hier zu haben, Laffon. Mein Kompliment noch einmal, dass Sie es geschafft haben, die unselige Sache mit dem Kleid zu regeln. Ich muss zugeben, ich hatte nicht damit gerechnet.«

»Ich ehrlich gesagt auch nicht«, antwortete ich mit einem schiefen Lächeln.

»Na, na, ein echter Profi gibt das niemals zu«, sagte Weissmann und hob tadelnd den Finger. »Sind Sie schon dazu gekommen, sich ein wenig unter den Gästen umzusehen?«

»Leider nein. Wir waren gerade erst angekommen, als Sie uns mit Ihrer Anwesenheit beehrten.«

»Höre ich da etwa Sarkasmus, Laffon? Sparen Sie sich den für private Angelegenheiten auf. Jetzt ruft die Pflicht.«

»Die Pflicht?«, wiederholte ich perplex.

»So viel zum Thema intelligente Konversation«, seufzte Weissmann. Er stellte sein Sektglas einfach auf dem Absatz einer weißen Säule ab und bot mir einen Arm an. »Bitte, lassen Sie uns ein paar Schritte gehen.«

Widerstrebend hakte ich mich bei dem Choreographen unter und gemeinsam begannen wir eine Runde um die Gästeschar zu drehen. Ich spürte die neidvollen, aber auch misstrauischen Blicke der anderen Tänzer auf uns ruhen, während Weissmann selbstbewusst durch die Menge flanierte. Dass er trotz der hässlichen

Gerüchte, die derzeit über mich umgingen, mir so offensichtlich seine Gunst zeigte, würde für jede Menge Unmut sorgen.

»Merken Sie es?«, flüsterte Weissmann mir zu. »Sie sehen Sie alle an.«

»Es kommt nicht nur darauf an, dass sie mich alle ansehen, sondern auch auf das Wie«, antwortete ich unbehaglich.

»Wer nicht gesehen wird, ist bedeutungslos, Laffon, und wer immer nur auf Frieden bedacht ist, schafft es niemals, aus der letzten Reihe auszubrechen.«

»Glauben Sie nicht, dass ...«

»Monsieur Weissmann, ich hoffe, Mademoiselle Laffon nimmt Sie nicht völlig in Beschlag?«

Ich wandte mich um und erblickte niemand anderen als die Primaballerina Valentina Sorokin. Ich war so sehr in Weissmanns Worte vertieft gewesen, dass ich sie gar nicht bemerkte hatte, ebenso wenig wie Dorian, den sie mitzog wie einen Schoßhund. Er trug eine dunkle Jeans und ein weißes Hemd – und wirkte alles andere als begeistert darüber, mich zusammen mit dem Choreographen zu sehen. Ich hoffte ihm durch Blickkontakt irgendwie signalisieren zu können, dass ich nicht gerade dabei war, mich einzuschleimen, sondern zu diesem Spaziergang mehr oder weniger gezwungen wurde.

»Ganz und gar nicht, Tina, Mademoiselle Laffon ist eine bezaubernde Gesprächspartnerin«, sagte Weissmann und neigte leicht den Kopf.

»Mich wundert doch, dass Sie Ihre Zeit nicht den Sponsoren schenken, sondern einer unserer etwas weniger vielversprechenden Tänzerinnen«, erwiderte Valentina spitz.

Ich biss mir auf die Zunge, um eine Erwiderung herunterzuschlucken, während Weissmann nur milde lächelte.

»Ich kann Ihnen versichern, dass *alles*, was ich tue, auf das Wohl unserer Kompanie ausgerichtet ist – und Sie sollten sich lieber auf das Wohl Ihres Knöchels konzentrieren als auf das unserer Sponsoren.«

Valentina wurde sehr blass um die Nase. Wütend funkelte sie Weissmann an, brachte aber kein weiteres Wort hervor.

»Wenn ich Ihnen einen Rat geben darf, Valentina: Seien Sie sich ihrer Position nie zu sicher. Manchmal sind es gerade die Außenseiter, die uns zum Verhängnis werden«, sagte der Choreograph heiter, als plauderten wir über das Wetter.

»Das werden wir noch sehen!«, zischte sie, hakte sich energisch bei Dorian ein und ließ uns einfach stehen.

»Danke«, sagte ich verdutzt, als ich ihr nachsah. Das war schon das zweite Mal, dass Weissmann Partei für mich ergriffen hatte. »Aber woher wussten Sie, dass ...?«

»Ich bitte Sie, Laffon, ich habe Augen im Kopf und war selbst auch einmal Tänzer. Es ist meine Aufgabe über diese Dinge Bescheid zu wissen. Wenn ich bald nicht mehr auf Valentina setzen kann, muss ich rechtzeitig umdisponieren.«

Weissmann nahm nun seinen Streifzug wieder auf, während ich ihm notgedrungen folgte. Schließlich näherten wir uns einer Gruppe Sponsoren, die mit ihren Sektgläsern in der Hand diskutierend beisammenstanden. Es waren Männer und Frauen Anfang vierzig, reich genug, um in ihrer Freizeit das Pariser Kulturleben zu sponsern und wichtig genug, um selbst Weissmann unter Druck setzen zu können.

»Sehen Sie den Mann im dunkelblauen Anzug mit den hellblonden Haaren? Den großen, schlanken?«, fragte der Choreograph.

»Ja, das tue ich«, antwortete ich und sah unbehaglich zu Weissmann.

»Sein Name ist Maxime Durand und ich wäre Ihnen sehr verbunden, wenn Sie seinen Abend heute so – angenehm – wie möglich gestalten würden.«

Ich neigte den Kopf näher zu Weissmann in der verzweifelten Hoffnung, mich gerade verhört zu haben.

»Ist das Ihr Ernst? Ich soll mich an einen der Sponsoren ranschmeißen?«, flüsterte ich.

»Der *möglichen* Sponsoren«, betonte Weissmann. »Und ich wünsche, dass aus diesem *möglichen* noch heute Abend ein *garantierter* wird.«

»Warum lassen Sie das nicht ein anderes Mädchen machen?«, fragte ich abwehrend. Es gab genug Kompaniemitglieder, die für ein wenig Anerkennung von Weissmann diese Aufgabe mit Freuden angenommen hätten.

»Weil keine der hier Anwesenden auch nur den Hauch Ihrer Ausstrahlung besitzt, Laffon. Im Gegensatz zu Valentina brauchen *Sie* kein aufwändiges Kostüm, um herauszustechen. Es wird Zeit, dass Sie dieses Talent auch außerhalb der Bühne nutzen.«

Weissmanns Kompliment sollte mich wohl über die Tatsache hinwegtrösten, dass der Choreograph mich mal wieder massiv unter Druck setzte.

Ich schüttelte hilflos den Kopf.

»Muss das sein?«, fragte ich leise. »Ich glaube, dass sich dieses Talent auf die Bühne beschränkt.«

»Unsinn, Laffon! Sie sind eine außergewöhnliche Persönlichkeit und überhaupt befinden wir uns nicht immer auf einer Bühne? Sie haben jetzt die Wahl: Entweder Sie helfen mir bei der Förderung unserer kleinen Familie oder Valentina tanzt die letzte Weihnachtsaufführung. Ich zwinge Sie selbstverständlich zu nichts, aber wollen Sie ihr wirklich diese Genugtuung gönnen?«

Ich schluckte und wandte den Blick ab. Zu meiner eigenen Überraschung fühlte ich einen Knoten in meinem Hals aufsteigen. Ich hätte mich am liebsten geweigert, sollte Weissmann doch eine andere Tänzerin zu seiner Marionette machen! Doch gerade als mir dieser Satz auf der Zunge lag, tauchte das Gesicht meiner Mutter vor meinem geistigen Auge auf. Ich sah vor mir, wie ich ihr am Weihnachtstag gestehen musste, dass ich meine Karriere an der

Opéra vermasselt hatte. Die Vorstellung ihres enttäuschten und gleichzeitig selbstzufriedenen Blicks höhlte meinen Widerstand so lange aus, bis schließlich nur noch ein resigniertes Nicken übrigblieb.

»Wenn es denn wirklich sein muss«, murmelte ich.

»Ich wusste schon immer, Sie sind eine Kämpferin, Laffon«, antwortete Weissmann und tätschelte wohlwollend meinen Arm. In diesen Moment erblickte sein anvisiertes Opfer uns beide, löste sich aus seiner Gesprächsgruppe und kam auf uns zu. Mit Sicherheit, um ein paar Worte mit dem Choreographen zu wechseln.

»Quelle chance!«, raunte Weissmann mir zu. »Dann seien Sie jetzt ein braves Mädchen und«, er ließ plötzlich meinen Arm los, »amüsieren Sie sich.« Und gab mir einen unsanften Schubs nach vorne.

***

Ich hatte kaum eine halbe Sekunde Zeit, Weissmann zu verfluchen, da prallte ich schon mit Maxime Durand zusammen – ebenso wie mit dem Sektglas, das der Sponsor in der Hand hielt. Noch während ich zurücktaumelte sah ich, dass ein Teil des Inhalts herausgespritzt war und sich nun auf einer teuer aussehenden dunkelblauen Krawatte verteilte.

»Putain de merde!«, fluchte ich – und hätte mir am liebsten die Hand vor den Mund geschlagen.

Durand musterte mich mit erstauntem Gesichtsausdruck und schien gar nicht zu bemerken, dass ich soeben seine Krawatte ruiniert hatte.

»Verzeihung, Monsieur!«, stammelte ich. »Es tut mir wirklich furchtbar, furchtbar leid. Das war keine Absicht!«

»Beruhigen Sie sich doch bitte, Mademoiselle«, erwiderte Durand, dessen Blick, nachdem er mich fertig gemustert hatte, von überrascht zuäußerst wohlwollend wechselte. Er zog ein Stofftaschentuch aus der Tasche seiner Anzughose und tupfte nachlässig den Sekt von seiner Krawatte.

»Ich wollte wirklich nicht ... Ich muss gestolpert sein. Ich ersetze sie Ihnen auch!«, rief ich.

»Ich bitte Sie, es war doch keine Absicht«, wiegelte Durand ab.

Ich wünschte, es wäre so, schoss es mir durch den Kopf. Ich betrachtete den Sponsor, der soeben sein Taschentuch wieder in die Hosentasche steckte.

Maxime Durand hatte ein durchaus angenehmes, kultiviertes Äußeres: Dunkelblondes, streng zurückgekämmtes Haar, eine markant geschwungene Nase und strahlend blaue Augen, um die bereits ein paar Falten lagen.

»Ich vermute, ich bin Ihnen in die Quere gekommen, als Sie eigentlich mit unserem Choreographen sprechen wollten«, sagte ich.

»Dann sind Sie also eine der Tänzerinnen der Opéra«, antwortete Durand und nickte anerkennend. »Darf ich Ihnen mein Kompliment zur Premiere des *Nussknackers* aussprechen? Ich habe sie leider nicht selbst gesehen, aber einige Bekannte kamen aus dem Schwärmen nicht mehr heraus.«

»Danke, sehr freundlich«, antwortete ich verhalten, denn ich begann allmählich, den *Nussknacker* nur noch mit Unglück in Verbindung zu bringen. »Das ist allerdings auch nur möglich, weil Freunde des Theaters uns so großzügig unterstützen.«

»Wie wahr, wie wahr, genau diesen Freunden habe ich auch die Einladung zu diesem Abend zu verdanken«, antwortete Durand und zog leicht die Augenbrauen zusammen. »Sagen Sie, Mademoiselle, wie ist es eigentlich, mit Monsieur Weissmann zusammenzuarbeiten? Er soll ja schlicht genial sein, aber man hört doch einige Geschichten über ihn. Der Umgang mit ihm gestaltet sich angeblich nicht immer ganz ... harmonisch.«

Wenn Sie damit andeuten wollen, dass Weissmann mit den absolutis-

tischen Ansprüchen eines Sonnenkönigs regiert, dann liegen Sie damit verdammt richtig ...

»Ich ... also«, erwiderte ich verunsichert und ließ meinen Blick hilfesuchend durch den Raum schweifen. »Verstehen Sie mich nicht falsch, Monsieur ...«

»Ach, nennen Sie mich doch bitte Maxime!«

»Ähm, okay. Also, Maxime, unser Choreograph ist auf jeden Fall genauso genial wie beschrieben, aber manchmal kann er doch ein wenig ...« Ich biss mir auf die Lippe und verstummte. Ich redete mich hier gerade um Kopf und Kragen! Wenn ich jetzt auch nur ein falsches Wort über Weissmann sagte, konnte ich meine Karriere an den Nagel hängen.

»Ich merke schon, das ist ein heikles Thema«, sagte Durand und lächelte wissend. »Wie wäre es, wenn wir uns in diesem Gedränge eine Ecke suchen, in der wir uns ungestört unterhalten können? Ich brenne darauf, mehr über das Leben an der Opéra zu erfahren – und über Sie.«

»Gerne«, antwortete ich und setzte ein (wie ich hoffte) nicht allzu schmerzhaft aussehendes Lächeln auf.

»Merveilleux!«, erwiderte er und seine Hand streifte wie zufällig die meine. »Wollen Sie vielleicht noch etwas trinken?«

Ich öffnete den Mund, um höflich abzulehnen. Ein Glas Sekt war für mich an einem Abend genug.

»Ach, zieren Sie sich nicht. Wir sind doch hier, um ein wenig Spaß zu haben«, unterbrach mich Durand und im nächsten Moment legte er seine Hand auf meinen Rücken und schob mich sanft, aber bestimmt zu den Empfangstischen. Aus den Augenwinkeln bemerkte ich ein paar Tänzerinnen, die mit angewidertem Blick zu uns herübersahen. Auf einmal fühlte sich die Hand auf meinem Rücken wie eine eiserne Klaue an ... Mein Hals schnürte sich zu. Ich wollte raus hier! Ich würde heute nicht den letzten Rest meiner Würde vor der Kompanie verlieren. Entschlossen holte ich tief Luft – dann traf mein Blick Weissmann, der Durand und mich erwartungsvoll taxierte. *Sie wollen doch nicht bedeutungslos sein, Laffon?*, hallte die kühle Stimme in meinem Kopf wider und fegte wie ein eisiger Windstoß über meinen Widerstand hinweg. Ich schnappte nach Luft.

»Sagen Sie, wie lange sind Sie eigentlich schon bei der Kompanie? Sie scheinen noch sehr ...«

Seine restlichen Worte gingen allerdings in der dichten Watte unter, die sich plötzlich über meine Ohren legte, während ein dumpfer Schmerz begann, langsam mein Rückgrat hinaufzukriechen. Nein! Warum jetzt? Warum hier? *Ist das ganze Leben nicht eine Bühne, Laffon?* Kalter Schweiß brach auf meiner Stirn aus und ich ballte die Hände zu Fäusten. *Nein! Nicht jetzt! Bitte nicht jetzt ...*

»Mademoiselle? Fühlen Sie sich nicht wohl?«

Ich zuckte zusammen und fasste unwillkürlich an meinen Rücken. Nur ein einziger Gedanke hämmerte in diesem Moment unablässig in meinem Kopf: Weg. Ich musste sofort weg hier!

»Ich muss kurz ... Bin gleich wieder da, Monsieur«, brachte ich irgendwie zwischen zusammengebissenen Zähnen hervor, dann ließ ich Durand stehen und drängte mich rücksichtslos an den umstehenden Gästen vorbei, während mein Herz zu rasen begann. Panisch hastete ich den Gang hinunter, der weg von der Feier führte, bis ich endlich die Damentoiletten fand. Ich riss die Tür auf und stürzte wahllos in eine der Kabinen. Mit zitternden Händen verriegelte ich das Türschloss, dann ließ ich mich an der Kabinenwand auf den Boden sinken und vergrub den Kopf zwischen den Armen. Ich versuchte mit aller Macht das Zittern, das plötzlich meinen ganzen Körper schüttelte, unter Kontrolle zu bekommen. Mein Atem ging nur noch stoßweise. Ich kniff die Augen zusammen und wartete, bis ich merkte, wie der Schmerz in meinem Rücken langsam wich und das Zittern in meinen Beinen schwächer wurde. Mir war ein wenig schwindlig und ich stützte die Stirn an meinen Knien ab.

Ich schlang die Arme fest um meine Knie und spürte, wie in dieser sicheren dunklen Höhle Tränen in meine Augen stiegen. Selten hatte ich mich nach einer Panikattacke derart hoffnungslos und alleine gefühlt ... *Reiß dich zusammen, Coco,* wies ich mich zurecht. *Du bist Tänzerin! Du bist daran gewöhnt, unter Druck zu stehen! Steh jetzt auf, geh wieder raus und bring diesen Abend zu Ende. Halt durch, nur noch ein kleines bisschen. Du schaffst das!*

Mantras dieser Art betete ich mir so lange vor, bis ich endlich die Kraft hatte, meinen Kopf zu heben. Langsam rappelte ich mich auf und strich mit zittrigen Fingern mein zerzaustes Haar zurück. Nachdem ich ein letztes Mal tief eingeatmet hatte, entriegelte ich die Toilettentür und ging aus der Kabine an die Waschbecken. Ich hielt kurz inne und lauschte, ob ich allein war, dann betrachtete ich mein bleiches Gesicht in den vergoldeten Spiegeln. Ich sah aus, als wäre ich einem Gespenst begegnet – und bei dieser Begegnung selbst eines geworden. Ich drehte einen der altmodischen Hähne auf und ließ heißes Wasser über meine eiskalten Hände laufen in der Hoffnung, so wieder etwas Farbe in mein Gesicht zurückzubringen. Nach einer knappen Minute drehte ich das Wasser ab, trocknete meine Hände, atmete dreimal tief durch, wie ich es auch vor Aufführungen tat, und trat dann wieder aus der Damentoilette hinaus. Im Gang prallte ich beinahe mit einer hochgewachsenen Gestalt zusammen. Einen verwirrten Moment glaubte ich, Durand wäre mir gefolgt, um zu sehen, was aus mir geworden war, doch es war nicht Durand – es war Dorian.

»Dorian!«, entfuhr es mir überrascht. »Was machst du hier?«

»Nachsehen, ob es dir gutgeht«, antwortete er prompt, griff nach meinem Arm und bugsierte mich den Gang hinunter von den Eingängen der Toiletten weg. Im Halbschatten einer Marmorbüste blieben wir stehen.

»Du siehst ziemlich fertig aus, Coco. Ist alles in Ordnung?«, fragte Dorian und musterte mich mit kritischem Blick.

Unwillkürlich verschränkte ich daraufhin schützend die Arme vor der Brust. Einerseits war ich froh, dass Dorian nach mir gesucht hatte, andererseits ... Wenn ich jetzt eingestand, dass ich schon wieder in Panik geraten war, würde er das nur als Bestätigung sehen, dass ich an der Opéra nichts mehr verloren hatte.

»Es geht mir gut«, antwortete ich daher. »Wirklich.«

»Wenn es dir *wirklich* gut geht«, erwiderte Dorian gedehnt, »würde ich gerne von dir wissen, seit wann du es nötig hast, dich bei den Sponsoren einzuschleimen?«

»Weissmann hat ...«

»Natürlich hat er das!«, fiel Dorian mir ins Wort. »Aber warum lässt du es mit dir machen, Coco! Siehst du nicht, wie dieser narzisstische Menschenschinder dich ausnutzt? Wenn du nicht aufpasst, nimmt er dir noch das letzte bisschen Würde. Du solltest mal hören, was die anderen in der Kompanie über dich ...«

»Ach, haben die jemals etwas Gutes über mich gesagt?«, fiel ich Dorian ins Wort und spürte plötzlich die angestaute Anspannung in mir emporsteigen. »Glaub mir, ich weiß ganz genau, dass ich Tina mittlerweile auf der Unbeliebtheitsskala um Längen überhole. Ist das vielleicht der Grund, warum du seit Neuestem nur noch mit ihr zusammensteckst?«

»Darum geht es doch gerade gar nicht!«

»Doch, Dorian! Genau darum geht es! Ich verkaufe angeblich meine Würde? Das wirft mir ausgerechnet jemand an den Kopf, der seine beste Freundin für die Primaballerina der Kompanie fallen gelassen hat. Ich nutze Weissmann genauso aus, um nach vorne zu kommen, wie du Valentina! Also halte mir bitte keine Vorträge über Anstand, Dorian Barratier, denn du bist mittlerweile kaum besser als ich.«

Aufgebracht setzte Dorian zu einer Erwiderung an, dann holte er tief Luft, schloss kurz die Augen und sah mich dann eindringlich an.

»Auch wenn du es mir vielleicht nicht glaubst, aber ich bin

nicht dein Feind hier, Coco. Lass mich dir bitte nur eine einzige Sache mit auf den Weg geben: Sei vorsichtig, okay? Denn wenn nicht, wirst du in dieser Schlangengrube untergehen. Weissmann lässt dich fallen, sobald er sich keinen Vorteil mehr von dir verspricht.«

Innerlich spürte ich, dass Dorian recht hatte, wusste, dass er mir tatsächlich helfen wollte, und gleichzeitig stieg wieder der Trotz in mir hoch, ebenso wie die Wut über meine Hilflosigkeit. Natürlich war mir bewusst, dass Weissmanns Gunst genauso schnell vergehen konnte, wie sie gekommen war, aber was hatte ich denn für eine Wahl? Was hatte ich für eine Wahl, wenn ich nicht bedeutungslos sein wollte? Noch größer als die Angst davor, wieder zu fallen, war meine Angst, dass alles, *alles*, was ich auf mich genommen hatte, umsonst gewesen sein könnte. Dass ich umsonst in Kauf genommen hatte, die ewige Enttäuschung meiner Mutter zu sein. Das Ballett war seit langer Zeit meine Familie, wenn ich es nicht mehr hatte, was blieb mir dann noch?

»Und ... wenn er mich fallen lässt?«, flüsterte ich und sah zu Dorian auf. »Wirst du dann da sein, um mich zu aufzufangen?«

Traurig sah mein bester Freund mich an, öffnete den Mund, doch was auch immer er sagte, wurde in diesem Moment von einer durchdringenden Stimme übertönt, die mit einem Mikrofon sämtliche Gespräche überlagerte.

»Mesdames et Mesieurs! Ich hoffe, Sie amüsieren sich alle auf unserem kleinen Fest. Es ist mir eine Freude, den nächsten Programmpunkt ankündigen zu dürfen! Etwas ganz Besonderes!«, verkündete Weissmann sonor und löste ein ungutes Gefühl in mir aus. »Die besten Musiker und Musikerinnen unseres wunderbaren Orchesters haben sich für diesen Abend bereiterklärt für Sie persönlich aufzuspielen, werte Gäste! Ich bin mir sicher, einige unserer lieben Kompaniemitglieder können es kaum erwarten, Sie zu einem kleinen *Tanz* aufzufordern.«

Eindeutiger hätte Weissmanns Wink mit dem Zaunpfahl nicht ausfallen können.

»Ich muss gehen, Dorian«, sagte ich daher.

»Pass auf dich auf, Coco«, erwiderte er und sah mich nachdenklich an. »Schaffst du das? Mir zuliebe?«

Ich brachte auf diese Bitte hin nur ein müdes Lächeln zustande.

»Finden wir heraus«, antwortete ich und ging dann voraus zurück zur Sponsoren-Gala.

Kaum dass ich wieder in die Menge der Gäste eingetaucht war, spürte ich, wie meine Hände kalt wurden und sich das beklemmende Gefühl langsam wieder in meinem Magen ausbreitete. Ich versuchte nach Kräften, es zu ignorieren, indem ich den Hals lang machte und nach Maxime Durand Ausschau hielt. Ich wollte Weissmanns Auftrag mittlerweile einfach nur noch hinter mich bringen und mich dann im Appartement in meinem Bett verkriechen, um diesen Abend so schnell wie möglich zu vergessen.

Ich entdeckte Durand im Gespräch mit einigen anderen Gästen im Smoking, als er mich über die Schulter seines Gegenübers erblickte, lächelte er erwartungsvoll.

Ich schluckte und bahnte mir durch die Menge einen Weg zu ihm. Es war noch ein Stück gedrängter als vorher, da jetzt die Mitte der Empfangshalle für die Musiker und Musikerinnen freigeräumt wurde, die sich auf einigen bereitgestellten Stühlen niedergelassen hatten. Es waren vor allem Streichinstrumente vertreten und ich hörte kurz darauf den eleganten Klang einer Geige über das Gemurmel der Anwesenden hinwegschweben.

Durand hatte sich unterdessen aus seinem Gesprächskreis verabschiedet und kam zielstrebig auf mich zu.

»Mademoiselle? Sie haben mich ein wenig erschreckt, muss ich zugeben. Sie waren so plötzlich verschwunden. Alles in Ordnung?«, sagte er und musterte mich ähnlich prüfend wie Dorian vorhin.

»Alles bestens, Monsieur.«, erwiderte ich und fragte mich, wann ich zuletzt so oft hintereinander das komplette Gegenteil meiner Gefühlslage beteuert hatte. Ich atmete tief durch. »Entschuldigen Sie bitte, dass ich sie so lange allein gelassen habe, Maxime. Lassen Sie es mich wiedergutmachen.«

Ich nickte mit dem Kinn in Richtung der kürzlich geschaffenen Tanzfläche. Die Musikanten im Frack stimmten dort nicht länger ihre Instrumente aufeinander ein und starteten jetzt mit den Klängen einer Rumba.

»Es wäre mir mehr als ein Vergnügen, Mademoiselle«, erwiderte Maxime und bot mir einen Arm dar. »Ich hoffe nur, ich blamiere mich nicht.«

»Mit Sicherheit nicht«, erwiderte ich und hakte mich bei ihm ein.

Maxime führte mich entschlossenen Schrittes auf die Tanzfläche, wo sich bereits einige andere Paare eingefunden hatten und im Takt der Musik ihre Runden drehten. Zu meinem Unbehagen sah ich, dass sich auch Dorian und Valentina darunter befanden.

»Wenn ich bitten darf …« Maxime wirbelte mich herum und ehe ich reagieren konnte, lag bereits seine Hand (recht weit unten) auf meiner Hüfte, während er mit der anderen führte. Auch wenn ich eigentlich ausgebildete Balletttänzerin war, gehörte es quasi zur Berufsehre, auch die Standards anderer Tanzsportarten zu beherrschen. Ich überließ trotzdem Durand größtenteils die Führung und ließ mich von ihm über die Tanzfläche geleiten, während ich den durchdringenden Zitrusöl-Geruch seines Aftershaves einatmete. Nach der Rumba folgte ein schneller Discofox und auf der Tanzfläche wurde es allmählich immer voller. Hatte ich vorhin noch permanent gefröstelt, stieg mir nun die Hitze der dicht an dicht gedrängten Tanzpaare zu Kopf. Durand leistete seinen Beitrag dazu, indem er mich mit gefühlt jedem Takt dichter an sich heranzog.

»Ich muss ehrlich zugeben, ich hatte nicht damit gerechnet, an diesem Abend so viel Spaß zu haben«, sagte er nach einer besonders gelungenen Drehung, bei der ich schwungvoll in seinen Armen landete. Mit einem Lächeln beugte er sich zu mir herunter. »Normalerweise gestalten sich Abende dieser Art doch etwas ... langweilig.«

»Freut mich, dass Sie sich amüsieren«, erwiderte ich atemlos und sah zu, dass ich wieder ein wenig Abstand zwischen uns brachte.

»Das tue ich allerdings, Mademoiselle. Ich muss in Zukunft der Opéra wirklich öfter einen Besuch abstatten, das Ballett scheint eine faszinierendere Angelegenheit zu sein, als ich bisher angenommen hatte ...«

Ich hoffte nur, dass Durands Aussage bedeutete, dass er die Opéra sponsern und Weissmann mich damit wieder vom Haken lassen würde. Wie bestellt erkannte ich in diesem Moment über Durands Schulter den Choreographen auf der Tanzfläche. Zu meinem Erstaunen hatte er sich Roxane geschnappt und wirbelte den petit colibri der Kompanie geschickt über die Tanzfläche. Unsere Blicke kreuzten sich einen Moment und ich sah bang zu Weissmann hinüber.

Genug?, war die stumme Frage, die sich in meinem Gesicht widerspiegelte.

Der Choreograph zeigte erst keine Regung, woraufhin mein Magen sich unheilvoll zusammenkrampfte, doch dann verzog Weissmann den schmalen Mund zu einem leichten Lächeln und nickte.

Erleichtert atmete ich aus. Weissmann war zufrieden. Jetzt musste ich nur möglichst höflich und elegant Durand loswerden – und dann würde ich, so schnell es ging, von dieser Gala verschwinden.

»Mir wird doch allmählich etwas warm, Monsieur«, sagte ich daher mit unschuldigem Augenaufschlag. »Könnten wir vielleicht eine kleine Pause machen? Ich denke, Sie haben in jeder Hinsicht unter Beweis gestellt, dass man sich auf der Tanzfläche nicht mit Ihnen blamiert.«

»Schon erschöpft? Und ich dachte, Sie wären ein Profi«, antwortete Durand belustigt. »Wenn Sie mir vielleicht trotzdem noch einen letzten Tanz schenken würden ...?«

Innerlich seufzte ich frustriert, äußerlich setzte ich ein verbindliches Lächeln auf.

»Wie könnte ich da Nein sagen, Maxime?«

Ein letztes Lied noch und ich war erlöst, das sollte machbar sein. Durand nahm meine Hand noch ein Stückchen fester in seine Hände, während das Orchester einen schwungvollen Walzer anstimmte. Die Melodie kam mir vage bekannt vor.

»Oh, ein Klassiker«, bemerkte Durand erfreut. »Und so passend zur Jahreszeit.«

Jetzt erst erkannte ich das Lied. Es war der Schneewalzer, ein Lied, das beim Refrain eine ganz besondere – Eigenheit –mitbrachte ... Mein Mund wurde im Moment dieser Erkenntnis staubtrocken.

»Entschuldigung, aber ich glaube, ich würde mich doch lieber an den Rand setzen«, sagte ich und versuchte die Panik in meiner Stimme zu unterdrücken. Ich wollte mich aus Durands Griff zu lösen, doch der hielt mich einfach eisern fest.

»Sie werden mir doch nicht die beste Stelle verwehren, Mademoiselle«, raunte er. »Das wäre sehr unhöflich.«

»Ich kann wirklich nicht ...«, stammelte ich, doch der Kloß, der sich in meinem Hals gebildet hatte, machte es mir unmöglich, einen vernünftigen Satz zustande zu bringen.

Seien Sie ein braves, Mädchen ... War es Weissmanns oder Durands Stimme, die zu mir sprach? Ich konnte es nicht mehr auseinanderhalten, denn in diesem Moment näherte sich das Lied unaufhörlich seinem Refrain und Maxime Durands Hände schlossen sich fest, um meine Taille – und auf einmal schien ich wieder auf einer Bühne zu stehen, während ein einzelner Scheinwerfer mich blendete und sich meine Kehle langsam zuschnürte. Ich fiel auf den Grund eines tiefen dunklen Brunnens, tauchte in Erinnerungen ein wie in eiskaltes Wasser. *Du bekommst keine Luft mehr. Coco! Er hat dich* fallen *gelassen. Coco! Coco, du kannst deine Beine nicht mehr spüren ... Komm zu dir, Coco! Komm zu dir!* Raue Hände versuchten mich an den Armen zu packen ...

»Nein!«, schrie ich und tauchte aus dem Dunkel wieder auf, zurück an die rettende Oberfläche. Mit bebenden Gliedern stand ich da und versuchte verzweifelt irgendwie meinen Atem unter Kontrolle zu bekommen. Es dauerte mehrere Sekunden, bis ich merkte, dass die Musiker aufgehört hatten zu spielen. Ich stand mitten auf der Tanzfläche, umringt von einem aufgeregt tuschelnden Kreis aus Menschen. Direkt neben mir stand Dorian mit starrem Gesichtsausdruck. Ich blickte meinen Arm hinunter und begriff erst jetzt, dass er es war, der sich bemüht hatte mich festzuhalten, dann sah ich wieder hoch, direkt in das schockstarre Gesicht von Maxime Durand und begriff endlich, wieso Dorian versucht hatte mich festzuhalten: Über die linke Wange des potentiellen Sponsors zog sich eine dunkelrote Kratzspur, verursacht von einer panischen Tänzerin, die alles getan hatte, um nicht hochgehoben zu werden ...

13

Ich saß auf dem Sofa unseres Appartements, die Beine festangezogen, begraben unter einer schweren Wolldecke und bekam immer noch nicht das Zittern in den Griff, das meinen ganzen Körper schüttelte. Vor meinem geistigen Auge tauchten schlaglichtartig Szenen auf, von denen ich einfach nicht glauben konnte, dass sie zu meinem Leben gehörten. Dorian, der versuchte mich wegzuziehen, Maxime Durand, der mich anstarrte, als sei ich ein wildes Tier, Stimmen, die auf mich einprasselten. Es war jedoch nicht Durands Gesichtsausdruck, der mich am schlimmsten verfolgte. Als Dorian und Roxane es gemeinsam endlich fertiggebracht hatten, mich durch die aufgebrachte Gästeschar zurück zur Garderobe zu bugsieren, war ich Weissmanns Blick begegnet. Jedes Mal, wenn diese Erinnerung wieder in mein Gedächtnis trat, ging mein Atem schlagartig schneller. So schnell, dass Roxane, die seit zwei Stunden neben mir auf dem Sofa saß, beruhigend über meinen Rücken streichelte und mit Louise, die auf der anderen Seite saß, besorgte Blicke wechselte.

»Ich habe jemanden verletzt.« Der Satz kam mir immer wieder über die Lippen, egal wie sehr ich versuchte ihn für mich zu behalten. »Ich habe jemanden verletzt.«

»Es war ein Unfall, Coco«, sagte Roxane und drückte meine Schulter. »Du kannst nichts dafür.«

»Erklär das mal Weissmann«, murmelte Louise und fing sich von Roxane einen strengen Blick ein.

»Du solltest dich hinlegen, chérie«, sagte Roxane schließlich. »Es ist schon zwei Uhr früh.«

Ohne eine Antwort abzuwarten, nahmen mich Roxane und

Louise in die Mitte und führten mich in mein Zimmer, wo Louise mein Bett aufschlug. Ich legte mich mit einem sehr merkwürdigen Gefühl hinein. Roxane blieb an meiner Bettkante sitzen und streichelte vorsichtig meinen Arm, der kraftlos auf der Bettdecke lag.

»Passt du auf sie auf?«, flüsterte Louise Roxane zu. Sie nickte, woraufhin unsere Mitbewohnerin leise das Zimmer verließ.

»Du machst vielleicht Sachen, Coco«, sagte Roxane und fing jetzt an die Bettdecke zurechtzuzupfen. Ich schluckte. Obwohl Roxane gerade neben mir saß, fühlte ich mich in diesem Moment unendlich einsam. Wenn ich krank gewesen war – war das eine der wenigen Gelegenheiten gewesen, an denen meine Mutter ein wenig Fürsorge gezeigt hatte. Sie hatte sich dann, ähnlich wie Roxane jetzt, zu mir aufs Bett gesetzt, die Decke fest um meinen Körper gestopft und so lange gewartet, bis ich eingeschlafen war. Wenn ich dann am nächsten Morgen aufgewacht war, hatte bereits eine Kanne Tee auf meinem Nachttisch gestanden, zusammen mit einem ganzen Teller Madeleines und das, obwohl meine Mutter Süßes fast so sehr abgelehnte wie meine Spitzenschuhe.

»Ich muss jetzt gehen, oder?«, flüsterte ich und sah zu Roxane auf. »Weissmann schmeißt mich raus.«

»Das weißt du nicht, chérie«, erwiderte sie, doch am Klang ihrer Stimme erkannte ich, dass sie wenig Hoffnung hatte.

»Denkst du, Durand wird mich anzeigen?«

»Ich … Nein, bestimmt nicht«, antwortete Roxane. »Mach dir keine Vorwürfe, okay? Versprich es mir. Du warst nicht … du warst nicht du selbst, als es passiert ist.«

»Nein …«, antwortete ich und betrachtete die vielen Ballett-Pokale, die an der Wand gegenüber im Regal aufgereiht waren. »Ich war nicht ich selbst.«

Ich war nicht ich selbst – und ich fragte mich, wie lange schon.

»Danke, dass du dich um mich gekümmert hast, Roxane. Würdest du mich jetzt vielleicht allein lassen? Ich brauche ein bisschen Schlaf.«

»Natürlich, chérie«, erwiderte Roxane sofort. Sie ließ sich von der Bettkante gleiten und schlich dann leise aus dem Zimmer, an der Tür schaltete sie das Licht aus und ich blieb alleine im Dunkeln zurück. Ich bezweifelte, dass ich in dieser Nacht würde schlafen können ...

***

Als ich am nächsten Morgen aufwachte, fiel mein Blick als Erstes auf meinen Nachttisch. Dort stand eine Schüssel, in der sich Waffeln und drei Kugeln hellbraunes Eis stapelten. Wohl die ungewöhnlichste Frühstückskombination, die ich jemals zu Gesicht bekommen hatte. Ich rutschte ein kleines Stück tiefer in die Wärme meiner Decke zurück und betrachtete Roxanes liebgemeintes Arrangement. Ich hatte tatsächlich geschlafen. Ich hatte nicht einmal schlimme Träume gehabt. Vielleicht waren mein Körper und mein Geist inzwischen so erschöpft, dass sie nicht einmal mehr dafür die Kraft hatten. Ich schloss die Augen und horchte in mich hinein. Ein klein wenig hatte ich noch der Hoffnung nachgehangen, der ganze gestrige Abend wäre nur ein Albtraum gewesen, aus dem ich jetzt aufwachte – aber dann hätte Coco mir keines ihrer Frust-Spezial-Frühstücke serviert. Ich öffnete die Augen wieder und stand langsam auf. Jede meiner Bewegungen fühlte sich steif und mechanisch an. Mein Körper und mein Geist, sie schienen immer weiter auseinanderzudriften. Ich wusste nach dem letzten Unfall nicht mehr, ob ich einem von beidem überhaupt noch vertrauen konnte.

Nachdem ich mich angezogen hatte, ging ich in die Küche. Irgendwo in meinem Hinterkopf schwirrte der Gedanke herum, dass heute doch eigentlich Training war. Wie lange hatte ich geschlafen?

»Roxane?«, rief ich. »Louise?«

Das Appartement war leer. Gerade, als ich zurück in mein Zimmer gehen und mein Handy holen wollte, fiel mir ein Zettel ins Auge, der neben dem Herd lag. Sofort erkannte ich die krakeligen kleinen Buchstaben von Roxane.

»Opéra hat heute Morgen angerufen. Du sollst nach dem Training zu einem Gespräch kommen. Viel Glück, chérie <3, du schaffst das! Und iss dein Eis!«

Während ich Roxanes Zeilen las, knüllte ich vor Aufregung fast das Papier in meiner Hand zusammen. Das war er also. Mein Gerichtstermin. Ich blickte auf die Uhr, die über dem Herd hing. In zwei Stunden würde ich wissen, ob ich unehrenhaft aus der besten Kompanie des Landes entlassen wurde.

***

Wie in Trance betrat ich am Nachmittag die Opéra. Obwohl mir alles hier so vertraut war, in diesem Augenblick erschien es mir fremd. Es fing schon damit an, dass ich nicht wie üblich in die Umkleiden ging, um mich umzuziehen, sondern still durch die fast leeren Gänge lief, bis ich schließlich vor dem Übungssaal stand. Von drinnen hörte ich Madame Flegeaus Klavier und das Trippeln dutzender Spitzenschuhe auf hartem Boden. Als zehn Minuten später die Geräusche verstummten, ballte ich unwillkürlich die Fäuste. Schritte näherten sich und die Tür sprang auf. Eine Schar erhitzter Gesichter kam mir entgegen, froh für heute entlassen zu sein. Als die Tänzerinnen und Tänzer erkannten, wer da vor dem Übungssaal wartete, erhob sich ein misstrauisches Murmeln und die Anwesenden machten einen Bogen um mich, als könnte ich jeden Augenblick wieder wild um mich schlagen. Lediglich Roxane und Louise schenkten mir aufmunternde Blicke. Ich entdeckte Dorian hinter ihnen, der mich mitleidig musterte, aber auch er schloss sich dem Menschenstrom Richtung Umkleiden an. Als letzte verließ Madame Flegeau den Saal, wie üblich ihre Klaviernoten unter dem Arm, und mir blieb nichts anderes mehr übrig als einzutreten.

Im ersten Moment war ich erstaunt, einzig und allein Weissmann im Raum anzutreffen. Ich hatte mit einem ganzen Tribunal an hohen Tieren der Opéra gerechnet, stattdessen erwartete mich einfach nur der Choreograph in seinem üblichen schwarzen T-Shirt und mit schwer zu deutendem Gesichtsausdruck.

»Monsieur«, sagte ich. Obwohl ich nicht als Tänzerin hier war, nahm ich seine Hand und knickste kurz.

»Laffon«, antwortete Weissmann und nickte.

»Ich hatte erwartet …«, begann ich zögerlich.

»Sie hatten erwartet, vor einem ganzen Haufen Leuten Rede und Antwort stehen zu müssen«, stellte Weissmann fest. »Nun, das habe ich bereits für Sie getan.«

»Aha«, erwiderte ich nervös.

»Es wird sie sicher freuen zu hören, dass Durand davon absieht, Anzeige zu erstatten. Ich bezweifle allerdings, dass er so bald wieder einen Fuß in die Opéra setzen wird – und was Sie angeht … Sie sind fürs Erste suspendiert. Sie nehmen weder an den Aufführungen teil noch an den Trainings.«

Ich schluckte und versuchte die Tränen zurückzuhalten, die während Weissmanns Worte in mir hochstiegen. Natürlich war ich erleichtert, dass es keine Anzeige gab, aber der Preis, den ich für den gestrigen Abend zahlen musste, war nach wie vor hoch.

»Ja, Monsieur«, sagte ich nur leise und betrachtete den hellgrauen Boden.

Unvermittelt packte mich der Choreograph an den Schultern und ich sog erschrocken die Luft ein. Weissmanns knochige Finger bohrten sich schmerzhaft in meine Arme. »Verdammt, Laffon, was erwarten Sie denn von mir?«, sagte er scharf. »*Sie* waren es schließlich, die es nicht lassen konnte, dem wohlhabendsten Mann von Paris eine runterzuhauen!«

Schnaubend ließ mich Weissmann wieder los. Ich taumelte zurück zu geschockt, um etwas zu erwidern.

Der Choreograph wandte sich von mir ab und stellte sich an eines der hohen Fenster, als müsste er sich zwingen Abstand zwischen uns zu bringen. Es war schwer einzuschätzen, was er als nächstes tun würde.

»Aber ich wollte doch nicht ... Ich wollte wirklich nicht ...«, stammelte ich hilflos.

»Sie sind eine Egoistin, Laffon«, unterbrach mich Weissmann kaltschnäuzig. »Stehen da und suhlen sich in Ihrem eigenen Elend. Haben Sie eigentlich schon einmal darüber nachgedacht, was Ihre Ausfälle für die Opéra oder für andere bedeuten könnten? Alles, was Sie hier tun, fällt nicht nur auf Sie zurück. Was glauben Sie, wen man dafür noch zur Verantwortung zieht, wenn eine labile Tänzerin Sponsoren vergrault? Ich habe bei dem Versuch, aus Ihnen etwas Großes zu machen, beinahe meine Anstellung verloren. Also anstatt Ihre Schuhe zu fixieren und ›Ja, Monsieur‹ zu murmeln, könnten Sie sich gefälligst bei mir bedanken! Sie haben es einzig und allein meiner Fürsprache zu verdanken, dass man Sie nicht rausgeworfen hat!«

Ich starrte Weissmann an, während sich in meinem Kopf allmählich alles zu drehen begann. Ich wollte weg von hier.

»Ich ... Danke, Monsieur«, flüsterte ich und schluckte.

»Wie war das?«, fragte Weissmann und kam mir dabei wieder bedrohlich nahe.

»Danke, Monsieur!«, wiederholte ich und schaffte es diesmal, das Zittern in meiner Stimme bis auf eine Winzigkeit zu verbannen.

»Na also, Laffon.« Und ebenso unvermittelt, wie der Choreograph mich vor wenigen Augenblicken noch gepackt hatte, trat nun ein Lächeln auf sein Gesicht. Seine Wut schien plötzlich wie weggeblasen. Vollkommen gelassen setzte er sich auf den breiten Klavierhocker und klopfte auf den Platz neben sich.

»Lassen Sie uns ein wenig plaudern.«

Unschlüssig blieb ich, wo ich war, bis eine feine Falte zwischen Weissmanns Brauen auftauchte, da setzte ich mich rasch neben ihn.

»Sie müssen mir glauben, dass es mir keinerlei Freude bereitet, Sie zu maßregeln«, sagte Weissmann und tätschelte mein Knie. »Ich trieze nur diejenigen, von denen ich glaube, damit ein gewisses Potenzial wecken zu können. Ich bin nach wie vor auf Ihrer Seite, Laffon. Glauben Sie mir, ich will Ihnen helfen.«

Ich schwieg aus Angst, meine Antwort könnte Weissmann Stimmung wieder umschwenken lassen.

»Haben Sie schon einmal darüber nachgedacht, was wirklich hinter diesen – Ausbrüchen – steckt?«, fragte er jetzt.

»Ich weiß nicht, was Sie meinen, Monsieur«, antwortete ich und zwang mich, den Choreographen dabei anzusehen.

»Dann verrate ich es Ihnen. Diese Attacken selbst sind nicht das Problem. Es ist Ihr Unterbewusstsein, das Ihnen übel mitspielt. Sie haben tief in Ihrem Inneren nicht nur Angst davor, sich bei einem neuen Sturz zu verletzen. Sie schrecken in Wahrheit davor zurück, sich voll und ganz für das Ballett zu entscheiden. Jetzt, da Sie auch die Schattenseiten kennengelernt haben, haben Sie Zweifel. In jedem Moment, der diese Grenze endgültig überwinden könnte, halten Sie diese Zweifel zurück. Sie schieben eine Entscheidung vor sich her und verstecken Sie hinter Phantomschmerzen. Diesen Zwiespalt müssen Sie überwinden, Laffon. Sie müssen lernen, dass es zu unserer Profession gehört, an seine Grenzen und darüber hinauszugehen. Es ist ein Kampf zwischen Körper und Geist. Wenn Ihnen die Stärke fehlt, ihn zu gewinnen, kann ich Ihnen nicht helfen.«

Ich schluckte. Allmählich wusste ich überhaupt nicht mehr, was ich denken sollte. Wenn Weissmann die Dinge erklärte, wirkten sie auf eine verdrehte Art logisch, selbst wenn mein Bauchgefühl mir sagte, dass nicht ich die Schuld an alldem trug und hinter diesen –

Ausbrüchen –, wie er es nannte, mehr steckte als Zweifel an meinem Beruf.

»Ist es nicht letztendlich egal?«, murmelte ich. »Ich bin suspendiert. Die künstlerische Leitung will mich hier nicht mehr sehen.«

»Darüber machen Sie sich erstmal keine Gedanken, Laffon. Ich lasse mir schon etwas einfallen. Ich will Ihnen weiterhin die Chance geben, an Weihnachten zu tanzen – Sie müssen mir nur das Gefühl vermitteln, dass Sie das auch wollen. Jedes Mal, wenn ich Sie ansehe, habe ich inzwischen den Eindruck, Zweifel in Ihren Augen zu erkennen. Sind Sie wirklich noch mit ganzen Herzen bei der Sache? Ich wünsche mir eine ehrliche Antwort, denn wenn nicht, verschwenden Sie meine Zeit – und das würde ich Ihnen fast übler nehmen als Ihren gestrigen Auftritt.«

Ich blickte auf meine Hände und atmete tief durch. Vor gar nicht so langer Zeit hätte ich den Gedanken, dass mein Herz nicht mehr vollkommen dem Ballett gehören könnte, als vollkommen lachhaft abgetan. Jetzt aber saß ich da und dachte während Weissmanns Rede an Farid. Ich dachte an unseren gemeinsamen Ausflug über die Dächer, an die Wärme in seinen Augen und den beruhigenden Klang seiner Stimme. Ich dachte an dieses Gefühl der Leichtigkeit, wenn er mich in die Arme nahm … und in diesem Moment wurde mir klar, dass mein Herz zaghaft begonnen hatte, für zwei Welten zu schlagen.

»Also, Laffon?«

Aber ich war keine Zirkuskünstlerin, ich war Balletttänzerin. Ballett hatte schon immer mein Leben bestimmt, während Liebe … Meine Mutter hatte immer gesagt, Liebe kam und ging, wie es ihr gerade passte. Wollte ich tatsächlich alles, was ich war, für ein Bauchgefühl aufs Spiel setzen? Ich sah wieder zu Weissmann auf.

»Ich bin eine Tänzerin der Opéra Garnier«, sagte ich und sah ihm fest in die Augen.

Weissmann lächelte.

»Ich kann gar nicht ausdrücken, wie sehr es mich freut, das zu hören. Sie wissen, dass ich Sie sehr schätze, Laffon, es wäre wirklich eine Schande, Sie zu verlieren. Lassen Sie sich nicht entmutigen, die Geschichte mit dem Sponsor renkt sich schon wieder ein ...«

14

Ich saß draußen auf den Stufen der Treppe der Opéra Garnier, während ein kalter Dezemberwind mir immer wieder die Haarsträhnen aus dem Gesicht fegte. Ich bemerkte es kaum, ich war sogar ein wenig froh darüber. Die Kälte erinnerte mich daran, dass ich überhaupt noch etwas fühlte. Ich hielt mein Handy in den Händen und betrachtete die Liste mit meinen Kontakten. Ein seltsames Gefühl hatte sich seit meinem Gespräch mit Weissmann in mir ausgebreitet. Ich fühlte mich gedemütigt. Vielleicht hatte Dorian Recht. Vielleicht begann ich wirklich, in der Gegenwart des Choreographen mehr und mehr zu einem willenlosen Wesen zusammenzuschrumpfen, das alles mit sich machen ließ, um zu gefallen. Vehement schüttelte ich den Kopf, als könnte ich auf diese Weise meine Gedanken loswerden. *Er will dir helfen,* sagte ich streng zu mir selbst. *Hat er nicht selbst gesagt, dass er dich schätzt? Du wusstest doch schon immer, dass er keinen einfachen Charakter hat. Sei kein Weichei, Charlotte, reiß dich gefälligst zusammen.*

Aber dieser Satz schien seine Wirkung verloren zu haben. Ich konnte noch so oft meine Disziplin beschwören, ich blieb trotzdem das niedergeschlagene Nervenbündel auf den Treppenstufen der Opéra. Ehe ich groß darüber nachdenken konnte, wählte ich schließlich Farids Nummer und hielt das Handy an mein Ohr. Welcher Seite mein Herz auch immer gerade gehörte, es brauchte jetzt einfach nur dringend einen Ort, an dem es sich geborgen fühlte.

Doch das Klingeln blieb unbeantwortet. Ich starrte auf das Display. Womit hatte ich auch gerechnet? Farid war nicht der Typ Mensch, der die ganze Zeit das Handy mit sich herumschleppte. Wenn ich mit ihm sprechen wollte, musste ich wohl ...

***

Den ganzen Weg zum Cirque d'Hiver kämpfte ich gegen den Impuls an, doch wieder umzukehren. Ich war zuletzt unangekündigt dort aufgekreuzt, als ich Farid darum hatte bitten wollen, mir mit meinem Problem zu helfen. Nun hatte ich das Gefühl, statt diese zu lösen schleppte ich jedes Mal eine noch größere Katastrophe an. Zu meinem Erstaunen schien ich heute allerdings nicht die Einzige zu sein, die zum Zirkus wollte. Auf meinem Weg begegnete ich jeder Menge Familien mit Kindern an der Hand, die dasselbe Ziel zu haben schienen. Zögerlich schloss ich mich den Grüppchen an, bis wir vor dem großen Zirkusgebäude standen. Ich sah hoch zu dem riesigen Plakat, das über dem Eingang hing. So wie es aussah, hatte Farid einen sehr guten Grund, gerade nicht ans Handy zu gehen. Heute fand die sonntägliche Nachmittagsvorstellung des Winterzirkus statt. Das war wohl die Gelegenheit, einmal Farids Vorstellung zu sehen. Ich zögerte kurz, dann mischte ich mich unter die vorfreudig plappernde Schar aus Kindern, Erwachsenen und Großeltern.

Zehn Minuten später saß ich auf einer der roten Zuschauerbänke, die die große kreisrunde Manege umschlossen und konnte kaum glauben, dass ich nach meinem nervenaufreibenden Gespräch mit Weissmann tatsächlich beschlossen hatte, mir eine Zirkusvorstellung anzusehen. Wenn mich in der Ballettakademie die Kritik eines Lehrers getroffen hatte, hatte ich den Rest des Tages nichts anderes mehr getan, als bis zur Erschöpfung zu trainieren. Stattdessen saß ich, mich etwas deplatziert fühlend, hier, während mir ein kleines Mädchen mit blonden Zöpfen ein wenig Popcorn anbot. Auch etwas, das eine Balletttänzerin eigentlich um jeden Preis meiden sollte. Beherzt griff ich in den riesigen Popcorn Eimer und nahm mir eine ganze Handvoll. Das Mädchen sah mich erstaunt an und zog dann schnell ihren Pappeimer zu sich. Ich steckte das Popcorn in meinen Mund und genoss den klebrig süßen Geschmack auf meiner Zunge.

Allmählich begann ich doch zu verstehen, warum Roxane so verrückt nach ihrem Eis war. Wir alle hatten Nervennahrung bitter nötig. In diesem Moment gingen die Lichter aus und das Gemurmel im Publikum verstummte. Für einige Sekunden war es stockdunkel, dann leuchtete ein riesiger Scheinwerfer auf und warf einen kreisrunden Lichtkegel in die Manege, wo plötzlich ein hochgewachsener Mann mit Zylinder und einem roten Frack stand. Er drehte sich langsam im Kreis, dann nahm er seinen schwarzen Zylinder und streckte ihn hoch in die Luft.

»Mesdames et Messieurs! Willkommen! Willkommen zur spektakulärsten, zur unglaublichsten, zur atemberaubendsten Zirkusshow der Welt!«, rief er mit sonorer Stimme. Das musste also Monsieur le Directeur sein. Ich hatte ihn mir ehrlich gesagt ein wenig wie Weissmann vorgestellt. Eine auf etwas furchteinflößende Art beeindruckende Gestalt, doch dieser Meister der Manege verkörperte das genaue Gegenteil. Er wirkte nicht wie Weissmann, stets verschlossen und kontrolliert. Stattdessen strahlte der Zirkusdirektor, als könnte er es fast noch weniger als das Publikum erwarten, die Show endlich beginnen zu sehen.

Um mich herum brachen die Zuschauer in stürmischen Applaus aus. Ich sah kurz etwas unschlüssig zur Seite, dann schloss ich mich an.

»Ich will Sie gar nicht lange mit Worten aufhalten, verehrtes Publikum!«, verkündete Monsieur Belmero. »Unsere Artisten und Artistinnen können es kaum erwarten, Sie mit einer fantastischen Show zu unterhalten. Lehnen Sie sich zurück und lassen sie sich von unserer ersten Nummer verzaubern!«

Und kaum, dass er die Worte ausgesprochen hatte, galoppierten mehrere weiße Pferde mit weißem Kopfschmuck in die Manege. Ich hielt den Atem an und tat dann ich einfach, was Monsieur Belmero geraten hatte. Ich lehnte mich zurück und beschloss, für ein paar Stunden den Rest der Welt zu vergessen …

Genau wie er es versprochen hatte, wurde es ein spektakuläres, ein magisches und ein atemberaubendes Erlebnis. Spektakulär, als ich Mariku erkannte, die die unmöglichsten Verrenkungen vollführte, magisch, als ein Zauberkünstler aus den Ohren einiger Zuschauer die unmöglichsten Dinge herauszog und atemberaubend – ja, atemberaubend wurde es, als ich Farid und Isabell dabei zusah, wie sie gemeinsam durch die Lüfte wirbelten. Man wäre beim Zusehen niemals auf die Idee gekommen, dass die beiden zurzeit kaum miteinander proben konnten, ohne sich in die Haare zu kriegen. Isabell sah fantastisch aus in ihrem enganliegenden silbernen Kostüm, das über und über mit Pailletten besetzt war. Was mir allerdings bei ihrer Show auffiel – die meiste Zeit über war es auch sie, die die atemberaubenden Kunststücke vorführte, während Farid meist eher derjenige war, der sie danach sicher wieder auffing und zur nächsten Nummer überleitete. Das wunderte mich, denn ich war mir ziemlich sicher, dass Farid wesentlich mehr draufhatte, als Isabell im besten Licht dastehen zu lassen. Nach einigen Stunden standen schließlich alle Artisten und Artistinnen gemeinsam in der Manege, verbeugten sich, während nicht nur ich mir die bereits schmerzenden Hände wundklatschte. Die Lichter gingen an und ich wünscht die Zirkusshow wäre noch ewig weitergegangen. Ich wusste nicht, wann ich es zuletzt geschafft, so lange Zeit nicht an das Ballett oder die Opéra zu denken. Nun, um ehrlich zu sein, hatte ich auch noch nie den Wunsch dazu verspürt. Zumindest bis jetzt. Während alle anderen Zuschauer sich aus den Bänken schoben, reckte ich den Hals und suchte nach dem versteckten kleinen Ausgang, der in den Backstagebereich führte. Ich wartete so lange, bis sämtliche Besucher die Zuschauerränge verlassen hatte und der Zirkus sich vollständig geleert hatte, dann schlich ich so unauffällig wie möglich zu dem kleinen Seitenausgang der Manege. Mit klopfenden Herzen lief ich den daran anschließenden Gang hinunter, unsicher, wo ich nach Farid finden sollte und noch unsicherer, was ich sagen sollte, wenn mich jemand fragte, was ich hier zu suchen hatte …

»Mademoiselle?«

Ich wirbelte herum und erkannte zu meiner großen Erleichterung Mariku. Die Asiatin kam auf mich zu und ich bemerkte, dass sie zwar nicht mehr ihr aufwändiges Kostüm trug, aber noch immer geschminkt war.

»Ach, Coco, du bist es«, sagte sie, als wäre es keine große Überraschung, mich hier zu treffen. »Kann ich dir irgendwie helfen?«

»Ich bin auf der Suche nach Farid«, sagte ich nervös.

»Das dachte ich mir fast. Er wird sich freuen, dass du in der Vorstellung warst«, antwortete Mariku und zog die Augenbrauen hoch. »Hat es dir gefallen?«

»Sehr!«, antwortete ich aus vollem Herzen. »Ich war vorher noch nie im Zirkus.«

»Na dann wurde es ja allerhöchste Zeit, Kleine. Farid wird in seinem Wohnwaggon sein – ich vermute, du weißt, wo das ist.«

Mariku nickte mir freundlich zu und ich machte, dass ich aus dem Backstagebereich herauskam. Als ich die schwere Tür aufschob, die hinter den Zirkus führte, schlug mir sogleich ein eisig kalter Wind entgegen. Fröstelnd zog ich meinen Wintermantel enger um den Körper und ging in schnellen Schritten zum Eisenbahnwagen. Überrascht stellte ich fest,

dass die Tür einen kleinen Spalt offenstand. Ich wollte gerade hineinklettern, als mich ein Geräusch innehalten ließ. Eine Stimme. Eine fremde Stimme. Farid war nicht allein … Unentschlossen blieb ich stehen, wo ich war. Vielleicht sollte ich doch besser sehen, dass ich nach Hause kam?

»… versteh nicht, was du hier willst!«

Ich zuckte zusammen, als ich Farids aufgebrachte Stimme hörte. Instinktiv lehnte ich mich etwas näher an den offenen Spalt. Ich konnte nicht anders. Ich wollte wissen, was dort drinnen vor sich ging.

»Und wie bist du überhaupt hier reingekommen?«, fragte Farid jetzt.

»War nicht schwer. Die Tür hinten im Zaun ist nicht richtig verriegelt. So bist du damals doch auch rein, stimmts?«

Ich runzelte die Stirn. Was sollte das denn bedeuten?

»Wie auch immer, du kannst gleich wieder verschwinden«, erwiderte Farid harsch.

»Oha, behandelt man etwa so einen alten Freund?«, sagte der Unbekannte, seine Stimme hatte einen dunklen, harten Klang. Ich schätzte ihn trotzdem nicht viel älter als Farid.

»Wir sind keine Freunde ...«, antwortete er.

»Ganz ehrlich, ich versteh nicht, was du hier willst. Lebst in einem heruntergekommen Schrottwagen und hoffst darauf, ein großer Star zu werden. Das sind doch alles nur bescheuerte Tagträume.«

»Und nichts davon geht dich etwas an. Ich sage es nur noch einmal: Verschwinde von hier!«

Der Fremde lachte jedoch nur.

»Oder was? Na los, ruf sie doch, deine Zirkusfreunde. Ich würd sie gerne kennenlernen, dann könnten wir gleich ein wenig über deine Vergangenheit quatschen – oder warte – kann es sein, dass keiner von ihnen etwas darüber weiß?«

Stille.

»Dachte ich es mir doch«, sagte der Unbekannte kalt. »Du bist ein verdammter Feigling, Farid. Bist einfach abgetaucht ohne ein Wort, hast uns alle im Stich gelassen. Und für was? Ein Leben in einem heruntergekommenen Waggon?«

»Was willst du von mir?«, fragte Farid.

»Ich will, dass du dahin zurückkommst, wo du hingehörst. Wir waren ein verdammt gutes Team und du verschwendest hier nur dein Talent. Überleg es dir Farid, du rackerst dich doch nur für diese hochnäsige Zirkuszicke ab, bei uns hingegen ...«

»Nein!« Jetzt klang Farid wieder entschlossen. »Ich weiß, was du mir anbietest: Den einfachen Weg, den schnellen, aber ich will ihn nicht, hörst du? Ich bin gerade dabei, mir hier etwas aufzubauen und darum werde ich verdammt nochmal kämpfen. Das ist mein letztes Wort und wenn du dich jetzt nicht endlich verziehst, werfe ich dich eigenhändig raus.« Ich hörte es von drinnen rumpeln, als wäre Farid plötzlich aufgesprungen.

»Hey, Mann, ganz ruhig! Ich seh schon, ich verschwende hier meine Zeit. Du bist also immer noch nicht ganz bei Trost, na von mir aus. Sollte sich eines Tages daran was ändern, weißt du ja, wo du mich findest ...«

»Hau einfach ab!«

Ich konnte gerade noch in den Schatten hinter dem Waggon hechten, da sprang schon die Tür auf. Mir blieb nur ein kurzer Blick auf eine muskulöse, kleingewachsene Gestalt, die eilig vom Waggon wegging und sich die Kapuze ihres Sweatshirts über den Kopf zog. Ich zählte zwei Minuten hinunter, dann löste ich mich wieder aus dem Schatten.

Der Unbekannte hatte die Tür des Eisenbahnwagens einfach offenstehen gelassen.

Ich erblickte Farid, der allein mit hängenden Schultern im Inneren stand. Selten hatte ich ihn derart kraftlos gesehen. Normalerweise strahlte Farid und war voller Zuversicht. Ihn derart hilflos zu erleben, machte mir Angst.

Ich biss mir auf die Lippen, dann stieg ich die zwei Stufen hinauf und klopfte an die offenstehende Tür.

»Ich hab doch gesagt ... Coco?!« Farid fuhr zusammen und erwachte aus seiner Trance.

»Hallo«, sagte ich mit einem angespannten Lächeln.

»Wie kommst du denn hierher?«, fragte er mit gerunzelter Stirn.

»Freut mich auch dich zu sehen«, antwortete ich verletzt.

»Was? Nein, so war das nicht gemeint«, sagte Farid schnell. »Tut mir leid. Ich hatte nur überhaupt nicht mit dir gerechnet.«

»Ich habe mir eure Vorstellung angesehen.«

»Oh, das … Stehst du schon lange da draußen?«, fragte Farid nervös.

Erst zögerte ich.

»Hattest du Besuch?«, fragte ich dann.

»Ich … Ja, hatte ich«, erwiderte Farid niedergeschlagen. »Aber weißt du was, lass uns jetzt nicht darüber sprechen. Ich freu mich dich zu sehen.«

Und ehe ich antworten konnte, zog er mich in den Wagen und in seine Arme.

»Ich freue mich sogar sehr«, wiederholte er, nahm mein Gesicht in seine Hände und küsste mich.

Ich vergaß für einige Sekunden, wer ich war, wo ich war und dass ich Farid vor einem Tag noch erklärt hatte, dass ich die Sache langsam angehen wollte – und dass er immer noch Geheimnisse vor mir hatte. Ich ließ mich in seine Umarmung fallen und erwiderte den Kuss.

»Du bist das einzig Gute an diesem Tag«, sagte Farid, als wir uns wieder voneinander lösten. Er verriegelte die Tür und ließ sich dann mit einem Seufzen auf das niedrige Bett fallen. Ich setzte mich vorsichtig neben ihn. Farid legte einen Arm um meine Hüfte und zog mich enger an sich. Mein Herz schlug sofort ein wenig höher. Ich wollte ihn allerdings nicht so leicht vom Haken lassen. Der seltsame Fremde ging mir einfach nicht aus dem Kopf.

»Sag mal, bei deinem Besuch …«, sagte ich behutsam.

»Ach, vergiss ihn«, murmelte Farid und strich eine Haarsträhne aus meinem Gesicht.

»Ich will doch nur wissen, ob du Geheimnisse vor mir hast, Farid Alfarsi«, flüsterte ich.

Farid schwieg daraufhin eine Weile, während ich mit angehaltenem Atem wartete.

»Ich würde nie etwas vor dir verheimlichen, das du wissen müsstest«, sagte er schließlich. »Meine Vergangenheit ist vergangen und sie sollte weder dich noch mich weiter belasten.«

Ich war mir nicht sicher, ob mir das als Antwort reichte.

»Es freut mich wirklich, dich zu sehen, Coco«, sagte Farid. »Aber bist du wirklich einfach nur so heute in die Vorstellung gekommen? Ich dachte, du musst den ganzen Tag trainieren.«

Ich schluckte und zögerte kurz.

»Coco ...«, sagte Farid und sah mich eindringlich an. Er legte seine Hand auf meine. »Was ist passiert?«

Ich blinzelte heftig und merkte, wie sich meine Kehle langsam zuschnürte. Mir wurde erst in diesem Moment bewusst, dass ich seit dem Vorfall bei der Spendengala keine einzige Träne vergossen hatte. Ich hatte auf Autopiloten gestellt und keine Gefühle zugelassen. Erst jetzt, da ich die Ereignisse für Farid zusammenfassen sollte, schienen sie wirklich real zu werden und mich in ihrer ganzen Ausweglosigkeit zu überrollen.

»Es war ... Es ist alles schiefgelaufen«, flüsterte ich – und dann begann ich richtig zu heulen.

»Coco ...« Farid betrachtete mich völlig perplex, dann drückte er mich einfach wieder fest an sich und strich über mein Haar. Geduldig wartete er, bis ich langsam meine Tränen wieder unter Kontrolle bekam.

»*Was* ist schiefgelaufen?«, fragte er leise.

Ich wischte mir beschämt die Tränen aus dem Gesicht, dann erzählte ich Farid von der katastrophalen Sponsoren-Gala. Farid ließ normalerweise nicht genau erkennen, was er dachte, doch als ich Weissmanns Verhalten schilderte, zogen sich seine dichten Augenbrauen zusammen, bis sie fast einen dunklen Strich bildeten.

»Euer Choreograph ist ein übler Charakter«, sagte er dann schlicht. »Ich kenne Menschen wie ihn. Er würde für seine Zwecke jeden einzelnen von euch opfern und das, ohne mit der Wimper zu zucken.«

»Ich ... Das Ballett war schon immer ein hartes Pflaster«, sagte ich abwehrend. »Und Weissmann war einmal einer der besten Tänzer unserer Zeit. Wenn ich mir seine Anerkennung erkämpfe, kann ich es überall schaffen.«

Farid schüttelte unwillig den Kopf.

»Das wirst du nie. Menschen wie er kriegen nie genug. Ich verstehe nicht, warum du dich von ihm so unter Druck setzen lässt. Du bist ein freier Mensch. Du darfst dich von ihm nicht erpressen lassen.«

Ich verzog unwillig den Mund. Farid machte sich die Sache zu einfach.

»Wenn es wirklich so einfach ist, warum trittst du dann noch mit Isabell auf?«, fragte ich, harscher als beabsichtigt.

Farid funkelte mich einen Moment aufgebracht an, dann seufzte er und ein resignierter Ausdruck trat auf sein Gesicht.

»Isabell hat ... weißt du noch, wie wir uns damals im Krankenhaus kennengelernt haben?«

»Wie könnte ich das vergessen«, erwiderte ich mit einem schiefen Lächeln.

»Es war nicht nur ein Unfall. Isabell und ich, wir hatten gestritten und sie hat mich kurz vor unserem Auftritt gestoßen. Als ich von der Plattform gestürzt bin, war das Fangnetz noch nicht richtig befestigt und ich bin damit in die Manege gefallen. Es war ein Riesenskandal und ich hätte fast meinen Job verloren – alles nur, weil ich gewagt hatte sie darum zu bitten, meinen eigenen Teil der Show zu bekommen.«

»Das ...« begann ich schockiert. »Das hätte ich nicht von ihr gedacht.«

»Ich auch nicht«, murmelte Farid. Einen Moment lang breitete sich ein bedrücktes Schweigen aus, dann sagte er plötzlich: »Ich wünschte, ich könnte mit dir auftreten.«

»Mit mir?«, erwiderte ich verblüfft. »Ich bin doch überhaupt keine Trapezkünstlerin.«

»Aber du bist ehrlich«, sagte Farid ernst und nahm meine Hände fest in seine. »Du hast ein Herz und ich weiß, du hast es dem Ballett geschenkt, aber wenigstens brauche ich nur in deine Augen zu sehen, um zu wissen, dass es da ist. Du bist nicht wie Isabell oder wie euer Choreograph. Du denkst nicht daran, wie dich alle ansehen und bewundern, wenn du auf der Bühne stehst. Du tanzt nicht nur für den Applaus. Du und ich, Coco, wir lieben einfach nur, was wir tun, und sind bereit alles dafür zu geben – und das nutzen andere schamlos aus.«

»Aber ich sehe keine Lösung«, flüsterte ich. »Ich sehe einfach keine Lösung.«

»Ich weiß vielleicht eine«, antwortete Farid. »Lass uns morgen zusammen trainieren. Ich glaube, wir sind bereit für die Manege des Cirque d'Hiver.«

Seine Worte lösten sowohl Begeisterung als auch Angst in mir aus.

»Aber was, wenn ich ... was, wenn ich wieder in Panik gerate«, erwiderte ich unbehaglich. »Durand habe ich das letzte Mal sogar verletzt. Ich will nicht, dass dir dasselbe passiert!«

»Gerade deshalb sollten wir uns morgen hier treffen.«

15

Als ich abends ins Appartement zurückkehrte, hätte ich alles dafür getan, nicht mehr Louise oder Roxane begegnen zu müssen. Ich wollte nicht ein weiteres Mal aussprechen, dass ich fürs Erste weder am Training noch an den Aufführungen teilnehmen würde. Ebenso wenig konnte ich glauben, dass ich tatsächlich morgen mit Farid die Trapezkunst trainieren würde. Hatte ich mir das die ganze Zeit über nicht gewünscht? Ja, aber unter vollkommen anderen Voraussetzungen. Als Mitglied der Tanz-Kompanie und mit einem wesentlich weniger komplizierten Verhältnis zu meinem Lehrmeister. Farids Streit mit Isabell ging mir nach wie vor nicht aus dem Kopf, doch ich hatte beschlossen ihm zu vertrauen. Was es auch war, das Farid mir verschwieg, er würde seine Gründe haben, es mir nicht zu erzählen und ich hoffte darauf, sie eines Tages von ihm selbst zu erfahren … In diesem Moment hörte ich es an der Tür rascheln und wenige Augenblicke später kam Roxane dicht gefolgt von Louise ins Wohnzimmer.

»Chérie! Wie geht es dir?«, rief Roxane, ließ die Einkaufstaschen, die sie geschleppt hatte, einfach fallen und stürmte auf mich zu. Sie ging vor mir in die Hocke und musterte mich besorgt. »Du bist sicher traurig, weil du nicht mehr tanzen darfst.«

»Woher weißt du das?«, fragte ich perplex.

»Weissmann hat es allen erzählt.«

»Ich hoffe, das war Teil seines Plans, mich zurückzuholen«, murmelte ich düster. »Außerdem ist es mir nicht allgemein verboten worden zu tanzen, Colibri, das kann mir niemand verbieten. Ich mache nur eine … eine Pause bei den Trainings.«

»Natürlich, chérie«, sagte Roxane und tätschelte mein Knie. Das

Mitgefühl in ihren Augen war fast schlimmer als ein hämisches Lächeln.

»Ich brauche kein Mitleid, okay?«, erwiderte ich und stand auf. »Ich komme schon zurecht.«

»Hey, sei doch nicht gleich eingeschnappt«, sagte Roxane verletzt.

»Gib ihr ein wenig Zeit«, meldete sich Louise zu Wort, die mit den Einkaufstüten im Türrahmen lehnte. »Denk mal darüber nach, wie du dich fühlen würdest, wenn du nicht mehr in der Kompanie wärst.«

»Danke, aber es ist auch nicht nötig über mich zu sprechen, als wäre ich nicht im Raum«, sagte ich genervt. »Ich lege mich ein wenig hin, wenn es euch nichts ausmacht.«

Ich ließ Roxane und Louise in der Wohnküche allein und ging zurück in mein Zimmer. Dort angekommen setzte ich mich auf mein Bett, während mir ein müder Seufzer entfuhr. Es waren in Wahrheit nicht Roxane und Louise, die mich hatten flüchten lassen, ich hatte immer noch Angst vor morgen. Farid schien sich so sicher zu sein, dass wir das hinbekamen, aber ich hatte nach wie vor meine Zweifel ...

***

Am nächsten Morgen tat ich entgegen meiner Gewohnheiten etwas, von dem ich mich nicht erinnern konnte, wann es zuletzt vorgekommen war. Ich schlief aus. Und ich blieb so lange liegen, bis ich hören konnte, wie Roxane und Louise das Appartement verließen. Was hatten wir früher nicht gemeinsam darüber gestöhnt, so früh aufstehen zu müssen und uns zum Frühstück gegenseitig prophezeit, wen Weissmann wohl heute mit seinen Bemerkungen filetieren würde. Das war jetzt vorbei. Die Erkenntnis, dass mein gesamter bisheriger Alltag einfach weggebrochen war, traf mich einigermaßen heftig und so verbrachte ich mindestens noch eine halbe Stunde damit, stumm an die Zimmerdecke zu starren, bevor ich endlich aufstand.

***

Ich wusste nicht, was ich bei unserem Trapeztraining brauchen würde, also hatte ich meine üblichen Klamotten angezogen, die ich auch sonst trug, wenn ich mich auf den Weg in die Opéra machte. Nur, dass ich diesmal in die völlig falsche Richtung unterwegs war. Ich musste im Kopf nicht Aufwärmübungen durchgehen oder meinen Part in der nächsten Aufführung. Ich wusste überhaupt nicht, wie ich meine fliegenden Gedanken einfangen sollte und das machte mich nervös. Zum Glück hielt nach kurzer Zeit die Métro an der Haltestelle, zu der ich wollte, und ich schob meine Aufregung für kurze Zeit beiseite. Ich atmete tief aus und genoss die kühle, kalte Luft, die mir entgegenschlug, als ich draußen war.

Farid erwartete mich diesmal bereits vor dem Künstlereingang. Er schloss mich zur Begrüßung mit einem breiten Lächeln in die Arme.

»Ich kann es kaum erwarten«, raunte er mir ins Ohr, als er mich an sich drückte.

»Und ich hätte gerne deine Zuversicht«, erwiderte ich, konnte aber nicht anders, als sein Lächeln zu erwidern, als wir uns wieder voneinander lösten.

»Ach, Monsieur le Directeur meinte einmal, Aufregung ist etwas Gutes. Sie zeigt Respekt für das Publikum«, sagte Farid.

»Wir haben Publikum?«, fragte ich entsetzt.

»Natürlich nicht«, winkte Farid ab. »Heute ist Ruhetag. Wir werden die Manege ganz für uns haben.«

»Hoffentlich ...«, murmelte ich.

»Na komm, es wird Spaß machen«, sagte Farid gutgelaunt. Er nahm meine Hand und zog mich in den Zirkus hinein, als wären wir beide schon immer dort zu Hause gewesen. Es war ein seltsames Gefühl, die Zuschauerränge und die Manege, die ich gestern noch voller Leben gesehen hatte, nun wieder vollkommen leer zu erleben. Es war auch etwas ganz anderes, als die Probenräume in der Opéra zu betreten. Der Boden bestand dort beispielsweise nicht aus Sägespänen und raschelte nicht bei jedem Schritt. Ich sah hinüber zu Farid, der seine Jacke ausgezogen und einfach auf das kreisrunde rote Mäuerchen gelegt hatte, das die Manege umgab.

»Dann mal hoch mit uns«, sagte er. Er ging zu der Strickleiter, die nach oben zu den Trapezplattformen führte. »Kommst du? Wenn du es über die Dächer der Banlieue geschafft hast, sollte das hier für dich nur noch ein Klacks sein.«

Ich biss mir kurz auf die Lippe, dann zog ich ebenfalls meine Jacke aus, schmiss meine Tasche an den Rand und folgte Farid. Noch während ich hinter ihm die Strickleiter hochkletterte, war ich hin und hergerissen, ob ich nicht vielleicht doch lieber wieder umkehren sollte. Schließlich blieb mir einfach keine gedankliche Kapazität mehr für diese Zweifel, denn die Strickleiter begann beim Klettern so stark nach links und rechts auszuschlagen, dass ich mich komplett darauf konzentrieren musste, nicht herunterzufallen.

Oben angekommen erwartete mich bereits Farids helfende Hand, dann standen wir schließlich gemeinsam auf der engen Plattform. Ich kniff ein wenig die Augen zusammen, um nicht ganz so genau sehen zu müssen, in welcher Höhe wir uns befanden, und betrachtete die Manege. Das letzte Mal, als ich hier oben gewesen war, hatte ich mich ganz auf Farid konzentriert. Jetzt musterte ich erstmals auch den Aufbau des Konstrukts genauer. Es gab insgesamt drei Plattformen. Jeweils an den Enden der kreisrunden Manege und eine dritte, wesentlich breitere in der Mitte, sie lag etwas niedriger als die beiden am Rand. Unter uns war bereits das schwarze Fangnetz aufgespannt, wie ein unheilverkündendes Versprechen. Ich schluckte nervös und wandte rasch den Blick ab. Ich blickte zu Farid hinüber, der gerade damit beschäftigt war, das Trapez aus seiner Verankerung zu befreien.

»Bist du bereit für die allererste Übung, Coco?«, fragte er.

»Bereit«, sagte ich nervös, aber entschlossen.

»Gut, dann nimm das Trapez, schwing dich von der Plattform und lass dich fallen.«

»Ich soll – was?«, wiederholte ich verständnislos.

»Dich fallen lassen«, sagte Farid, als wäre dieser Vorschlag das normalste auf der Welt. »In das Netz.«

»Aber ich dachte, genau darum geht es gerade *nicht* bei eurer Kunst«, erwiderte ich und verschränkte die Arme. »Sofern ihr nicht ausgebuht werden wollt.«

Farids Anweisung wollte einfach nicht in meinen Kopf gehen. Herunterzufallen – das bedeutete für mich, einen Fehler zu machen – und wer Fehler machte, der brachte es im Ballett nicht weit. Wer Fehler machte, den setzte Weissmann sofort vor die Tür.

»Geplantes Scheitern ist kein Scheitern«, sagte Farid, der meine Gedanken gelesen zu haben schien. »Weißt du, was wirklich Fehler verhindert? Wenn sie eine Option sind. Sobald wir aufhören sie zu fürchten, sobald wir sie einmal durchspielen, sind sie viel weniger furchterregend.«

»Ich finde auch einen geplanten Fehler wenig vertrauenserweckend«, sagte ich skeptisch.

»Aber wir werden heute nichts anderes machen, Coco«, sagte Farid mit einem Lächeln. Ehe ich antworten konnte, nahm er das Trapez, spannte sich kurz an und stieß sich dann von der Plattform ab.

»Farid!«, rief ich, beugte mich nach vorne und sah gerade noch, wie er auf halber Höhe einfach das Trapez losließ. Das Fangnetz federte seinen Sprung ab und wippte hoch und runter. Ich schnappte unterdessen geistesgegenwärtig nach dem Trapez, das wie ein Bumerang wieder zurück in meine Richtung flog. Ich bekam es gerade noch zu fassen und sah hinunter zu Farid, der sich noch an den dicken Seilen festhielt und wartete, bis das Netz wieder zur Ruhe kam. Behände kletterte er zum gegenüberliegenden Rand.

»Es ist sogar noch leichter als es aussieht!«, rief er zu mir hoch.

»Du siehst ziemlich zerzaust aus!«, antwortete ich.

»Na komm, Coco! Hier unten ist Platz genug für zwei zerzauste Künstler.«

Ich atmete tief ein und schloss meine Finger um das Trapez.

»Erst spannst du deinen ganzen Körper an und dann stößt du dich mit den Zehen ab«, rief Farid zu mir hoch.

Ich tat, wie mir geheißen, während mein Herz so laut pochte, dass es wohl bis zu Farid hinunter zu hören war. Meine Finger krallten sich fest um die kühle silberne Stange, dann drückte ich mich mit den Zehen vom Rand weg.

Ich hatte unterschätzt, welche Geschwindigkeit das Trapez bekam, wenn man erst einmal damit durch die Luft schwang. Ich hatte nur wenige Sekunden, um zu entscheiden, was ich tat, denn ich flog bereits auf die nächste Plattform zu. Sollte ich das wirklich tun? *Was, wenn du dich verletzt?*

»Jetzt!«, hörte ich Farid durch das Pfeifen in meinen Ohren.

Und ich ließ los. Als ich durch die kühle Luft rauschte, schlug mein Herz Purzelbäume, dann landete ich bereits im Fangnetz, das sich unter dem Schwung meiner Landung nach unten bog. Instinktiv machte ich mich so klein wie möglich und klammerte mich an den Seilen fest. In meinem Kopf drehte sich alles. Ich schloss fest die Augen und wartete, bis das Vibrieren langsam nachließ. Doch selbst, nachdem das Netz vollkommen zur Ruhe gekommen kam, öffnete ich die Augen nicht. Mir war schwindlig, aber nicht aus Angst. Ich konnte es selbst kaum glauben, aber in meinen Adern breitete sich keine Panik aus, sondern – Euphorie.

»Coco?« Farids Stimme. »Geht es dir gut?«

Die Antwort auf diese Frage war es, die gerade meine Welt auf den Kopf stellte

»Ja!«, rief ich und öffnete die Augen. »Es geht mir gut!«

Ich hatte es geschafft, ich hatte mich von einem Trapez in ein Fangnetz fallen gelassen – einfach so – und es ging mir gut. Kein stechender Schmerz, der meinen Rücken hochkroch, kein Gefühl, als würde ich ersticken. Einfach nur Adrenalin und die pure Freude darüber, diesen Kraftakt vollbracht zu haben. In diesem Moment geriet das Netz wieder in Bewegung, ich fuhr erschrocken aus meinen Gedanken hoch. Doch es war nur Farid, der zu mir hinüberkletterte.

»Ich wusste, dass du es schaffst«, erklärte er mit einem breiten Lächeln.

»Und jetzt, da ich diese Aufgabe bewältigt habe? Was machen wir jetzt?«

»Dasselbe nochmal«, erwiderte Farid schlicht.

»Nochmal?«, wiederholte ich ungläubig.

»Das ist die heutige Lektion. Fehler machen, bis es dir komplett zum Hals heraushängt«, sagte mein Lehrmeister energisch.

»Oder bis zufällig jemand reinkommt und uns für die schlechtesten Trapezkünstler aller Zeiten hält«, gab ich zurück und begann vorsichtig, wieder in Richtung der Strickleitern zu klettern.

Farid lachte nur.

»Oder das«, sagte er und reichte mir eine Hand, um mir zu helfen.

***

Tatsächlich übertrieb mein neuer Lehrer nicht, wir taten den ganzen Vormittag nichts anderes, als uns immer und immer wieder in das dunkle Netz fallen zu lassen, herauszuklettern, hochzukraxeln und von vorne zu beginnen. Eine ziemlich schweißtreibende Routine und nach ein paar Stunden taten mir Stellen weh, von denen ich selbst als Balletttänzerin nicht gewusst hatte, dass sie wehtun konnten. Meine Hände waren bereits ganz aufgerissen vom vielen Klettern an den rauen Seilen und der Schweiß stand mir auf der Stirn.

»Erbarmen, Farid«, keuchte ich, als ich zum gefühlt hundertsten Mal zurück auf die Plattform stieg. »Wenn ich noch ein einziges Mal in dieses Netz plumpse, spüre ich morgen meinen Allerwertesten nicht mehr.«

»Na dann wollen wir Ihren wertvollen Ballett-Hintern nicht überstrapazieren, Mademoiselle«, sagte Farid und grinste.

»Als ob du nicht auch völlig aus der Puste wärst«, erwiderte ich und streckte ihm die Zunge heraus. Vielleicht war es nur die Erschöpfung, aber ich fühlte mich seltsam befreit. Mir tat zwar alles weh und morgen würde sich wahrscheinlich der eine oder andere blaue Fleck auf meiner Haut abzeichnen, aber ich … ich fühlte mich wohl. Ich fing an Gefallen an dieser völlig anderen Welt zu finden. Diese Erkenntnis warf mich einen Moment lang etwas aus der Bahn. Ich konnte nicht sagen, wann ich zuletzt diese ungezwungene Freude beim Ballett empfunden hatte. Es war mir völlig fremd geworden, ohne Druck zu trainieren. Farid hätte mich niemals als Versagerin bezeichnet oder als zu unentschlossen, um es zu etwas bringen – selbst, wenn ich mich geweigert hätte zu springen. Es war eine befreiende und gleichzeitig erschreckende Erkenntnis.

Mein neuer Lehrer hatte sich unterdessen an den Rand der Plattform gesetzt und ließ die Beine baumeln. Vorsichtig setzte ich mich neben ihn.

»Gute erste Lektion?«, fragte Farid und legte einen Arm um meine Hüfte.

»Die beste«, antwortete ich.

»Das freut mich zu hören, Mademoiselle. Für Sie nehme ich auch nur hundert die Stunde.«

»Du bist wirklich unglaublich«, erwiderte ich, konnte aber ein Lachen nicht unterdrücken.

Farid strich mit seiner freien Hand über meine Wange.

»Das ist wirklich unglaublich«, sagte er und beugte sich zu mir hinunter.

Ein warmes Kribbeln breitete sich in meinem ganzen Körper aus und ich erwiderte Farids Kuss.

»Komm, ich denke, für heute haben wir genug trainiert«, flüsterte Farid mir zu, als wir uns wieder voneinander lösten. »Oder bestehen Sie auf noch eine Einzelstunde? In meinem Eisenbahnwagen vielleicht?«

»Das klingt ja wirklich sehr verlockend«, erwiderte ich und beugte mich vor, bis meine Lippen ganz dicht an Farids Ohr waren. »Aber das wird mir doch zu teuer, Monsieur.«

Farid lachte und drückte mir einen Kuss auf die Wange.

»Wir verhandeln das nächste Mal über einen Rabatt.«

Kurz darauf begleitete mich Farid durch die menschenleeren Gänge zurück zum Künstlereingang. Unser Training war für heute beendet. Vor der dicken Metalltür blieben wir kurz stehen und Farid gab mir einen sanften Kuss auf die Stirn.

»Das war ... gute Arbeit heute«, sagte er.

Ich sah mit einem halbherzigen Lächeln zu ihm hoch. Zwei widersprüchliche Gefühle arbeiteten in mir. Freude über unsere schöne gemeinsame Zeit. Zweifel, wo das alles hinführen sollte.

»Ich hoffe, du weißt, Farid, selbst wenn wir Tag und Nacht trainieren. Aus einer Balletttänzerin wird nicht so schnell eine Trapezkünstlerin.«

Doch Farid schenkte mir nur ein rätselhaftes Lächeln.

»Wer sagt denn, das wäre notwendig, Mademoiselle Laffon?«, erwiderte er und schob dann die schwere Metalltür auf.

16

Am nächsten Tag brach ein eisig grauer Morgen an. Ich stand trotzdem mit dem ersten Klingeln des Weckers auf. Ich wollte mein Training mit Farid nicht verpassen. Nachdem ich zusammen mit Louise gefrühstückt hatte, suchte ich erst meine Sportkleidung zusammen und machte mich dann vor dem großen Spiegel im Flur für den Abflug zurecht.

»Wenn Roxane in zehn Minuten immer noch nicht aufgestanden ist, dann schmeiß du sie bitte aus dem Bett«, sagte Louise, die gerade die Wohnungstür öffnete. »Colibri kommt sonst zu spät.«

Beinahe genau in dem Moment, als Louise die Tür hinter sich zuzog, hörte ich ein Poltern im Wohnzimmer.

»Ich bin wach! Ich bin fast fertig! Alles im grünen Bereich!«, rief eine alles andere als entspannt klingende Roxane.

»Es ist noch ein wenig Frühstücks-Eis im Kühlfach!«, rief ich in ihre Richtung.

»Kannst du mir vielleicht helfen, Coco?«, wehte Roxanes Stimme zu mir herüber. Ich zupfte gerade meine Haare unter einer dicken Wollmütze zurecht. Die nasstrübe Kälte draußen wurde mit jedem Tag schlimmer.

»Was gibt's, Colibri?«

»Ich hab keine Haarklammern mehr! Keine einzige!« Neben mir im Spiegel tauchte plötzlich Roxanes erhitztes Gesicht auf.

»Das gibt's doch nicht. Wie schaffst du es nur, deine ständig zu verlieren?«, seufzte ich.

»Ich weiß es auch nicht! Sie verschwinden einfach! Ich glaube, das Sofa frisst sie«, erklärte Roxane gestikulierend. »Du kennst doch Weissmann, wenn ich mit einem selbstgemachten Haargummi-Knödel erscheine, heißt es sofort wieder, ich werde dem *Niveau der Opéra* nicht gerecht.«

»Keine Sorge. Ich weiß schon, worauf du hinauswillst«, erwiderte ich und zog die Augenbrauen hoch. »In meiner Tasche müssten noch welche sein.«

»Du bist einfach die Beste!«, verkündete Roxane. »Wo ist sie?«

»Neben der haarklammerfressenden Couch. Kram einfach ein wenig in den Seitenfächern.«

»Merci, chérie!« Und schon verschwand Roxane wieder aus meinem Blickfeld.

Ich nahm unterdessen meine dicke Jacke vom Garderobenhaken und schlüpfte hinein. Während ich meinen Schal um den Hals wickelte, ging ich zurück ins Wohnzimmer.

»Aber nur um das klarzustellen, die sind nicht geschenkt, sondern ...« Der Rest des Satzes blieb mir im Hals stecken. Roxane kniete neben meiner Sporttasche. In ihrer Hand hielt sie jedoch nicht die schwarzen Haarklammern, die sie gesucht hatte – sondern einen silbernen Blisterstreifen. Mir wurde heiß und kalt zugleich. Mit wenigen Schritten durchquerte ich den Raum und zog Roxane die Medikamentenpackung aus der Hand.

»Gib das her!«

»Coco ...?« Roxane sah mit erschrockenem Blick zu mir hoch.

»Vergiss es, Roxane. Das geht dich nichts an«, sagte ich scharf.

»Ich glaube, du spinnst wohl!«, rief Roxane und sprang auf. »Das ist richtig hartes Zeug, das du da einwirfst! Du hast doch gesagt, dein Rücken wäre ausgeheilt! Verdammt, wieso hast du mir nie etwas erzählt? Und da wunderst du dich noch, dass Dorian dich überreden wollte mit dem Tanzen aufzuhören?«

»Das ist völliger Quatsch«, widersprach ich. »Und wie gesagt, nicht deine Angelegenheit, okay? Die Tabletten gehören nicht mir.«

Roxane verschränkte die Arme.

»Und wem gehören sie dann?«, fragte sie herausfordernd.

»Das … das kann ich dir nicht sagen«, sagte ich zögerlich. Ich wollte Roxane nicht gestehen, dass ich in Valentinas Garderobe eingebrochen war. Und obwohl die russische Ballerina mich von oben herab behandelte, hatte ich nach wie vor ein wenig Mitleid mit ihr.

»Das kannst du sehr wohl«, erwiderte Roxane hartnäckig. »Entweder du erzählst mir jetzt, wie die Schmerzpillen sonst in deine Tasche gekommen sind oder ich … ich …«

»Du gehst zu Weissmann?«, fragte ich und zog die Augenbrauen hoch. »Man könnte mich suspendieren …«

»Nein, zu deiner Schwester!«, trumpfte Roxane auf.

»Das wagst du nicht …«

»Oh doch. Verlass dich darauf, irgendwie ist sie sicher im Krankenhaus zu erreichen.«

Lucile würde in Rekordtempo hierherkommen, um mir gründlich den Kopf zu waschen, und mich anschließend in eine Entzugsklinik schleppen. Ich konnte sie schon beinah mit Maman im Schlepptau in der Wohnungstür stehen sehen.

»Roxane, bitte«, sagte ich. »Ich darf es dir wirklich nicht sagen.«

»Wo war gleich nochmal mein Handy?« Roxane griff demonstrativ in ihre Hosentasche. Ich hielt sie am Ärmel fest. Das ging allmählich zu weit, Valentina war es nicht wert, dass ich den nächsten großen Krach mit meiner Familie riskierte.

»Na schön, na schön!«, rief ich. »Es sind wirklich nicht meine Pillen, Colibri, okay? Sie gehören Valentina! Ich war in ihrer Garderobe, weil ich Beweise dafür finden wollte, dass sie das Kostüm zerschnitten hat. Stattdessen habe ich ihr Arsenal an Schmerztabletten entdeckt. Ich weiß nicht, wie viel sie von dem Zeug täglich nimmt, aber eins steht fest: Ohne die Medikamente wäre sie schon längst nicht mehr Solistin.«

Daraufhin verstummte Roxane. Mit großen Augen und gerunzelter Stirn sah sie mich an.

»Sie zieht manchmal den Fuß nach«, flüsterte sie dann.

»Ich weiß.«

»Also sind das wirklich ...?«

»Sie gehören nicht mir und ich habe niemals vor, welche zu nehmen«, sagte ich nachdrücklich. »Bist du jetzt endlich überzeugt?«

»Entschuldige, Coco«, sagte Roxane leise. »Ich wollte wirklich nicht ... ich hatte nur Angst um dich.«

»Vergessen wir die Sache einfach«, seufzte ich. »Such dir ein paar Haarklammern raus und dann ab zu Weissmann.«

»Danke, Coco, das ... Wir sehen uns heute Abend.« Roxane wandte sich mit geröteten Wangen ab und klaubte ein paar Haarnadeln aus dem Seitenfach meiner Sporttasche.

»Aber das muss unter uns bleiben, hörst du. Erzähl es bitte niemandem, auch nicht Louise«, sagte ich zu ihr. »Ich will nicht, dass die Geschichte in der Opéra die Runde macht. Du weißt, wie schnell sowas eskaliert.«

»Versprochen, chérie! Würdest du mir im Gegenzug einen Gefallen tun?«, fragte Roxane.

»Und der wäre?«

»Lass mich diese verdammten Dinger für dich entsorgen. Wie du schon ganz richtig gesagt hast: Du brauchst sie nicht – und wirst sie niemals brauchen. Was, wenn sie jemand anderes findet und versucht dir etwas anzuhängen?«

Ich verzog unentschlossen den Mund. Die Tabletten zu entsorgen hätte ich, wenn überhaupt, am liebsten selbst erledigt.

»Du kannst mir vertrauen, chérie«, drängte Roxane. »Ich will doch nur dein Bestes.«

Wahrscheinlich hatte sie recht. Ich war zu misstrauisch, Roxane wollte mir doch nur helfen. Ich sollte ihr dankbar dafür sein, mir dieses Angebot zu machen.

»Einverstanden«, sagte ich daher und versuchte mich an einem Lächeln. »Mach mit dem Zeug, was du willst, Hauptsache, es verschwindet aus unserem Appartement ...«

***

Während ich in der Métro-Linie zum Winterzirkus saß, grübelte ich immer noch über den Vorfall von heute Morgen nach. Aus irgendeinem Grunde machte es mich furchtbar nervös, dass Roxane jetzt von den Schmerzmitteln wusste. Vielleicht lag es aber auch nur an meiner mangelnden Fähigkeit, anderen zu vertrauen. Zumindest redete ich mir das so lange ein, bis es Zeit war auszusteigen.

Farid ließ mich wie üblich durch den Künstlereingang in den Zirkus. Er sah an diesem Morgen besonders entspannt und gut gelaunt aus. Nachdem er mir einen kurzen, aber innigen Kuss zur Begrüßung gegeben hatte, marschierte er in einem Tempo Richtung Manege, als würde uns eine jubelnde Menge von mindestens zehntausend Zuschauern erwarten.

»Das nenne ich mal Enthusiasmus«, keuchte ich und beschleunigte den Schritt, um nicht den Anschluss zu verlieren.

»Ich trainiere gleich mit meiner fleißigen, cleveren und wunderschönen Trapezpartnerin. Wer wäre da nicht enthusiastisch?«, entgegnete Farid mit einem entwaffnenden Lächeln.

Ich verkniff mir einen Hinweis auf Isabell und erwiderte Farids Lächeln zögerlich. Wir nahmen nicht wie sonst den kleinen Seiteneingang in den Zuschauerraum, sondern schoben die roten Samtvorhänge beiseite und betraten direkt die Manege.

»Also dann!« Farid klatschte in die Hände und zog dann die leichte Trainingsjacke aus, die er trug. »Wärmen wir uns auf.«

Ich legte ebenfalls meine Jacke ab. Meine Trainingssachen hatte ich bereits im Appartement angezogen.

»Dann mal alle die Mitte«, sagte ich scherzhaft.

»Wie bitte?«

»Ach, im Ballett wärmt man sich an der Stange auf.«

»Das würde ich dir natürlich gerne auch hier anbieten, aber leider fehlt dafür die passende Musik. Wir machen es auf die altmodische Weise ...«

Und so jagte mich Farid kreuz und quer durch die Manege. Ich musste auf der kreisrunden roten Absperrung balancieren, die Strickleiter zu den Trapezplattformen hoch und runterklettern und dann wieder wie ein Zirkuspony durch die Sägespäne galoppieren. Zum Schluss saß ich im Spagat auf dem unbequemen Untergrund und dehnte meine Beine.

Zu meiner Überraschung ging Farid direkt vor mir einfach ebenfalls in den Spagat. Er stützte die Ellenbogen auf dem Boden auf und sah mich fragend an.

»Bald fertig mit Aufwärmen?«

»Du Angeber«, erwiderte ich, konnte mir ein Lächeln allerdings nicht verkneifen. »Du solltest es vielleicht doch mal als Balletttänzer versuchen.«

»Wo? Da oben etwa?« Farid richtete sich wieder auf und sah hoch zur kreisrunden Decke der Manege. »Keine Chance!«

Ich folgte seinem Blick nachdenklich. Farids Bemerkung hatte mich auf einen (vermutlich ziemlich abwegigen) Gedanken gebracht. Den schob ich allerdings erstmal beiseite, denn momentan hatten andere Dinge Vorrang.

»Wie sieht es aus? Wollen wir dieses Gespräch eine Etage nach oben verlegen?«, fragte Farid gut gelaunt und streckte die Hand aus, um mir aufzuhelfen.

Nachdem wir gemeinsam auf die erste Plattform geklettert waren, blickte ich meinen Mentor fragend an.

»Besteht der heutige Tagesplan wieder aus runterfallen, bis der Hintern schmerzt?«

»Diesmal nicht«, erwiderte Farid. Mit überraschend ernster Miene zog er das Trapez zu sich heran. »Heute besteht er aus: Wir klammern uns an einen dünnen Stab, bis die Arme schmerzen ...«

Und so geschah es auch. Nachdem wir unsere letzte Übung damit verbracht hatten, unentwegt in das Fangnetz zu plumpsen, zeigte mir Farid jetzt, wie man die richtige Körperspannung aufbaute und exakt den richtigen Schwung nahm, um mit dem Trapez genau dort anzukommen, wo man hinwollte. Zu meiner Überraschung erwiesen sich unsere gestrige Fallenlassen Lektion dabei als sehr hilfreich. Ich bemerkte, dass ich nicht mehr vor jedem einzelnen Sprung eine Welle des Widerstands niederkämpfen musste. Je mehr Zeit ich in der Manegenkuppel mit Farid verbrachte, desto normaler schien die große Höhe für mich zu werden ...

»Machen wir jetzt den Trick, bei dem man aufeinander zu fliegt und sich in der Luft fängt?«, rief ich scherzhaft Farid zu. Ich stand gerade auf der mittleren Plattform und er auf der Rechten. Mit einem Grinsen sah ich zu ihm hinüber.

»Ganz so weit sind wir noch nicht, fürchte ich!«, antwortete er. »Aber auf einem guten Weg dorthin!«

Farid griff nach dem Trapez, stieß sich kraftvoll ab und wirbelte durch die Lüfte, kurz vor meiner Plattform ließ er los, schlug einen Salto und kam so heftig neben mir auf dem Untergrund zum Stehen, dass ich es unter meinen Fußsohlen vibrieren spüren konnte.

Farid verbeugte sich formvollendet vor mir und kam mir noch näher.

»Was sollen wir als nächstes darbieten, Mademoiselle?«, fragte er, als er sich wiederaufgerichtet hatte. »Das Publikum tobt und kann eine Kostprobe unseres Könnens kaum erwarten.« Mit einer weiten Handbewegung wies er auf die menschenleeren Ränge unter uns.

»Einen Salto habe ich leider nicht im Programm«, antwortete ich und machte einen Knicks.

»Wir sollten auf jeden Fall ein paar in die Show einbauen«, sagte Farid zufrieden. »So schnell, wie du lernst ...«

Ich zuckte zusammen. Er hielt also tatsächlich an seinem wahnwitzigen Plan fest.

»Ist das dein Ernst?«, sagte ich scharf. »Farid, sieh es doch endlich ein, ich *bin* keine Trapezkünstlerin! Wir werden nicht gemeinsam im Cirque d'Hiver auftreten! Du kannst ebenso wenig über

Nacht eine Zirkusakrobatin aus mir machen, wie ich dich in einen Balletttänzer verwandeln kann.«

Ich erwartete, Farid mit meinen Worten verletzt zu haben, stattdessen sah er mich mit seltsam nachdenklicher Miene an. Gedankenverloren schweifte sein Blick durch die Manege.

»Nein … das kann ich nicht«, sagte er. »Das will ich auch gar nicht.« Sein Blick kehrte wieder zu mir zurück. Er kam auf mich zu und legte die Hand sacht an meine Hüften. »Das müssen wir überhaupt nicht! Warum machen wir nicht etwas Eigenes, etwas Neues! Wir sollten nicht versuchen aus dem einen von uns etwas anderes zu machen, wir können das kombinieren, was wir schon sind: Eine Ballerina und ein Akrobat!«

Mit gemischten Gefühlen sah ich zu Farid hoch.

»Können wir das?«, fragte ich zweifelnd.

»Warum nicht? Lass es uns doch wenigstens versuchen. Wir haben hier die Chance, etwas Einzigartiges zu erschaffen – etwas Magisches!«

Das Leuchten, das bei diesen Worten in Farids Augen trat, gab mir schließlich den entscheidenden Schubs. Vielleicht hatte er recht und das hier war wirklich eine Gelegenheit herauszufinden, wie sich unsere beiden Welten vereinen ließen.

Ich legte meine Hände auf Farids und ging auf die Zehenspitzen.

»Es gibt da etwas im Ballett«, begann ich, »das nennt sich Pas de deux. Es wurde zwar noch niemals in zehn Metern Höhe aufgeführt, aber vielleicht sollen wir die Ersten sein, die es versuchen …«

***

Und mit diesen Worten begann ein Prozess oder vielmehr eine Verwandlung. Weder Farid noch ich hatten jemals alleine eine Choreographie auf die Beine – oder in die Lüfte – gestellt. Unser Bühnen-Leben-lang hatten wir Anweisungen einstudiert, waren Projektionsflächen der Ideen anderer gewesen und nun mit einem Mal stand es uns frei, eine eigene Vision zu entwerfen. Es hatte mich früher nie gereizt zu choreographieren. Der Gedanke bedeutete, plötzlich hinter der Bühne zu stehen – oder wie Weissmann den ganzen Tag drakonisch Tänzer zu disziplinieren. Doch jetzt, als ich vorsichtig mit Farid begann Ideen auszuprobieren, merkte ich, wie wunderbar es sein konnte: Wie viel Spaß es tatsächlich machte, sich losgelöst von den Erwartungen anderer auszuprobieren.

Wir kombinierten, übten und probierten, während die Zeit nur so dahinzufliegen schien. Stunden später stand ich hinter Farid. Ich sollte versuchen mich an ihm festzuhalten, während er mit Trapez durch die Manege schwang. Ihm zufolge eine der schwereren Übungen einer Show …

»… technisch relativ simpel, es braucht nur Vertrauen. Wenn du die Arme fest um meine Brust schwingst – ungefähr so wie jetzt, kann eigentlich nichts passieren.«

»Eigentlich?«

»Ich meinte natürlich – natürlich. Bereit?«

»Eigentlich …«

Doch Farid stieß sich schon ab und wir sausten in einem langgezogenen Bogen durch die Luft. Ich klammerte mich, so gut ich konnte, an Farids muskulösem Oberkörper fest, während der Wind um meine Ohren pfiff – da passierte es – ein Ziehen. Ein langgezogenes, schmerzhaftes Ziehen, das meinen Rücken hinunterwanderte. Die Panik überfiel mich abrupt und ich lockerte für einen winzigen Moment meinen Griff. Mehr braucht es nicht, um den Halt zu verlieren …

Ich hörte Farid noch etwas rufen, doch es war zu spät, ich fiel durch einen Strudel aus Farben und spürte Sekunden später, wie sich die dicken Schnüre des Fangnetzes in meinen Rücken bohrten. Ich schnappte nach Luft, versuchte ruhig zu atmen, doch es gelang mir nicht und schon spürte ich, wie sich langsam meine Kehle zuschnürte. Verkrampft fuhren meine Finger zu meiner Brust, da spürte ich einen zweiten Aufprall im Fangnetz. Wenige Augenblicke später war Farid bei mir. Während das Netz heftig zitterte, zog er meinen Oberkörper hoch, sodass ich an ihn gelehnt aufrecht saß. Farid legte seine Hand auf meine, die ich verkrampft an meine Brust drückte.

Ich nahm seine Stimme nur verschwommen wahr, wie vom anderen Ende eines langen Tunnels.

»Coco, hör mir zu.« Farid sprach so eindringlich, wie ich es noch nie erlebt hatte. »Konzentrier dich, okay? Konzentrier dich nur auf meine Stimme. Ich zähle jetzt langsam, ganz langsam bis zwanzig. Du konzentrierst dich auf meine Stimme und atmest dabei tief ein und aus. Ich weiß, du schaffst das. Ich fange jetzt an zu zählen, okay? Eins ...«

Und so verharrte ich – ich wusste nicht wie lange – und ließ mich völlig in Farids warme dunkle Stimme fallen, die immer wieder von neuem zu zählen begann. Ich fand einen Frieden in ihr, der meinen Atem langsam gleichmäßiger werden ließ und mein rasendes Herz Schritt für Schritt beruhigte. Schließlich merkte ich, wie der Knoten in meiner Brust sich langsam lockerte und das taube Gefühl in meinen Beinen begann sich zu verflüchtigen. Diese Erkenntnis brachte meinen so gleichmäßig gewordenen Rhythmus kurz ins Stocken.

»Ganz ruhig, mach einfach weiter, ich bin da«, sagte Farid, der es sofort bemerkte.

Ich fokussierte mich wieder auf meinen Atem und blendete alles andere aus. Das half, zwar langsam, aber es half. Nach einiger Zeit merkte ich, wie sich meine verkrampften Hände lockerten und das Ziehen in meinem Rücken nachließ. Farid, der merkte, wie ich ruhiger wurde, lockerte ebenfalls den Griff um meinen Oberkörper. Als mein Atem wieder gleichmäßig geworden war, löste ich mich vorsichtig von ihm und drehte mich zu ihm um.

»Tu das nie wieder«, sagte ich leise.

Farid blickte schuldbewusst.

»Es tut mir leid, Coco, ich dachte wirklich, du seist bereit ...«, sagte er und nahm meine Hand. Sanft strich er mit dem Daumen über meinen Handrücken. Ich musste gegen den Drang ankämpfen, sie ihm zu entziehen. Ich schämte mich zutiefst dafür, dass mich die Panik vor Farid überkommen hatte.

»Ach, wie ich das alles hasse«, murmelte ich und biss mir auf die Lippe.

»Was meinst du?«

»Ich hasse meinen verdammten Körper!«, rief ich. »Dafür, dass er mich ständig sabotiert! Früher haben wir eine Einheit gebildet, aber jetzt ... jetzt habe ich das Gefühl, ich kann diesem nutzlosen Ding nicht mehr vertrauen.«

»Du solltest nicht so hart zu dir sein«, sagte Farid ernst.

»Wenn man mental für etwas nicht bereit ist, setzt einem der Körper manchmal Grenzen. Er tut das nicht, um dich zu bestrafen. Er tut das, um sich und um *dir* zu helfen ...«

Farids Worte lösten eine Reihe verwirrender Gefühle in mir aus. Ich hatte meine Panik immer als Makel betrachtet, der an mir haftete und den mein Körper ersonnen hatte, um mein Leben zu ruinieren. Niemals hatte ich sie als Botschaft verstanden.

»Aber Weissmann ...«, hob ich an, doch Farid schüttelte einfach nur den Kopf.

»Denk einfach daran, Coco, dass du jetzt dagegen etwas in der Hand hast. Du bist deiner Angst nicht hilflos ausgeliefert. Es ist wie mit dem Runterfallen. Wenn man akzeptiert, dass es passieren kann, aber weiß, was man in diesem Fall tun kann, gibt das einem ein großes Stück Sicherheit«, sagte er. »Lass uns trotzdem für heute aufhören. Wir können morgen weiter trainieren.«

Und so kletterten wir aus dem Auffangnetz zurück in die Manege. Stumm zog ich meinen Wintermantel an und schwieg noch immer, als Farid und ich den kühlen Gang zurück zum Künstlereingang entlangtrotteten.

»Danke«, flüsterte ich, als er mich zum Abschied lange in den Arm nahm.

»Danke?«, fragte Farid und fasste mich an den Schultern. »Dabei habe ich es doch ziemlich verbockt. Ohne mich wärst du heute nicht im Netzt gelandet.«

Langsam schüttelte ich den Kopf.

»Es kommt nicht darauf an, dass wir fallen. Es kommt darauf an, wie wir fallen – und er wer uns fängt.«

Zärtlich strich der Akrobat eine Haarsträhne hinter mein Ohr, dann gab er mir einen leichten Kuss auf die Stirn.

»Das heißt, du würdest morgen wieder mit mir fliegen?«

Ich ging auf die Zehenspitzen und erwiderte den Kuss auf Farids Lippen.

»So hoch wie du willst.«

17

Die folgende Woche verbrachten Farid und ich damit, unsere Choreographie zu perfektionieren. Ich hatte zwar den Verdacht, dass niemand im Zirkus so recht von unserem Training wusste, denn Farid ließ mich immer mit einem etwas besorgten Blick hinein und hinaus, doch wenn wir erst in der Manege standen, waren all diese Sorgen vergessen. Wir begannen uns immer besser zu ergänzen und verstanden beinahe wortlos, was der andere als nächstes vorhatte. Schon bald bemerkte ich, dass ich gedanklich immer seltener in der Opéra war. Oft verbrachte ich nicht nur die Vormittage, sondern auch die Abende – manchmal sogar die Nächte – mit Farid und ich genoss es, wie ich schon lange etwas nicht mehr etwas genossen hatte. So erwachte in diesen Tagen schleichend die Erkenntnis in mir, dass ich trotz aller Widrigkeiten glücklich war. Ich verbrachte Zeit mit Farid, ich konnte tanzen, ohne mich ständig im Spiegel mit meinen Konkurrenten zu messen und ich spürte dabei nicht Weissmanns fordernden Blick in meinem Nacken. Es wäre einfach gewesen über all das, die Opéra zu vergessen, doch jedes Mal, wenn ich kurz davor war, wenn ich morgens eng an Farid geschmiegt in seinem winzigen Eisenbahnwagen wach lag, trat wieder das missbilligende Gesicht meiner Mutter vor meine Augen oder Weissmann, der mit abschätziger Stimme sagte *»Aus ihnen hätte etwas werden können, Laffon …«*

Und so stand ich mit sehr gemischten Gefühlen am Vormittag des 23. Dezembers in der Küche des Appartements. Ich würde Farid erst am Nachmittag treffen und hatte noch ein wenig Zeit für mich. Die Wohnung war leer. Louise trainierte mal wieder und auch Roxane war in der Früh verschwunden. Wo sie gewesen war, erfuhr ich in dem Moment, als es unten klingelte. Verwundert ging ich zur Tür, um den Eingang freizugeben? Hatte Roxane keinen Schlüssel? Ich begriff, wieso sie nicht in der Lage war aufzuschließen, als ich in dem winzigen Display statt meiner Freundin einem Gewirr aus nadeligen Zweigen begegnete.

»Was soll das denn sein?«, fragte ich entgeistert, als meine Mitbewohnerin kurz darauf mit einer riesigen Tanne im Arm in den Gang schwankte.

»Sieht man das denn nicht? Ein Weihnachtsbaum natürlich!«, verkündete Roxane, während sie damit die Jacken von der Garderobe pflückte. »Und es wäre sehr freundlich, wenn du mir beim Tragen helfen könntest.«

»Hat dich irgendjemand gezwungen den allergrößten zu nehmen, Colibri?« Seufzend half ich meiner Mitbewohnerin dabei, den Baum zu schleppen, wobei ich mir sogleich ein paar Kratzer an den Händen einfing.

»Weihnachtsbäume müssen groß sein«, sagte Roxane. »Bis Heiligabend passt der schon auf deinen Balkon.«

»Dann habe ich bis dahin keine Aussicht mehr, aber was solls.«

Also machten wir uns daran, gemeinsam die nadelige Tanne in mein Zimmer zu bugsieren.

»Ich versteh nicht, warum du überhaupt einen besorgt hast«, sagte ich, während ich die Balkontür öffnete und kalte Luft hereinwehte. »Louise und du fahrt doch direkt nach der Vorstellung zu euren Familien.«

»Schon, aber du nicht, soweit ich weiß«, erwiderte Roxane.

»Wenn mir der Sinn nach einem Baum stünde, hätte ich mir selbst einen besorgt.«

»Es war ein Sonderangebot. Du weißt schon, Bauchentscheidung«, erklärte Roxane, als wäre damit jede Diskussion erledigt.

Nachdem wir unter Mühen den Baum auf dem Balkon eingelagert hatten, gingen Roxane und ich zurück ins Wohnzimmer.

Roxane schnappte sich ein paar Tüten, die unter der Garderobe standen, offensichtlich war sie auf weihnachtlicher Shopping-Tour gewesen. Strahlend breitete sie ihre Beute auf der Küchentheke aus.

»Nicht nur der Baum war also im Angebot, sondern auch diverse Süßigkeiten«, stellte ich fest. Interessiert hob ich eine Tüte mit herzförmigen Plätzchen hoch.

»Das sind Lebkuchen«, erklärte Roxane. »Angeblich eine deutsche Delikatesse, haben sie wohl trotzdem nicht losgekriegt. Es gab drei Packungen zum Preis von einer.«

»Verrätst du mir, wie du es schaffen willst, das alles vor Ostern aufzu...«

In diesem Moment klingelte mein Handy. Ich zog es aus meiner Hosentasche und checkte das Display: Lucile.

»Entschuldige mich«, sagte ich hastig zu Roxane und ging in mein Zimmer.

»Lucile?«

»C'est moi.«

»Was willst du?«

»Hast du etwa schon vergessen, dass Maman morgen kommt?«

Nicht vergessen, verdrängt traf es eher.

»Natürlich nicht!«, erwiderte ich entrüstet.

»Du weißt doch, wenn Maman ein Hotel bucht, landet sie in einem heruntergekommenen Vorort dreißig Kilometer von Paris entfernt, weil das Zimmer so günstig war.«

»Dann reservier ihr doch eins?«

»Das habe ich schon.«

»Warum rufst du dann an?«

In der Leitung blieb es kurz still.

»Ich wollte wissen, wie es dir geht.«

Ich konnte nicht erzählen, dass ich weiter denn je davon entfernt war, die Weihnachtsaufführung zu tanzen. Ich konnte es einfach nicht. Doch das Training mit Farid hatte mir Hoffnung gegeben, dass sich vielleicht bald ein anderer Ausweg eröffnete …

»Es geht mir gut«, sagte ich knapp.

»Das freut mich«, erwiderte Lucile, alles andere als überzeugt klingend. »Solltest du …«

»Ich muss jetzt wirklich auflegen«, unterbrach ich sie. »Das Training, du weißt schon, ich will mich nicht verspäten. Wir reden später wegen Maman, okay?«

»Aber …«

»À bientôt, Lucile!«

Ich unterbrach die Verbindung mit einem sehr schlechten Gewissen. Ich schob es beiseite, indem ich mir sagte, dass Farid schon auf mich wartete – und mir vielleicht auf wundersame Weise im Zirkus die Lösung für mein Dilemma begegnen würde …

***

»Wir haben heute nicht viel Zeit«, begrüßte mich Farid eine halbe Stunde später. Er drückte mich kurz an sich und gab mir einen Kuss aufs Haar, dann schloss er rasch die schwere Metalltür des Künstlereingangs und wir marschierten in Eilschritt Richtung Manege.

»Vorstellung?«, fragte ich, während ich versuchte, nicht abgehängt zu werden.

»Jep, das heißt, wir müssen zeitig fertig werden, sonst rauschen wir in die anderen rein.«

»Wäre das denn so schlimm?«

Dass Farid nicht antwortete, bestätigte nur mal wieder meinen Verdacht, dass die anderen Zirkuskünstler nichts von unserem kleinen Manegen-Projekt wussten.

Wie immer wärmten wir uns kurz auf – an Vorstellungstagen ging das wesentlich einfacher, da für das Publikum besser vorgeheizt wurde – dann ging es schon hoch in die Lüfte. Farid und ich waren inzwischen ein so gut eingespieltes Team, dass wir ohne große Vorbesprechung mit unserer Choreographie beginnen konnten. Wir kannten die Abläufe nahezu auswendig und kamen eigentlich immer ohne Patzer durch – außer heute. Mir lag das Gespräch mit Lucile schwer im Magen, sodass ich öfter meinen Einsatz verpasste.

»Sag mal, ist alles in Ordnung, Coco?«, fragte Farid, als ich es zum dritten Mal in Folge versäumte, im richtigen Moment nach seinen Händen zu greifen. Farid landete mit Schwung auf der mittleren Plattform und kam auf mich zu. Beschämt zog ich die Schultern hoch.

»Tut mir leid«, murmelte ich. Instinktiv rechnete ich damit, aus der Probe geschmissen zu werden, bis ich mich wieder daran erinnerte, dass nicht Weissmann mein Trainer war.

Farid legte vorsichtig eine Hand an mein Kinn, sodass ich wieder zu ihm hochsah.

»Du denkst an die Opéra, nicht wahr?«

»Heute ist der 23. Dezember«, sagte ich leise. »Morgen hätte ich die Zuckerfee im *Nussknacker* tanzen sollen. Das berühmte Pas de deux …«

Ich merkte, wie sich alleine bei dem Gedanken daran meine Kehle zuschnürte. Ich schluckte energisch und straffte die Schultern. »Entschuldige, Farid, ich verspreche, ich reiße mich jetzt wieder zusammen. Wollen wir weitermachen?«

Doch Farid blieb, wo er war und sah mich nachdenklich an.

»Was ist es, was dir, wenn du nur daran denkst, schon solche Angst macht? Ich meine, was genau?«, fragte er. »Du bringst mit mir zusammen hier oben Sachen fertig, für die andere nicht in zehn Jahren den Mut zusammenkratzen.«

»Es ist … diese Figur«, erklärte ich mühsam. »Es gibt kurz vor dem Ende beim Pas de deux eine Hebefigur. Eigentlich keine große Sache, aber seit meinem Unfall glaube ich jedes Mal zu spüren, wie es mir gleich wieder den Boden unter den Füßen wegreißt. Ich weiß, dass es damals nicht Dorians Schuld war, es war diese verdammte Perle auf dem Boden, aber …« Ich merkte, wie ich beim Sprechen immer kurzatmiger wurde und verstummte. Ich schluckte und holte noch einmal tief Luft. »Aber ich bekomme es trotzdem nicht aus dem Kopf.«

»Wie auch …« Farid stützte die Hände in die Seiten und legte den Kopf in den Nacken, als würde in der Kuppel der Manege eine Lösung für mein Elend stehen. »Sobald dich jemand hochhebt, hast du das Gefühl, die Kontrolle zu verlieren.«

Stumm nickte ich.

»Aber so muss es nicht sein«, sagte Farid und blickte mich wieder an. Seine Miene hatte einen entschlossenen Ausdruck angenommen. »Im Grunde ist es ganz einfach, wir müssen einen Weg finden, dich hochzuheben, ohne dass du die Kontrolle verlierst.«

Nur mit Mühe konnte ich ein verärgertes Schnauben unterdrücken.

»Klingt genial«, sagte ich und verschränkte die Arme. »Und wie die meisten genialen Pläne auch ein bisschen unmöglich.«

»Überhaupt nicht!«, rief Farid, dem die Begeisterung nicht auszutreiben war. Mit einem vielsagenden Lächeln nickte er mir zu. »Lass uns etwas ausprobieren.«

Binnen Sekunden schwang er sich mit seinem Trapez zur rechten äußeren Plattform, dort blieb er stehen und ich sah misstrauisch dabei zu, wie er dessen Seile verstellte und es an der Säule befestigte.

»Gibst du mir deins?«, rief er mir zu und ich schwang das zweite Trapez zu ihm herüber, sodass Farid kurz darauf wieder zu mir kommen konnte. Ein wenig außer Atem verkündete er:

»Ich habe das Trapez gerade ein kleines Stück höher eingestellt. Wenn du damit zur Mitte schwingst, kann ich dich an der Hüfte auffangen. Ich stütze dich, während du dich weiter am Trapez festhältst. Sobald du bereit bist, egal wann, lässt du los – wenn nicht, lasse ich los. Dann kannst du zur Mitte schwingen und dich fallen lassen. Wie du dich auch entscheidest: Du behältst die Kontrolle.«

Ungläubig blinzelte ich Farid an. Die Idee war ebenso simpel wie außergewöhnlich, doch er hatte recht: Sie erlaubte mir zu kontrollieren, was geschah und diese Chance würde ich so schnell nicht wiederbekommen. Ich straffte die Schultern.

»Versuchen wir es.«

»Dann warte ich hier auf dich.« Farid drückte ermutigend meinen Arm, dann legten wir los.

Mittlerweile schaffte ich den Sprung von Plattform zu Plattform, ohne dass sich mein Puls in ebenso luftige Höhen schraubte. Auf der rechten Seite angekommen schielte ich hoch zu dem Trapez. Als ich mit beiden Händen danach griff, schwebte ich mit den Zehenspitzen knapp über dem Boden. Es war eine unbequeme Position und ich spürte es bereits in meinen Armen ziehen.

»Bereit?«, rief ich zu Farid hinüber.

»Immer, Coco!«, antwortete er und breitete die Arme aus.

Und ich stieß mich ab. Einige Sekunden sauste ich durch die kühle Luft, direkt auf Farid zu, dann spürte ich, wie seine kräftigen Hände meine Hüften umfassten. Durch den Schwung des Aufpralls taumelte er erst ein paar Schritte zurück und mein Herzschlag schnellte in die Höhe, dann fing sich Farid jedoch. Wir standen in der Mitte der Plattform. Farid hielt mich fest und meinen bis in den letzten Zentimeter gestreckten Körper in die Höhe. Ich umklammerte unterdessen immer noch mit beiden Händen das Trapez, das ich über meinem Kopf hielt. Auch wenn Farid gesagt hatte, dass ich mir so viel Zeit nehmen durfte, wie ich brauchte, wir wussten beide, dass man eine Figur wie diese nicht ewig halten konnte. Wenn ich es wirklich versuchen wollte, musste ich loslassen – jetzt loslassen. Konnte ich? Sollte ich? Ich spürte, wie Farids Arme langsam zu zittern begannen. Ich reckte den Kopf noch ein wenig höher – und Applaus brandete auf. Jemand stand in der Manege und klatschte.

Meine Finger verkrampften sich um das Trapez. Farid hielt mich fest, während der seltsam einsame Applaus anhielt. Ich bekam keine Luft. Gerade als ich spürte, wie mir die Kontrolle zu entgleiten drohte, trat Farid Stimme in meine Gedanken. *Du bist deiner Angst nicht hilflos ausgeliefert.* Seine ermutigende, warme Stimme ließ mich den Kopf heben. *Wenn man akzeptiert, dass es passieren kann ...* Meine Finger am Trapez lockerten sich ganz langsam. *Aber weiß, was man in diesem Fall tut ...* Ich atmete ruhig aus. *Gibt das einem ein großes Stück Sicherheit.* Und ließ los ... Auf einmal schien sich alles zu fügen. Ich streckte die Arme zu einer eleganten Figur aus, während Farid mich langsam hinunterließ und meine Füße den Boden der Plattform erreichten.

Als ich wieder vor ihm stand, strahlten seine Augen und ich musste die Tränen zurückhalten, die unwillkürlich in mir hochstiegen. Wir hatten es geschafft, doch viel wichtiger war jetzt, wer stand in der Manege?

»Alfarsi? Seit wann haben Sie denn das Fach gewechselt?«, rief in diesem Moment eine dunkle Stimme.

Farid griff nach meiner Hand und wir drehten uns um.

Unten inmitten der Sägespäne stand niemand anderes als Monsieur Belmero persönlich, der Direktor des Cirque d'Hiver.

»Monsieur Belmero, was machen Sie denn hier?«, rief Farid nach ein paar Schrecksekunden zu ihm hinunter.

»Es mag Sie überraschen, aber als Zirkusdirektor komme ich nicht erst fünf Minuten vor der Vorstellung. Würden Sie beide vielleicht herunterkommen, damit wir dieses Gespräch ohne Höhenunterschied fortführen können?«

»Oh, ja, natürlich!«, antwortete Farid betreten. Er warf mir einen kurzen Seitenblick zu, dann machten wir uns beide daran, schleunigst zurück in die Manege zu klettern.

»Mir war nicht klar, dass Sie in Ihrer Freizeit Privatstunden für junge Damen geben, Monsieur Alfarsi«, sagte Belmero, als wir unten angekommen waren. Er zog die Augenbrauen hoch. »Sollten Sie nicht eigentlich mit Isabell trainieren? Oder kracht es zwischen Ihnen wirklich so schlimm, wie mir zugetragen wurde?«

Farid straffte die Schultern.

»Es stimmt, wir haben Meinungsverschiedenheiten, aber das hat keinen Einfluss auf unsere Leistung. Ich habe nie das Training mit ihr vernachlässigt«, antwortete er bestimmt. »Wir werden eine fehlerlose Leistung abliefern.«

»Nun, es ist mir jedenfalls neu, dass ich Ihnen erlaubt habe, in meiner Abwesenheit Personen hierher einzuladen, die nicht zur Show gehören«, sagte sein Vorgesetzter.

Farid schluckte. Ich hätte gerne für ihn Partei ergriffen, wusste allerdings nicht, wie ich ihm helfen sollte.

»Es tut mir leid, Monsieur. Ich hätte Sie vorher fragen müssen«, sagte Farid.

Belmero seufzte und verschränkte die Arme.

»Ja, das hätten Sie. Wollen Sie mir nicht wenigstens die junge Dame vorstellen?«

»Charlotte Laffon«, übernahm ich das Wort. »Und ich möchte mich auch entschuldigen, wir wollten niemanden stören. Ich war schon einmal in Ihrer Show, Monsieur – sie ist atemberaubend.«

»Nun, das hört man gern«, erwiderte Belmero und sah jetzt nicht mehr ganz so streng aus. »Planen Sie etwa Zirkusartistin zu werden?«

Ich sah hilfesuchend zu Farid hinüber. Mit der Wahrheit konnte ich schlecht herausrücken.

»Es ist anders«, sagte er schließlich. »Ich profitiere als Zirkusartist von ihr und sie von mir als … Tänzerin. Bitte, Monsieur, es tut mir leid, dass ich Sie nicht eingeweiht habe. Erlauben Sie, dass ich Coco weiterhin hierher einladen darf?«

Belmero legte daraufhin leicht den Kopf schief und sah uns beide nachdenklich an.

»Ich hätte eigentlich eine bessere Idee«, sagte er dann. »Nach allem, was ich bis jetzt gesehen habe, scheinen Sie beide ein ganz gutes Paar abzugeben. Mir ist außerdem zu Ohren gekommen, dass sich Monsieur Alfarsi seit einiger Zeit etwas – Eigenes – wünscht. Also, ich an Ihrer Stelle würde diese Chance nutzen, falls das wirklich Ihr Anliegen ist. Warum treten Sie heute Abend nicht einmal gemeinsam auf? Das wäre eine schöne Art, sich dafür erkenntlich zu zeigen, dass sie hier trainieren durften – und die Zuschauer lieben Überraschungen.«

Ich befürchtete, dass Farid und mir beinahe gleichzeitig die Kinnlade herunterfiel. Farid fing sich jedoch als Erster.

»Aber was ist mit Isabell?«, fragte er unentschlossen.

»Darüber machen Sie sich jetzt mal keine Gedanken«, sagte Belmero gelassen. »Man kann über alles reden. Außerdem geht es hier um meine Show. Wenn ich neuen Talenten keine Chance geben würde, gäbe es diesen Zirkus schon lange nicht mehr.«

»Das ... das wäre natürlich eine unglaubliche Ehre, Monsieur!«, antwortete Farid strahlend.

»Das wäre es, aber verstehen Sie mich nicht falsch: Ich möchte keine Alleingänge mehr von Ihnen erleben, Alfarsi«, erwiderte Belmero streng.

»Versprochen, Monsieur!«

»Dann freue ich mich auf eine Kostprobe Ihrer Zusammenarbeit heute Abend.«

Der Zirkusdirektor nickte uns zu. Erst als er sich zum Gehen wandte, erwachte ich aus meiner Starre.

»Aber ich kann doch nicht ... Ich bin keine Trapezkünstlerin«, stammelte ich.

»Und Farid kein Tänzer«, erwiderte Belmero und zwinkerte. »Darum bin ich besonders gespannt darauf, was Sie auf die Beine gestellt haben. Ein Artist des Cirque d'Hiver und eine Solistin der Opéra Garnier – das ist selbst an diesem Ort etwas Außergewöhnliches«.

»Woher wissen Sie das?«, rutschte es mir heraus. Dass ich von der Opéra kam, hatte weder Farid noch ich je erwähnt.

»Ach, *Wunder* geschehen«, sagte Belmero mit einem süffisanten Lächeln. »Wenn Sie mich jetzt entschuldigen würden? Ich habe noch einiges zu tun, bevor die Vorstellung beginnt.«

Belmero nickte uns beiden höflich zu und verließ dann entschlossenen Schrittes die Manege. Ich wartete solange, bis er den Seiteneingang passiert hatte und die Tür hinter ihm zugefallen war, dann platzte es aus mir heraus.

»Das kann unmöglich sein Ernst sein!«

»Monsieur Belmero ist zwar Zirkusdirektor, aber Scherze macht er trotzdem selten«, erwiderte Farid, auf dessen Gesicht ein nachdenklicher Ausdruck getreten war. »Denkst du denn nicht, dass wir diese Chance nutzen sollten?«

Ich biss mir auf die Lippen. Ich konnte nicht anders, als mir vorzustellen, was Weissmann sagen würde, wenn er erfuhr, dass ich im Zirkus auftrat ...

»Es ist einfach meine Gelegenheit, den nächsten Schritt zu gehen. Bitte, ich verspreche dir, du verpflichtest dich zu nichts, wenn wir heute Abend gemeinsam aufzutreten.«

Wahrscheinlich war dies meine letzte Chance, um eine Künstlerin zu bleiben, zwar nicht auf einer Bühne, aber wenigstens in einer Manege. Es wurde Zeit, dass ich mich von Weissmann löste.

»Also gut«, willigte ich ein. »Ich mache es.«

Statt etwas zu sagen, schloss mich Farid einfach nur fest in die Arme. Ich erwiderte die Umarmung, insgeheim dankbar mich für einen kurzen Moment an ihm festhalten zu können. Es linderte ein wenig meine Anspannung. Hoffentlich konnte Farid nicht spüren, wie mein Herz vor Aufregung fast doppelt so schnell schlug.

»Wir werden großartig sein«, flüsterte er mir ins Ohr und ließ mich dann los. Prüfend musterte er mich von oben bis unten.

»Wie nervös bist du jetzt?«

»Auf einer Skala von eins bis zehn? Zehn mal zehn«, erwiderte ich und versuchte mich an dem schiefen Lächeln, das Farid so oft aufsetzte.

»Vollkommen normal«, sagte er mit Nachdruck. »Es ist schließlich deine – unsere – Zirkuspremiere.«

»Meine«, korrigierte ich.

»Aber unser erster gemeinsamer Auftritt«, sagte Farid vergnügt. »Komm, es gibt noch einiges vorzubereiten.« Er griff nach meiner Hand und plötzlich eilten wir die Gänge des Backstagebereichs hinunter.

»Wohin gehen wir?«, fragte ich außer Atem.

Farid erwiderte meinen verwirrten Blick mit einem amüsierten Lächeln.

»Dachtest du wirklich, wir lassen dich in deinen Trainingsklamotten auftreten?«

Erst jetzt erkannte ich, dass wir den Weg zu Miracle einschlugen.

»Das wird mit Sicherheit eine ganz andere Erfahrung als beim Ballett«, sagte Farid. »Im Zirkus ist mehr immer mehr. Hier sind alle Kostüme ein kleines bisschen auffälliger, ein kleines bisschen bunter und glitzernder als anderswo.«

Wir waren vor der Tür zu Miracles Schneiderei angekommen.

»Geh du schon einmal rein zu ihm. Ich muss mich vorher noch einige Dinge erledigen«, sagte Farid.

Ehe ich etwas erwidern konnte, zog er mich an sich und gab mir einen langen intensiven Kuss, der mir einige Sekunden den Atem raubte.

»Das wäre eine davon«, sagte er, als wir uns wieder voneinander lösten. »Viel Spaß mit Miracle. Sag ihm, du verdienst nur das Beste.«

Mit diesen Worten machte mein Trapezpartner auf dem Absatz kehrt und ließ mich vor dem Kostümfundus stehen.

»Farid!«, rief ich, doch er war schon um die Ecke gebogen. Mit einem Seufzen drehte ich mich um und schob die Tür zur Schneiderei auf.

Zögerlich ging ich hinein und sog den vertrauten Geruch nach Staub, altem Stoff und Klebstoff ein. Suchend blickte ich mich um. Keine Spur von Miracle. Ich ging an den Regalen vorbei, bis ich an dem riesigen Holztisch stand, wo der Kostümschneider üblicherweise sein Werk vollbrachte. Die Arbeitsplatte war übersät mit Stoffbahnen, silbrig glänzenden Nadeln und Scheren. Gerade, als ich Miracles Namen rufen wollte, fiel mir ein Gegenstand ins Auge, der auf einem Bündel Maßbänder lag. Es war eine Stoffmaske aus schneeweißem Satin, bestickt mit zarten, hellblauen Perlen, die wie Wassertropfen das Material verzierten. Unwillkürlich streckte ich die Hand nach dem kleinen Kunstwerk aus.

»Mademoiselle Laffon?«

Ich zuckte zusammen.

Zwischen den Regalen war der Hüter der Zirkuskostüme aufgetaucht. Miracle trug wie üblich seinen schlichten schwarzen Anzug, der einen angenehmen Kontrast zu den knallbunten Stoffen darstellte, die uns umgaben.

»Was für eine Freude, Sie wiederzusehen«, sagte er und kam mit einem entspannten Lächeln auf mich zu.

»Danke, Monsieur, also ich meine, natürlich freue ich mich auch«, erwiderte ich nervös. »Farid hat mich zu Ihnen geschickt, ich brauche ein Kostüm für meinen ersten ...« Die Worte wollten einfach nicht über meine Lippen kommen.

»Ihren ersten Auftritt im Cirque d'Hiver?«, vollendete daher Miracle den Satz, als wäre überhaupt nichts Überraschendes daran. »Nun. Es freut mich, dass Belmero Ihnen diese Chance gibt und es ist mir eine Ehre, Sie für diesen Anlass einzukleiden. Warten Sie kurz, ich glaube, ich wüsste da schon etwas Passendes.«

Miracle verschwand wieder zwischen den Regalen, wo ich es

kurz rumoren hörte, dann kam er mit einem Pappkarton unter dem Arm wieder zurück.

»Es müsste Ihrer Größe entsprechen«, sagte er und überreichte ihn mir.

Ich stellte ihn vorsichtig auf den Tisch und öffnete ihn. Unter dem Deckel kam ein matt silbern glänzender Body zum Vorschein. Ich zog ihn heraus und hielt ihn vor mir in die Höhe. Er gefiel mir. Er zog nicht durch knallende Farbvielfalt die Blicke auf sich, sondern bestach durch schlichte Eleganz. Mehr war eben manchmal doch nicht mehr.

»Das Material ist sehr elastisch und sollte sich daher gut an Ihre Figur anpassen. Probieren Sie ihn gerne in einer der Garderoben an«, erklärte Miracle. »Dürfte ich vorher noch anmerken, Mademoiselle, dass Sie und Farid mit Sicherheit großartig sein werden.«

Ich ließ den Body wieder sinken und schluckte.

»Um Ihnen die Wahrheit zu gestehen, Monsieur, ich bin furchtbar nervös und nicht sicher, ob das alles eine gute Idee ist«, sagte ich zweifelnd.

Miracle musterte mich prüfend.

»Es geht nicht nur um das Lampenfieber, oder Mademoiselle? Haben Sie etwa Angst, Farid und Sie geben in der Manege kein gutes Paar ab?«

»Was? Nein!«, erwiderte ich abwehrend. »Es ist nur ... sobald in der Ballettwelt die Geschichte die Runde macht, ich würde jetzt im ... im Zirkus auftreten ...« Ich brach ab, denn allein die Vorstellung, was Weissmann sagen könnte, wenn er davon erfuhr, schnürte mir die Kehle zu. Ich atmete tief aus und straffte die Schultern. Meine Ballettkarriere in Paris wäre damit ein für alle Mal vorbei.

»Entschuldigen Sie, Monsieur, ich hätte Sie nicht damit belästigen dürfen. Ich probiere dann lieber mal das Kostüm an«, sagte ich bestimmt. Ich legte es zurück in den Karton, nahm ihn in die Arme und wollte mich zum Gehen wenden.

»Warten Sie, Mademoiselle!«

Ich blieb stehen und sah zögerlich zu Miracle.

»Ich glaube, ich kann Ihnen helfen«, sagte der Schneider. »Ich verstehe Ihre Bedenken. Wenn Sie vorerst lieber, nun, *anonym* bleiben wollen. Warum nehmen Sie dann nicht ...« Miracle griff nach der weißen Stoffmaske, »diese hier mit?«

Überrascht griff ich danach. Natürlich! Warum war ich nicht selbst vorher auf die Idee gekommen.

»Vielen, vielen Dank, Monsieur!«, rief ich und konnte beinahe körperlich spüren, wie eine große Last von meinen Schultern fiel.

»Gern geschehen, Coco. Wenn ich Ihnen allerdings noch einen letzten Rat auf den Weg geben dürfte: Diese Maske schützt Ihre Identität vielleicht für einen Abend, aber sie können nicht für immer hinter ihr Zuflucht finden. Die Bühne ist kein anonymer Ort. Farid und Sie verdienen es, gesehen zu werden. Sie beide zusammen. Es gibt nichts, wovor sich einer von ihnen verstecken müsste«

Ich schluckte.

»Warum tun Sie das alles?«, fragte ich. »Warum helfen Sie mir?«

»Vielleicht, um Ihnen die Angst vor Hilfe zu nehmen«, erwiderte Miracle mit einem Lächeln. »Sie sollten sich beeilen, Mademoiselle. Die Vorstellung fängt bald an ...«

***

Eine halbe Stunde später stand ich gemeinsam mit Farid vor einem schweren roten Vorhang. Ich trug den kurzen Einteiler, den Miracle mir herausgesucht hatte, und die helle Maske, deren weicher Stoff sich nahtlos an mein Gesicht schmiegte. Aus der Manege hörte man das Spektakel, das bereits in vollem Gange war. Die Musik von *Fluch der Karibik* dröhnte aus den Lautsprechern, während, wie ich von meinem letzten Besuch wusste, eine Gruppe Akrobaten eine abenteuerliche Pyramide aus Armen und Beinen bildete. Farid und ich hatten alles peinlich genau besprochen. Die Nummer vor uns dauerte noch circa fünf Minuten. Sobald sich das Lied seinem Ende näherte, würden wir den Vorhang beiseiteschieben und, während sich die Akrobaten verbeugten, in der Dunkelheit an den Strickleitern hoch zu den Trapezen klettern. Ich warf Farid einen nervösen Seitenblick zu. Er hatte die Augen geschlossen und die Hände hinter dem Rücken verschränkt. Den Kopf hielt er hoch erhobenen und ich sah, wie sich sein Brustkorb unter langen, tiefen Atemzügen hob und senkte.

»Gibt es bei euch Aberglauben vor der Aufführung?« Ich war so nervös, dass ich die Stille einfach nicht mehr aushielt.

Farid öffnete die Augen. Er lächelte.

»Ja, man darf sich nicht viel Glück wünschen, bevor es losgeht«, sagte er.

»Ist in der Opéra genauso.«

»Glaubst du daran?«

»Keine Ahnung. Ich habe es allerdings nie darauf ankommen lassen«, antwortete ich und zuckte die Schultern. »Manche wünschen einem viel Spaß, bevor es losgeht, andere halten lieber den Mund, um ihre eigene Aufregung zu verbergen.«

»Dann lass uns jetzt besser nichts mehr sagen, Coco«, erwiderte Farid und griff nach meiner Hand. »Wir wollen das Schicksal nicht mehr als nötig auf die Probe stellen.«

»Deine wahre Trapezpartnerin gegen eine blutige Anfängerin einzutauschen ist schließlich Herausforderung genug«, sagte eine schneidend kalte Stimme.

Ich spürte, wie sich Farids Hand um meiner verkrampfte, dann ließ er sie abrupt los. Ich drehte mich um. Vor uns stand Isabell Martin. Selten hatte ich einen Menschen so wütend erlebt. Ihre Lippen waren weiß. Aus zusammengekniffenen Augen sah sie erst mich, dann Farid mit einem vor Verachtung triefenden Ausdruck an.

»Du wagst es also tatsächlich«, sagte sie.

»Belmero wagt es«, erwiderte Farid und obwohl auch er bleich geworden war, richtete er sich zu voller Größe auf. »Er gibt mir eine Chance zu beweisen, was hier aus mir geworden ist.«

»Ach und damit soll ich mich jetzt abfinden?«, fauchte Isabell. »Nach allem, was ich für dich getan habe, suchst du dir einfach die Nächstbeste, um mich aus der Show zu drängen!«

»Ich wollte niemals mit dir streiten, Isabell. Ich habe versucht mit dir zu reden, aber du ...«

»Ich wollte dich immer nur davor bewahren, dich bis auf die Knochen zu blamieren«, erwiderte Isabell hochmütig. »Mit ihr wirst du das erst recht.«

»Das werden wir sehen«, erwiderte Farid kalt. »Ich verstehe nicht, wie ich mich so lange von dir unterdrücken lassen konnte.«

Damit brachte er bei seiner ehemaligen Trapezpartnerin endgültig das Fass zum Überlaufen. Wutentbrannt baute sich Isabell vor Farid auf, ihr Gesicht nur einen Spalt breit von seinem entfernt.

»Ihr werdet es niemals zu etwas bringen«, zischte sie. »Ihr gehört nicht hierher! Das ist nicht eure Welt. Keinen von euch beiden werden die anderen jemals akzeptieren.«

»Das lässt du sie am besten selbst entscheiden«, sagte Farid, der keinen Zentimeter zurückwich.

»Du bist nichts weiter als ein kleiner Dieb – und du Ballettprinzessin«, zischte Isabell und wandte sich abrupt mir zu. »Du solltest dich besser an dein feines Theater verziehen, wo du hingehörst.«

Ich hörte Isabells wutentbrannte Worte kaum. Mir war kalt geworden. Das war es also? Das hatte Farid die ganze Zeit über verheimlicht?

»Ein Dieb?«, wiederholte ich mit tauben Lippen.

Isabell lächelte höhnisch.

»Du wolltest es ihr also nie sagen?«

»Halt den Mund!«, zischte Farid, der bleich geworden war.

»Du wolltest es so«, erwiderte Isabell und zuckte mit den schmalen Schultern. »Ich habe dir gesagt, dass du nicht ewig vor deiner Vergangenheit davonlaufen kannst. Denkst du nicht, sie hat ein Recht darauf zu erfahren, wer oder vielmehr was du wirklich bist?«

»Ich bin kein Dieb!«

»Stimmt, eigentlich ist sie es«, sagte Isabell und nickte abfällig in meine Richtung. »Immerhin hat sie mir den Partner gestohlen.«

»Jetzt rück endlich mit der Sprache heraus!«, fuhr ich Isabell an.

»Farid Alfarsi war früher Mitglied einer Einbrecherbande. Ein Fassadenkletterer, Schlossknacker, Späher. Hat er dir nicht erzählt, wieso ihm Höhenangst völlig fremd ist? Wieso er waghalsig ist wie kein Zweiter und wo er das Klettern überhaupt gelernt hat?«, fragte Isabell genüsslich.

»Auf den Dächern von Paris«, flüsterte ich.

»Ganz genau, dort hat er Fensterluken geöffnet und seinen Kumpels den Einstieg in die schicken Pariser Wohnungen ermöglicht«, erklärte Isabell boshaft. »Für einen seiner Coups wollte er über das Dach des Zirkus auf das Nebengebäude gelangen. Pech nur, dass ich spätabends noch da war, um zu trainieren, und ihn erwischt habe. Ich hätte ihn anzeigen können ...«

»Stattdessen hast du mein Talent erkannt und die Chance, mich erpressbar zu machen«, schnitt ihr Farid das Wort ab.

»Ja, anfangs war ich dir noch dankbar, Isabell. Anfangs dachte ich wirklich, dir ging es darum, mich aus meinem Loch herauszuholen. In Wahrheit aber hast du nur nach einem Sprungbrett für deine Karriere gesucht. Ich habe aber meine eigenen Träume und ich habe an diesem Ort erkannt, dass sie nicht wertlos sind.«

»Ich will deiner Ballettmaus und dir auch nicht mehr länger im Wege stehen«, antwortete Isabell kalt. »Es reicht mir, von der Ferne zuzusehen, wie euer alberner kleiner Traum zerplatzt.«

Farid wollte etwas erwidern, doch in diesem Moment wurde der Vorhang beiseitegeschoben. Von draußen hörte man donnernden Applaus, während die vollkommen verschwitzten Akrobaten zu uns traten. Der Streit hatte uns völlig vergessen lassen, wo wir eigentlich waren.

»Was macht ihr noch hier!«

Erst jetzt erkannte ich, dass Mariku zur Akrobatengruppe gehörte.

»Ihr solltet schon längst draußen sein!«, zischte sie Farid und mir zu. »Na los, ab mit euch!«

Unschlüssig sah ich zu Farid. Jetzt? Jetzt sollten wir wirklich unseren großen Auftritt hinlegen.

»*Viel Glück* euch beiden!«, warf Isabell noch ein, dann ließ sie uns stehen.

Draußen hatte der Applaus bereits nachgelassen. Das Publikum wartete auf die nächste Nummer.

»Komm ...«, sagte Farid und nickte Richtung Vorhang.

»Weißt du noch, als ich gefragt habe, ob du Geheimnisse vor mir hast, Farid Alfarsi?«, fragte ich leise.

»Wir reden später«, murmelte er, sah mich aber nicht dabei an, dann ging er voraus in die hell erleuchtete Manege.

Ich zögerte kurz, am liebsten hätte ich mich auf dem Absatz umgedreht und die Flucht ergriffen, doch im Zirkus galten genau die gleichen Regeln wie im Theater: Die Show musste weitergehen. Also zupfte ich noch einmal die Maske zurecht und folgte ihm dann in die Höhle des Löwen – oder vielmehr des Publikums.

Sobald Farid und ich die Manege betraten, brach erneut Jubel los, was mich weniger beruhigte, sondern vielmehr einen heftigen Schweißausbruch provozierte. Ich versuchte ruhig ein- und auszuatmen und ging über die Sägespäne zu der Strickleiter auf der rechten Seite der Manege. Da wir viel zu spät hereingekommen waren, kletterte ich, so rasch ich konnte, die dünnen Sprossen hinauf. Immer wieder warf ich dabei einen Blick zu Farid hinüber, der auf der anderen Seite ebenfalls die luftigen Höhen erklomm.

Kurz darauf standen wir uns auf den Plattformen in entgegengesetzter Richtung gegenüber. Ich hätte mir gewünscht, Farids Gesichtsausdruck erkennen zu können, doch er war zu weit von mir entfernt. Ein blendend heller Scheinwerferkegel richtet sich auf uns beide – und obwohl mir bewusst war, dass nun Hunderte von Augenpaaren auf uns gerichtet waren, spürte ich, wie meine Angst langsam nachließ. Wir waren so weit von allem entfernt, hoch oben über den Köpfen der Zuschauer schienen in diesem Augenblick nur noch wir beide zu existieren. Gleichzeitig drängte sich nach dem Streit mit Isabell unablässig nur die eine Frage in meine Gedanken – *konnte ich Farid immer noch vertrauen?* Ich wollte nicht später reden, es musste jetzt sein.

In diesem Moment sah ich, wie er auf der anderen Seite nach dem Trapez griff und es hoch über seinen Kopf hielt. Es ging los. Applaus brandete auf und ich hob ebenfalls die Arme. Allerdings nicht um das Trapez zu halten. Ich ging in die Knie und stieß mich in dem Augenblick zu einer Pirouette ab, als Farid von seiner Plattform sprang. Während ich mich drehte, sauste er auf mich zu und gerade, als ich den Fuß wieder aufgesetzt hatte, landete er neben mir und drehte mich weiter. Das Publikum jubelte. So etwas hatten sie mit Sicherheit noch nie als Trapeznummer gesehen. Farid wirbelte mich ein weiteres Mal herum, dann landete ich in seinen Armen. Unsere Gesichter waren nur Zentimeter voneinander entfernt.

»Wir schaffen das«, flüsterte Farid.

»Warum hast du nie etwas gesagt?« Wir waren viel zu weit oben, als dass uns irgendjemand hören könnte. Ich stieß Farid von mir. Kurz schien es, als würde er ins Netz fallen, dann griff er blitzschnell nach dem Trapez und flog rückwärts zurück auf die mittlere Plattform. Das Publikum klatschte wie verrückt. Ich schluckte und griff nach meinem Trapez. Das Herz schlug mir bis zum Hals, als ich mich abstieß, durch die kühle Luft raste und kurz darauf auf derselben Plattform wie Farid landete. Mit dem Schwung des Aufpralls lief ich auf ihn zu.

»Die ganze Zeit über hast du mir etwas von Vertrauen erzählt!«, rief ich.

»Du kannst mir vertrauen, Coco! Spring!«

Ich zögerte nur den Bruchteil einer Sekunde, dann sprang ich. Farid packte mich an den Hüften, während ich die Hände elegant zur Seite streckte und er mich hoch in das Scheinwerferlicht hielt. Ich konnte es zwar nicht selbst sehen, aber die feinen Perlen auf meiner Maske mussten im Licht funkeln wie winzige Sterne.

Das Publikum tobte vor Begeisterung. So etwas gab es noch nie im Zirkus. War es eine Trapeznummer oder ein Ballett? Es war beides.

Farid ließ mich langsam wieder herunter, während ich mich an ihm festhielt.

»Wie lange wolltest du es noch geheim halten?«, flüsterte ich, als mein Mund direkt neben seinem Ohr war.

»Es gab nichts geheim zu halten!«, antwortete Farid. Er ließ mich los, wandte sich ab und stürmte zum anderen Rand der Plattform. Ich ihm hinterher. In dem Moment, als er sprang, bekam ich ihn um die Hüfte zu fassen und wir rasten aneinandergeklammert durch die Manege.

»Weil ich kein Dieb mehr bin!«, verkündete Farid, während der Wind um unsere Ohren pfiff. Wir landeten auf der anderen Seite und lösten uns wieder voneinander.

»Und weil ich Angst hatte«, sagte Farid, drehte sich zu mir um und griff nach meiner Hand. »Angst, wie du mich ansiehst, wenn du die Wahrheit kennst.«

»Das ist eine lausige Entschuldigung.« Ich wandte mich von Farid ab, schnappte mir mit der freien Hand das Trapez und wollte mich abstoßen, doch Farid hielt noch immer meine Hand fest. Und so balancierte ich langgestreckt auf Zehenspitzen am Rand der Plattform.

»Lass los«, fauchte ich über die Schulter.

»Du hättest mich wie alle anderen gesehen. Als kriminellen Herumtreiber. *Werft ihn raus, bevor er noch was klaut!*«, erwiderte Farid und ließ dann meine Hand los. Ich konnte mich gerade noch an das Trapez klammern, schon sauste ich wieder zur mittleren Plattform. Ich kam auf und landete keuchend in der Mitte. Als ich mich umdrehte, sah ich, wie Farid mir folgte. Mit einem Salto landete er neben mir. Der Boden vibrierte. Farid und ich stellten uns Rücken an Rücken.

»Du sprichst, als hätte man dich gezwungen zu stehlen«, sagte ich, ließ mich langsam zu Boden sinken und ging in einen Spagat. »Man hat immer eine Wahl.«

»Das sagt die Richtige.« Farid hatte sich umgedreht, schob die Armbeugen unter meine Achseln und wirbelte mich im Kreis herum. »Du hast dich von Weissmann herumschieben lassen wie eine Schachfigur«, hörte ich seine Stimme, während die Umgebung zu Schlieren verschwamm. Farid stoppte und zog mich hoch, während das Publikum uns zujubelte. »Du warst nie in meiner Situation«, sagte er, als wir uns wieder gegenüberstanden. »Ich war allein, Cooco! Ich wollte einfach nur irgendwohin gehören und habe meinen Platz gefunden. Im Zirkus und bei dir ...«

Farid zog mich an sich und legte sanft seine Hände an meine Wangen. Unsere Gesichter kamen einander immer näher und die Zuschauer, die annahmen, alles sei Teil der Choreographie, klatschten wie verrückt. Ich nahm es nur verschwommen wahr, denn mich beherrschte einzig und allein ein Gedanke: Farid hatte mir nie dasselbe Vertrauen geschenkt wie ich ihm. Unsere gemeinsame Zeit war von einer Lüge überschattet gewesen ...

»Wir gehören nicht zusammen«, sagte ich mit zitternder Stimme, nahm Farids Hände und führte sie von meinen Wangen hinunter. »Und ich nicht hierher.«

Mit diesen Worten löste ich mich aus seiner Umarmung, lief in weiten Schritten zum Rand der Plattform, angelte mir im Laufen das Trapez und flog kurz darauf zurück auf den Vorsprung am linken Rand. Dort angekommen ging ich in die Knie, vollführte eine letzte Pirouette und hob dann mit langgestrecktem Hals die Arme zu meiner Ausgangsposition. Ich blinzelte heftig und versuchte mir einzureden der gleißend helle Lichtkegel in meinem Gesicht war der Grund für die Tränen, die sich in meine Augenwinkel stahlen. In der Mitte sah ich Farid. Allein stand er auf seiner Plattform, die Hände noch immer nach mir ausgestreckt, als hätte ich mich vor ihm in Rauch aufgelöst, dann erloschen die Lichter und alles fiel ins Dunkel.

Schwer atmend ließ ich die Arme langsam sinken. In meinen Ohren rauschte es, sodass ich kaum den Lärm wahrnahm, den das Publikum veranstaltete. Die Zuschauer waren begeistert von unserem leidenschaftlichen Auftritt und fragten sich wahrscheinlich, wie man solch große Gefühle derart überzeugend spielen konnte. Weissmann hatte einmal gesagt, Ballett wurde erst dann lebendig, wenn man es fühlte – doch das, was in diesem Moment in mir vorging, ließ mich alle Gefühle dieser Welt verwünschen. Vielleicht nicht alle. Wahrscheinlich – nur eines.

Unter dem donnernden Applaus der Zirkusbesucher kletterte ich mit zitternden Armen die Strickleiter hinunter in die Manege, zurück auf den Boden der Wirklichkeit. Ich achtete nicht darauf, wo Farid war, sondern lief einfach zu dem Vorhang, den bereits die nächsten Artisten für ihren Auftritt beiseiteschoben.

Gerade als ich dem grellen Licht Manege entkam, prallte ich beinahe mit Direktor Belmero zusammen. Anscheinend hatte er hinter dem Vorhang auf Farid und mich gewartet.

»Mademoiselle, alles in Ordnung?«, fragte er erstaunt und rückte seinen dunkelroten Zylinder zurecht.

»Ich muss leider gehen, Monsieur«, sagte ich mit erlahmender Stimme. »Sofort.«

»Ich wollte mit Ihnen und Farid sprechen«, erwiderte Belmero stirnrunzelnd. »Bleiben Sie doch noch bitte. Ihr Auftritt war …«

»Besprechen Sie es mit ihm allein«, unterbrach ich ihn. »Ich muss einfach nur hier weg …«

18

Ich wusste später selbst nicht, wie ich es in meinem vollkommen aufgelösten Zustand schaffte, ins Appartement zurückzukehren. Ich saß in der stickigen Métro mit meiner Tasche auf dem Schoß. Mit der freien Hand umklammerte ich so fest die Stoffmaske, als hätte sie die magische Kraft, mich an einen besseren Ort zu bringen. Gut, dass niemand sehen konnte, dass ich unter dem langen Wintermantel nur einen Einteiler für Trapezartisten trug. Ich zitterte noch immer vor Anspannung. Das Adrenalin des Auftritts und des Streits war ganz und gar nicht verebbt. In meinen Kopf herrschte ein vollkommenes Durcheinander, bruchstückhaft vermischten sich die Bilder des Auftritts mit Isabells höhnischen Gesten, Farids Gesichtsausdruck kurz bevor ich davongestürmt war. Ich schloss die Augen. Ich wusste nicht, was mir mehr zusetzte, die Vorstellung, Farid nie mehr wiederzusehen oder die Erkenntnis, dass ich bei meinem Kampf um Vertrauen und einen Platz auf der Bühne beides verloren hatte.

Als ich eine halbe Stunde später die Métro-Station verließ, bemerkte ich in der Dämmerung etwas, das ich schon seit Ewigkeiten nicht mehr in Paris erlebt hatte. Winzig kleine Schneeflocken tanzten durch das runzelige Licht der Straßenlaternen und ließen sich auf den Köpfen der Menschen nieder, die rechts und links an mir vorbeieilten. Schnee in Paris am Abend vor Weihnachten, das war fast ein größeres Wunder als der Heilige Abend selbst. *Ein Wunder,* dachte ich bitter, *das hätte ich ein wenig früher gebrauchen können.* Ich zog meinen Wollschal über die Nase und schlug mit gesenktem Kopf den Weg zum Appartement ein.

»Coco! Wo warst du? Seit Neuestem verschwindest du ständig

abends, ohne Bescheid zu sagen! Wenn du etwa im Elften feiern gehst ... Coco?«

Ich hatte versucht mich ungesehen in mein Zimmer zu schleichen, doch natürlich war Roxane noch wie üblich mit ihrem Eisbecher und Disneyfilmen im Wohnzimmer. Bei meinem Anblick klappte sie den Laptop schleunigst zu.

»Was ist passiert?«, fragte sie und musterte mich besorgt. »Du siehst furchtbar aus!«

Ich schluckte, ließ meine Tasche in die Garderobe fallen und betrat das Wohnzimmer.

»Nichts, mir geht es ...« Es war nur so ein kleines, unbedeutendes Wort und doch schnürte es mir die Kehle zu und hinderte mich am Weitersprechen.

»Dir geht es beschissen«, sagte Roxane bestimmt. »Und du erzählst mir jetzt sofort, warum. Wir haben alle Zeit der Welt, Louise ist bei einer Freundin und meine Eis-Packung noch halbvoll.«

Statt mit Roxane zu sprechen, hätte ich mich viel lieber in meinem Bett verkrochen, nur war ich viel zu erschöpft, um einen Streit anzufangen oder eine gute Geschichte zu erfinden. Unschlüssig verkeilte ich die Hände ineinander und schwieg.

»Coco, bitte!« Roxane war aufgesprungen und stand nun direkt vor mir. Als sie mich an den Schultern fasste, zuckte ich zusammen. »Du hast doch schon seit Wochen Geheimnisse vor mir. Ich habe keine Ahnung mehr, wie und wo du deine Zeit verbringst! Ich habe nichts gegen Geheimnisse, wirklich – zumindest nicht, bis sie meine beste Freundin auffressen. Wenn du es schaffst, mir jetzt direkt in die Augen zu sehen und zu sagen, dass es dir gut geht, lasse ich dich in Ruhe, versprochen! Aber wenn nicht, erzählst du mir endlich, was los ist.«

Vielleicht hätte ich es geschafft. Vielleicht hätte ich es tatsächlich geschafft, ein letztes gelogenes »Es geht mir gut« über die Lippen zu bringen. Ich hatte es so oft getan, all die Momente im Krankenhaus, all die Momente nach dem Unfall, als ich Angst hatte, man würde mich nie wieder tanzen lassen. Ich war eine Meisterin darin geworden, diesen Satz auszusprechen, doch in diesem Moment konnte ich es einfach nicht. Also nahm ich Roxanes Hand, wir setzten uns auf die alte Couch und ich begann zu erzählen. Alles und diesmal wirklich alles. Von meiner Begegnung mit Farid, unserem ersten Kuss, Weissmanns Plänen, mich zurück in die Opéra zu bringen und von dem Leben, das ich parallel im Zirkus dazu begonnen hatte. Roxane war eine gute Zuhörerin. Wenn es darauf ankam, plapperte sie nicht wie sonst unablässig vor sich hin, sondern legte nur leicht den Kopf schief und lauschte aufmerksam.

»Und jetzt ist alles vorbei«, schloss ich, nachdem die Nacht schon lange hereingebrochen war. Ich war zu müde, um auch nur eine Träne zu vergießen. Ich saß einfach nur still da, während Roxanes Hand tröstend die ganze Zeit über auf meinem Arm lag. »Ich habe dem Zirkus den Rücken zugekehrt und die *Nussknacker*-Aufführung morgen wird Valentina tanzen.«

»Hm«, erwiderte Roxane nachdenklich. Ich blickte zu ihr hinüber und bemerkte, dass meine Freundin tief in Gedanken versunken war. Ihr Blick schweifte rastlos durch den Raum, als würde sie gerade ein ganz anderes Problem wälzen.

»Colibri?« Ich stupste sie an.

»Was?« Roxane zuckte zusammen. »Ja, ich meine ... Ich wünschte, du hättest mir schon viel früher alles erzählt.«

»Mir war so oder so nicht zu helfen«, antwortete ich niedergeschlagen.

»Meinst du nicht, du solltest noch einmal mit Farid reden?«

»Ich ... ich weiß es nicht. Vielleicht war es von Anfang an eine verrückte Idee zu glauben, wir würden zusammenpassen«, sagte ich düster. »Ich wünschte, er hätte mir vertraut. Ich wünschte, er hätte mir die Wahrheit gesagt.«

Der Gedanke an unseren Streit ließ wieder ein bitteres Gefühl in mir aufsteigen und ich entzog meinen Arm Roxanes Hand.

»Danke, dass du mir zugehört hast«, sagte ich. »Ich glaube, es ist jetzt das Beste, wenn ich mich hinlege. Morgen muss ich mich bei Weissmann melden und, naja, alles Weitere besprechen ...«

»Coco, wir könnten doch ...«, begann Roxane, doch ich winkte ab.

»Es ist zu spät, okay? Lass mich schlafen, damit ich den morgigen Tag irgendwie überstehe.«

»Ich ... na gut«, gab Roxane widerstrebend nach.

»Du solltest auch schlafen gehen. Morgen ist schließlich eure große Aufführung ...«

***

Ich fiel in dieser Nacht in einen erschöpften, traumlosen Schlaf. Als ich am nächsten Morgen aufwachte, blinzelte ich kurz und fragte mich, wieso ich mich so kraftlos und resigniert fühlte, bis mit aller Macht die Erinnerungen des gestrigen Tages erneut über mich hereinbrachen. Ich schloss kurz die Augen und wünschte mich wieder in meine Träume zurück, dann schälte ich mich aus meiner Decke.

Als ich kurz darauf den Kopf aus meiner Zimmertür streckte, merkte ich sofort, dass Roxane und Louise bereits aufgebrochen waren. Ungewaschenes Frühstücksgeschirr thronte in der Spüle und auf dem Boden lagen ein paar verlorengegangene Haarklammern.

Ich ging aus meinem Zimmer und zum Telefon, das auf einem niedrigen Beistelltisch neben der Couch stand. Ich sollte es besser jetzt gleich hinter mich bringen – und ich wollte nicht, dass Weissmann meine Handynummer erfuhr.

Unschlüssig stand ich mehrere Minuten davor, bis ich schließlich tief durchatmete und nach dem Hörer griff, der plötzlich ein helles Klingeln von sich gab. Ich zuckte zusammen und zog meine Hand zurück, dann schüttelte ich kurz den Kopf und nahm ab.

»Hallo?«

»Sind Sie es, Laffon?«

Ich ließ beinahe erneut den Hörer fallen, als ich Weissmanns Stimme erkannte.

»Ich ... ja!«, erwiderte ich erschrocken. »Ich wollte Sie gerade ...«

»Falls Sie sich gerade bei mir melden wollten, trifft sich das wirklich gut, denn wir brauchen Sie sofort in der Opéra«, erklärte Weissmann. »Valentina fällt aus und ich konnte den Vorstand überzeugen, Sie einspringen zu lassen. Das ist Ihre Chance, heute die Zuckerfee zu tanzen.«

Ich blinzelte heftig, vermutete kurz, noch zu träumen, dann stotterte ich:

»Aber ich, ich verstehe nicht, wieso ist Valentina ... Warum tanzt nicht Roxane?«

»Laffon, es gibt Momente, in denen ist es eine gute Idee, Fragen zu stellen und es gibt Momente, in denen ist es eine bessere Idee, brav zu nicken und in die Opéra zu kommen, bevor es sich Ihr Vorgesetzter anders überlegt«, sagte Weissmann bestimmt.

»Ich, ja, natürlich«, erwiderte ich überrumpelt. »Ich kann in einer halben Stunde da sein!«

»Beeilen Sie sich.« Schon klickte es und Weissmann hatte die Verbindung beendet.

Wie in Trance legte ich den Hörer auf die Gabel. Was war passiert? Ich konnte mir beim besten Willen nicht erklären, wieso Valentina von ihrer Hauptrolle zurückgetreten sein sollte oder die künstlerische Leitung erlaubte, dass ich zurückkehrte – doch Weissmann hatte recht, jetzt war nicht der richtige Augenblick, um darüber nachzugrübeln.

Als ich eine Viertelstunde später aus dem Appartementhaus stürmte, rutschte ich beinahe aus. Mir gelang es gerade noch, mich an einer Straßenlaterne festzuhalten. Mit klopfendem Herzen löste ich meine Hände wieder vom kalten Metall und sah mich um. Ich hatte heute Morgen keinen Blick aus dem Fenster geworfen und so vollkommen versäumt, dass es gestern Abend nicht bei ein paar wenigen Schneeflocken geblieben war. Zu meiner ungläubigen Überraschung lag Paris seit heute Morgen unter einer dünnen weißen Schicht aus Eis und Schnee. Ausgerechnet an diesem Tag musste es zu einem solchen Jahrhundertereignis kommen! Auf den Straßen war mit Sicherheit das komplette Chaos ausgebrochen. Noch mehr Pariser als sonst würden heute mit der Métro fahren. Ich musste mich beeilen!

Mit brennenden Lungen hetzte ich eine halbe Stunde später die Treppe zur Opéra hinauf. In der Métro war die Hölle losgewesen und ich hatte mir schließlich mit den Ellenbogen einen Platz im Waggon erkämpfen müssen. Der Schnee gestern Nacht hatte die grauen Stufen mit einer dünnen Eisschicht überzogen und ich musste aufpassen nicht erneut auszurutschen. Direkt vor dem Eingang stand eine hochgewachsene schlanke Gestalt mit einer glühenden Zigarette in der Hand. Sie trug eine dünne Jacke mit hochgeschlagener Kapuze und hatte den Kopf von mir abgewandt. Es war nichts Ungewöhnliches, dass Tänzerinnen vor der Aufführung noch kurz draußen standen, um ihre Nervosität zu lindern. Diese hier versperrte mir damit allerdings den Weg in die Opéra.

»Könnte ich bitte mal vorbei?«, fragte ich ungeduldig, als ich auf der obersten Stufe angekommen war.

»Warum so eilig?«

Die junge Frau schnippte den Rest ihrer Zigarette über das Treppengeländer und schob ihre Kapuze vom Kopf. Erst jetzt erkannte ich, wer die ganze Zeit über vor dem Eingang gewartet hatte.

»Valentina?«, rief ich, als ich die rote Haarmähne erkannte. »Was machst du hier?«

Die stets perfekte Fassade der russischen Tänzerin hatte seit unserer letzten Begegnung ein paar Risse abbekommen. Valentina sah bleich und übernächtigt aus. Unter ihren hellgrauen Augen zeichneten sich tiefe Ringe ab und das rote Haar hing ihr in wirren Strähnen ins Gesicht.

»Das kannst du dir wirklich nicht denken?«, fragte sie mit leiser Stimme und trat einen Schritt auf mich zu. Unwillkürlich wich ich zurück.

»Nein, kann ich nicht«, erwiderte ich abwehrend.

»Dann ist es dir also vollkommen neu, wenn ich dir verrate, dass ich wegen dir meinen Platz in der Kompanie verloren habe, Charlotte? Ja, und jetzt erwartet man von mir, einfach tatenlos dabei zuzusehen, wie du ihn einnimmst. Du kämpfst wirklich mit harten Bandagen, das muss ich dir lassen.«

»Wovon redest du?«, fragte ich ungeduldig. »Wenn hier eine mit harten Bandagen gekämpft hat, dann doch wohl du – und wie gesagt, ich war *nicht* diejenige, die das Kostüm zerschnitten hat.«

»Mein Gott, hör endlich auf, dich dumm zu stellen! Du weißt ganz genau, dass es nicht um dieses alberne Kostüm geht. Du warst in meiner Garderobe! Du hast meine Tabletten entdeckt und als es eng wurde, beschlossen mich bei Weissmann anzuschwärzen. Wegen dir werde ich nie wieder auf der Bühne stehen! Du hast mein Leben zerstört, Charlotte Laffon.«

Ich stockte. Ein ungutes Gefühl stieg in mir hoch, zusammen mit einem fürchterlichen Verdacht – doch wie sollte ich nur Valentina davon überzeugen, dass sie gerade über die Falsche herfiel?

»Bitte, Tina, hör mir zu. Ich kann es dir …«, unternahm ich einen Beschwichtigungsversuch

»Jetzt spiel verdammt noch mal nicht die Unschuldige!«, zischte Valentina und ihre hellgrünen Augen sprühten Funken.

»Aber ich war es nicht«, erwiderte ich hilflos.

»Sag das noch einmal und ich schwöre, ich schmeiße dich diese Treppe hinunter. Du solltest gefälligst den Anstand haben, zu deinem miesen Verhalten zu stehen!« Valentina schnaubte. »Ich kenne Tänzerinnen wie dich. Ihr giert nur darauf, bei denjenigen, die sich ihren Platz schon verdient haben, eine Schwachstelle zu finden. Dass du allerdings diesen Weg wählen würdest, um mich loszuwerden …«

»Tina, bitte! Ich schwöre dir, ich habe nie …«

Mir gelang es gerade noch, den Arm hochzureißen, als mich Valentina mit voller Kraft vor die Brust stieß. Einen kurzen Augenblick taumelte ich, balancierte zwischen Fall und festem Stand, dann gab mein Körper der Schwerkraft nach und ich fiel nach hinten. Der Sturz fühlte sich an, als würden mich mehrere Personen gleichzeitig mit eisernen Fäusten traktieren: in den Rücken, die Seite, den Oberkörper – ein stechender Schmerz schoss durch meinen Knöchel, als ich schließlich unten auf dem eisigen Boden aufkam. Ich atmete scharf ein und ballte die Fäuste. Panik stieg in mir auf, mein Hals schnürte sich zu. Mit zitternden Händen tastete ich nach meinen Beinen. *Du spürst sie noch, du spürst sie noch,* flüsterte ich mir beruhigend zu. Es war das Einzige, was zählte.

»Ich halte es nur für fair, Gleiches mit Gleichem zu vergelten«, hörte ich eine Stimme über mir. Ich blickte hoch. Valentina kam mit gemächlichen Schritten die vereisten Treppen hinunter. »Jetzt kannst du dich vielleicht ein wenig in meine Lage versetzen, Charlotte.«

»Valentina, bitte«, flehte ich mit brüchiger Stimme, während ich mit einer Hand instinktiv meinen schmerzenden Knöchel umklammert hielt.

»Das tut ganz schön weh, was?«, zischte sie und beugte sich zu mir herunter. »Aber du könntest damit tanzen, glaub mir. Ich musste es oft genug tun. Was meinst du, wie viel hält so ein Knöchel aus, bis er zu nichts mehr zu gebrauchen ist? Sollen wir es herausfinden?«

Entsetzt wanderte mein Blick von Valentinas Gesicht zu ihren Füßen. Sie trug hochhackige schwarze Schuhe mit breiten bleischweren Absätzen.

»Nur damit du es ansatzweise nachfühlen kannst«, sagte sie leise.

»Bitte, Valentina, bitte tu das nicht«, flüsterte ich und versuchte, mich irgendwie vom Boden hochzustemmen, doch meine zitternden Arme gaben mir keinen Halt.

»Es ist wirklich ein Jammer«, sagte sie kalt. »Der aufsteigende Star der Opéra, tragisch gestürzt auf der vereisten Treppe, gerade auf dem Weg zu ihrem großen Triumph. Nun, Unfälle passieren – und wer weiß das besser als du?«

Ich schloss die Augen und versuchte mich für das zu wappnen, das Valentina mir gleich antun würde. Doch es war kein unerträglicher Schmerz, der Sekunden später die Dunkelheit durchbrach, sondern das Schlagen einer Tür.

»Tina! Wieso ... was zur Hölle tust du da?«, rief eine dunkle Stimme.

Ich riss die Augen auf.

Tatsächlich, oben auf der Treppe stand niemand anderes als Dorian Barratier. Mit entgeistertem Gesichtsausdruck sah er zu Valentina und mir hinunter.

»Dorian!«, rief ich und brachte es endlich fertig, einige Zentimeter auf dem vereisten Boden von Valentina wegzurutschen. Die ehemalige Solistin schien in eine Art Schockstarre verfallen zu sein.

Dorian kam die Treppe hinuntergestürmt und stieß sie unsanft zur Seite.

»Was ist passiert?«, fragte er scharf und ging neben mir in die Knie.

»Valentina ... sie, sie wollte«, erwiderte ich stockend. »Sie hat mich gestoßen. Mein Knöchel ...«

Dorian betastete vorsichtig die schmerzende Stelle über meinem Fuß, dann blickte er mit blitzenden Augen zu seiner Tanzpartnerin auf.

»Warum?«, fragte er. »Warum hast du das getan? Wie konntest du nur so tief sinken?«

»Sie hatte es verdient«, stieß Valentina hervor, ihr Gesicht war mittlerweile kreideweiß. »Ich verstehe nicht, warum du mich verurteilst, Dorian! Hast *du* nicht immer behauptet, Coco, sei besessen vom Ballett? Hast du nicht immer gesagt, sie würde alle Grenzen für das Tanzen überschreiten? Ich wollte doch auch nie etwas anderes, als auf der Bühne zu stehen! Verflucht, wir wollen doch *alle* nichts anderes, als in der ersten Reihe zu tanzen. Jetzt werdet ihr beide wohl das Traumpaar der Opéra. Meine Zeit ist vorbei. Du lässt mich fallen und gibst dich wieder mit ihr ab.« Und zu meiner Bestürzung sah ich auf einmal Tränen, die Valentinas bleiches Gesicht sturzbachartig hinunterliefen. Sie presste die Lippen aufeinander und wandte sich ab.

»Du verstehst also wirklich nicht den Grund, Tina?«, fragte Dorian. »Wenn ich von Grenzen gesprochen habe, die Coco überschreitet, dann meinte ich damit ihre eigenen. Ich meinte, dass sie sich selbst verletzt. Niemals, hörst du, *niemals* hat sie sich dazu entschieden, anderen anzutun, was sie sich selbst antut. Und das macht sie nicht zu einer besseren Tänzerin, sondern zu einem besseren Menschen und das ist der Grund, warum ich wieder mit ihr tanzen werde – mit ihr und keiner anderen!«

Valentina sah Dorian mit starrem Gesichtsausdruck an, als er nach ihrem Arm greifen wollte, riss sie sich los.

»Fahrt doch zur Hölle, ihr beide!«, zischte sie und stürzte Richtung Straße davon.

Dorian machte keine Anstalten, sie aufzuhalten. Besorgt beugte er sich zu mir herunter. Ich versuchte erneut, mich auf die Füße zu stemmen, doch ich stand nach wie vor unter Schock. Mein ganzer Körper zitterte vor Anspannung und die eisige Kälte draußen machte es auch nicht besser.

»Es geht schon«, murmelte ich durch zusammengebissene Zähne und winkelte das unverletzte Bein an. »Wenn du mir vielleicht deine Hand …?«

Dorian löste das Problem allerdings auf seine ganz eigene Art. Er warf sich meine Sporttasche über die Schulter, dann schob er mir einen Arm an den Rücken, den anderen unter meine Kniekehlen.

»Halt dich fest«, sagte er und ehe ichwidersprechen konnte, hob er mich langsam hoch. Mir blieb gerade noch Zeit, meine Arme um seinen Hals zu schlingen.

»Du brauchst einen Arzt!«, verkündete Dorian streng, während er mich die Treppe hochtrug. »Aber erstmal bringe ich dich irgendwohin, wo wir unsere Ruhe haben.«

»Danke«, erwiderte ich und dann fügte ich leise hinzu: »Hast du das vorhin wirklich ernst gemeint? Du ... du verzeihst mir?«

»Es gibt nichts zu verzeihen – wir haben beide eine Menge Fehler gemacht«, antwortete Dorian grimmig. »Ich war ein Idiot. Ich hätte für dich da sein sollen, stattdessen habe ich dich mit Vorwürfen überhäuft und immer weiter in Weissmanns Arme getrieben.«

»Hatte er etwas mit deinem plötzlichen Auftauchen zu tun?«, fragte ich und klammerte mich instinktiv etwas fester an Dorian, als er eine Treppe ins Untergeschoss ansteuerte.

»Er hat mich losgeschickt, um nachzusehen, wo du bleibst«, erwiderte Dorian. »Du kennst ihn ja, er ist ein Kontrollfreak, aber keine Sorge, ich weiß schon, wo er uns zuletzt suchen wird.«

»Du willst doch nicht etwa ...«

Doch, er wollte. Die ordentlich verputzten Wände waren ein Stockwerk tiefer kahlem Mauerwerk gewichen. Nackte Glühbirnen an der Decke spendeten runzliges Licht. Aus der Ferne hörte ich das Tropfen von Wasser.

»Hier kommt nie jemand runter«, sagte Dorian zufrieden. »Die haben alle Schiss vor dem Phantom.«

Unter der Opéra Garnier befand sich ein künstlicher See, der damals beim Bau des Gebäudes entstanden war, um dem hohen Grundwasserspiegel Herr zu werden. Diesen See befuhr angeblich das Phantom der Oper mit seiner Barke. Natürlich war es streng verboten, die Katakomben der Opéra zu betreten, doch das hatte Dorian und mich als Ballettschüler nicht davon abgehalten, einige Ausflüge ins Reich des Phantoms zu unternehmen. Nie hätte ich allerdings gedacht, dass wir uns dort eines Tages vor unserem Choreographen verstecken würden.

Dort unten war es kühl, zugig und unbestreitbar gruselig, weshalb ich Dorian recht geben musste, hier suchte man nach verschwundenen Tänzern zuletzt. Ich atmete erleichtert auf, als mich Dorian vorsichtig auf dem mächtigen Absatz einer Backsteinsäule absetzte.

»Du bist furchtbar bleich«, konstatierte er. »Keine Sorge, wir bleiben nicht lange hier unten, ich rufe gleich ein Taxi, das bringt dich ins Krankenhaus. Bis dahin sind wir hier jedenfalls vor Weissmann sicher.«

Ich tastete nach meinem schmerzhaft pochenden Knöchel. Mir war klar, dass sich jemand die Verletzung ansehen sollte, doch wenn ich jetzt ins Hospital fuhr, würde ich mit Sicherheit einige Stunden in der Notaufnahme warten. Mein Blick fiel auf meine Sporttasche, die er immer noch geschultert hatte. Vielleicht gab es eine andere Lösung ...

»Gibst du mir meine Tasche?«, fragte ich Dorian.

»Klar«, sagte er und stellte sie mir vor die Füße. Ich begann mit fliegenden Fingern darin zu kramen und zog mein Handy heraus. »Ich glaube, wir müssen gar nicht ins Krankenhaus!«, erklärte ich Dorian triumphierend.

»Bitte?«, erwiderte er verwirrt und setzte dann eine strenge Miene auf. »Wenn du etwa denkst, du kannst in diesem Zustand auf die Bühne spazieren.«

»Das habe ich nicht vor«, wehrte ich rasch ab. »Ich meinte, ich muss nicht ins Krankenhaus, weil ich es einfach darum bitten kann, hierherzukommen.«

***

In Wahrheit war es natürlich nicht ganz so einfach. Hätte ich nicht sicher gewusst, dass sich Lucile heute freinehmen musste, um zusammen mit Maman in die Vorstellung zu gehen, hätte ich nicht darauf gesetzt, sie mal eben in die Opéra bestellen zu können. Ich beschrieb ihr ganz genau, wo sie den Künstlereingang fand und bat Dorian zwanzig Minuten später, draußen auf sie zu warten und in die Garderobe zu bringen.

»Und pass auf, dass du Weissmann nicht begegnest«, gab ich ihm zum Abschied noch mit auf den Weg. »Ich will nicht, dass er ...«

»Ich verstehe schon«, erwiderte Dorian finster. »Mach dir keine Sorgen, ich kümmere mich um alles.«

Während ich allein und ein wenig fröstelnd in den Katakomben festsaß, überschlugen sich meine Gedanken. Was, wenn meine Schwester sagte, dass ich nicht mehr würde tanzen können? Ich *brauchte* diese Aufführung. Ich musste auftreten. Im wahrsten Sinne des Wortes. Ich seufzte und vergrub den Kopf in den Händen. Wenn Farid doch nur hier wäre ...

In diesem Moment hörte ich es rascheln und als ich den Kopf hob, erkannte ich Dorian, der mit Lucile im Schlepptau zurückkam.

»Charlotte, was um Himmels Willen hast du schon wieder angestellt!«, rief sie zur Begrüßung. Unbehaglich sah sie sich in dem alten Kellergewölbe um.

»Lucile, ich freue mich auch, dich zu sehen«, erwiderte ich mit einem schiefen Lächeln.

»Sie hat überhaupt nichts angestellt, das kann ich persönlich bezeugen«, fügte Dorian zu meiner Verteidigung hinzu.

»Ihr Knöchel sagt etwas anderes«, brummte meine Schwester und ging vor mir in die Hocke.

»Kümmere dich bitte um sie. Ich pass auf, dass euch niemand stört«, sagte Dorian und ging wieder den Gang hinunter, während seine Schritte von den alten Mauern widerhallten.

»Ihr habt euch wirklich ein unheimliches Versteckt ausgesucht«, sagte Lucile, während sie meinen Socken hochzog.

»Es ließ sich leider nicht vermeiden«, antwortete ich schuldbewusst. »Wo ist eigentlich Maman?«

»Ich habe sie in die Galerie Lafayette geschickt, da wird sie erstmal eine Weile beschäftigt sein. Ich hole sie später ab«, erwiderte meine Schwester. Vorsichtig betastete sie jetzt die leicht angeschwollene Stelle, während ich mit klopfendem Herzen auf den Befund wartete.

»Ist es schlimm?«, flüsterte ich.

Lucile tastete ein letztes Mal die Verletzung ab, dann sah sie zu mir auf.

»Er ist nicht gebrochen«, verkündete sie und mir fiel ein tonnenschwerer Stein vom Herzen. »Eine Überdehnung würde ich sagen, schmerzhaft, aber ungefährlich. Natürlich könnte ich das mit einem Ultraschall noch einmal abklären, aber ...«

»Aber dafür haben wir keine Zeit«, sagte ich bestimmt.

»Das dachte ich mir«, antwortete Lucile trocken. »Nun, ich kann etwas gegen die Schwellung spritzen, aber eines steht fest: Dieser Fuß gehört heute nicht mehr in Spitzenschuhe. Wenn du mit dieser Verletzung Spitze tanzt, kann ich für nichts garantieren.«

Ich biss die Zähne zusammen. Alles umsonst. Vollkommen egal, ob Dorian mit mir getanzt hätte, ich würde es nicht können. Ich hatte meine Chance verloren ...

»Kannst du nicht irgendein starkes Schmerzmittel spritzen, Lucile? Es wäre doch nur für ein paar Stunden«, sagte ich verzweifelt. Mir war in diesem Moment egal, ob ich eine schlimmere Verletzung riskierte. Ich hatte so viel auf mich genommen, um es bis zu diesem Punkt zu schaffen, und nun sollte es Valentina tatsächlich fertigbekommen haben, mich auszubremsen?

»Nein«, sagte Lucile auf ihre üblich knappe Art. »Ich helfe dir nicht dabei, deine Gesundheit zu ruinieren – du kannst froh sein, dass ich überhaupt dazu bereit bin, dich in diesem uralten Gewölbe zu behandeln – und jetzt halt still. Ich gebe dir etwas gegen die Schwellung.«

Ich wandte den Kopf ab, zum einen um nicht sehen zu müssen, wie Lucile mir eine ihrer Spritzen verpasste, zum anderen um die Tränen zu verbergen, die in meinen Augen standen. Das kühle Gefühl von Desinfektionsmittel auf der Haut, ein Piksen, ein kurzes Ziehen, dann war es vorbei.

»Es wird noch eine Weile weh tun, aber wenn du dich jetzt schonst, sollte in drei Tagen alles wieder gut sein«, sagte Lucile und zog die Latexhandschuhe von ihren Fingern, die sie getragen hatte. »Sag sofort Bescheid, wenn du dich schlechter fühlst. Soll ich Maman ausrichten, dass du … dass wir nicht in die Aufführung zu gehen brauchen?«

Ich biss die Zähne zusammen, wischte mir über die Augen und sah dann wieder zu Lucile.

»Das sollte ich ihr wohl besser selbst sagen, oder? Wenn sie schon erfahren muss, dass ihre jüngste Tochter eine Versagerin ist, dann am besten von ihr selbst.«

Lucile stopfte die gebrauchten Handschuhe zurück in ihre Tasche.

»Du bist keine Versagerin, Coco«, sagte sie, ohne zu mir hochzusehen.

»Ach, komm schon, keiner von euch beiden hat jemals auch nur die geringste Wertschätzung für mein Leben hier aufgebracht«, fauchte ich, während sich doch eine verfluchte Träne aus meinem Augenwinkel stahl.

»Und dir ist es schon immer schwergefallen, jemanden zu verstehen, der nicht so impulsiv seine Gefühle preisgibt«, antwortete Lucile und tat dann etwas sehr Ungewöhnliches. Sie legte eine Hand auf mein Knie und sah mir in die Augen. »Ist dir schon einmal der Gedanke gekommen, dass ich dich nicht hasse? Wie du dich gegen unsere Mutter behauptest, fand ich immer … Dir war es vollkommen gleich, was sie denkt, aber mir … mir nicht. Ich habe ihre Liebe mehr gebraucht als du. Ich habe dich bewundert, Coco, war eifersüchtig auf deine Stärke – und habe mich dafür geschämt.«

Ich starrte meine große Schwester vollkommen überrumpelt und gleichzeitig beschämt an, denn sie hatte recht. Mir war nie der Gedanke gekommen, Lucile könnte in mir irgendetwas anderes sehen als eine permanente Störung des Hausfriedens.

»Ich hätte nicht sagen dürfen, du wirst zur Eiskönigin, wenn jemand Hilfe braucht«, sagte ich dann leise. »Das war nicht fair von mir. Spätestens jetzt weiß ich, wie falsch ich damit lag.«

»Schon gut, Kleines«, sagte Lucile und legte den Kopf schief. »Versprich mir bitte einfach nur, dass du heute nicht mehr tanzt, okay? Versprich es mir nicht als deiner Ärztin, sondern als deiner großen Schwester.«

Ich biss mir auf die Lippe und sah in Luciles bittende Augen. Nach all den Jahren kam sie endlich einmal auf mich zu, machte mir ein Friedensangebot – aber zu welchem Preis …?

In diesem Moment ließ uns ein Geräusch zusammenfahren. *Weissmann*, schoss es mir sofort durch den Kopf.

»Ist das …?«, fragte Lucile, doch ich hielt einen Finger an die Lippen.

»Geh weiter den Gang runter, du kommst zu einem See, umrunde ihn. Auf der anderen Seite führt eine Treppe zurück nach oben«, flüsterte ich ihr zu.

»Coco! Ich kann doch unmöglich in euren Katakomben herumschleichen«, zischte Lucile zurück und ich hörte ein wenig Angst in ihrer aufgebrachten Stimme mitschwingen.

»Doch, du kannst! Ich will nicht, dass unser Choreograph dich hier erwischt. Wir dürfen keine Außenstehenden in diesen Bereich der Opéra lassen. Bitte, Lucile! Es geht nicht anders.«

Meine Schwester sah mir eindringlich in die Augen, dann nickte sie knapp.

»Na schön«, raunte sie, packte ihre Tasche und verschwand kurz darauf hinter der nächsten Biegung. Erschöpft lehnte ich mich an die Backsteinsäule.

»Du weißt, wo sie ist, oder? Mir kannst du nichts vormachen, Dorian!« Roxanes helle Stimme hallte von den Mauern wider. Erleichtert atmete ich auf.

»Lass sie doch ...«, rief ich, doch ehe ich aussprechen konnte, kam sie bereits den Gang hinunter. Ich beugte mich hinter meiner Säule hervor, damit sie mich sehen konnte.

»Gott sei Dank, Coco!« Roxane stürmte zu mir, dicht gefolgt von einem etwas überfordert aussehenden Dorian.

»Es ist alles gut, Colibri«, antwortete ich, obwohl im Moment das absolute Gegenteil der Fall war.

»Ich wollte mich nur kurz hochschleichen, um eine Decke für dich zu holen, da hat sie sich an meine Fersen geheftet«, erklärte Dorian zerknirscht.

»Schon okay«, sagte ich mit einem Lächeln.

»Ich habe mir Sorgen um dich gemacht! Wieso versteckst du dich zusammen mit Dorian hier? Weissmann ist stinksauer, dass ihr beide plötzlich verschwunden seid! Wenn du nicht bald bei ihm vorstellig wirst, lässt er vielleicht doch Valentina tanzen ...«, sprudelte es aus Roxane heraus.

»Hey, warte mal«, unterbrach ich ihren Redefluss. »Stimmt es also wirklich, was ich die ganze Zeit über vermutet habe? *Du* bist zu Weissmann gegangen, um Tina wegen der Tabletten anzuschwärzen?«

Roxane wrang schuldbewusst ihre Hände.

»Ja«, sagte sie dann widerstrebend. »Das war ich.«

»Wieso hast du das getan? Du hattest versprochen, es niemandem zu erzählen!«, fuhr ich auf.

»Ich wollte dir helfen«, flüsterte Roxane und senkte den Blick.

»Helfen? Tatsächlich? Valentina hat mich gerade wegen dir eine verdammte Treppe hinuntergestoßen, also vielen Dank für diesen Freundschaftsdienst. Sie dachte, ich war diejenige, die sie ans Messer geliefert hat.«

Roxane war bei jedem meiner Sätze zusammengezuckt. Tränen kullerten aus ihren Augen.

»Es tut mir so leid, Coco, aber ich ... ich musste es einfach tun«, schluchzte sie.

»Wieso *musstest* du?«, fragte ich barsch. »Hat dich etwa jemand gezwungen?«

»Ja, mein schlechtes Gewissen!«, schniefte Roxane

»Könnte mir jemand bitte mal erklären, was das alles bedeuten soll?«, ging jetzt Dorian dazwischen.

Sein Einsatz brachte Roxane allerdings nur noch mehr zum Weinen. Sie griff nach meiner kalten Hand und drückte sie fest.

»Ich war es«, sagte sie dann mit erstickter Stimme. »Ich hab das Kostüm zerschnitten, Coco.«

Obwohl Roxanes Worte eindeutig gewesen waren, dauerte es eine Weile, bis mein Verstand sie wirklich realisierte.

»Du?«, erwiderte ich und entzog meine Hand ihrem Griff. *»Du* hast das Kleid ruiniert?«

»Ich ... Es war nach unserem Gespräch über Dorian. Ich war so wütend. Erst musste ich erfahren, dass ich wohl niemals als Zuckerfee mit ihm tanzen werde und dann hast du alle meine Hoffnungen zunichtegemacht, ich könnte ihm trotzdem eines Tages näherkommen. Den Gedanken, eine andere im Kleid der Zuckerfee mit ihm zusammen zu sehen, konnte ich einfach nicht mehr ertragen. Ich war nicht mehr ich selbst an diesem Tag.«

»Wenn du glaubst, dass ...«

»Ich weiß, ich weiß!«, rief Roxane abwehrend. »Das alles soll keine Entschuldigung sein. Ich will nur versuchen es zu erklären. Ich habe mich so geschämt nach der Generalprobe, Coco. Ich konnte es dir einfach nicht sagen und dann sind all diese furchtbaren Dinge passiert! Du bist aus der Opéra geflogen und nach unserem Gespräch gestern Abend dachte ich, das wäre meine einzige Chance, es wiedergutzumachen. Also bin ich zu Weissmann … Ich hatte noch die Tabletten aus deiner Tasche als Beweis.«

»Wenn du wirklich jemandem helfen willst, ist Weissmann wirklich der Letzte, den du aufsuchen solltest«, sagte Dorian grimmig.

»Außerdem wolltest du nicht wirklich mir helfen, sondern dir selbst«, sagte ich tonlos. »Dir und deinem schlechten Gewissen.«

»Ich konnte doch nicht ahnen, dass Valentina versuchen würde sich an dir zu rächen«, sagte Roxane hilflos.

»Dann scheinst du weder Weissmann noch Tina besonders gut zu kennen«, erwiderte ich.

»Kannst du mir verzeihen, Coco?«, flüsterte Roxane. »Ich weiß, ich war dir eine miserable Freundin, aber würdest du mir noch eine Chance geben?«

Ich sah in Roxanes unglückliches Gesicht und ein hilfloses Gefühl stieg in mir hoch. Ich versuchte in mich hineinzuhorchen: Konnte ich ihr verzeihen? Hatte Weissmann am Ende etwa recht gehabt und es gab an diesem Ort keine Freunde, nur Konkurrenten?

»Es tut mir leid, mich einzumischen, aber was auch immer du als nächstes vorhast, du musst dich schnell entscheiden«, sagte jetzt Dorian. »Weissmann tobt und lässt gerade die ganze Opéra auf der Suche nach uns Kopf stellen.« Er legte seine Hand sanft auf meine Schulter. »Ich will nur, dass du weißt, wie auch immer du dich jetzt entscheidest, ich vertraue dir und ich werde dich unterstützen. Selbst wenn du dich aus irgendeinem Grund dazu entschließen solltest, auf die Bühne zu gehen, bin ich hinterher verdammt nochmal derjenige, der dich Huckepack zum Arzt trägt. Ich habe immer versucht dich in die Richtung zu schubsen, die ich für richtig hielt. Das war mein Fehler. Jetzt weiß ich allerdings: Du findest deinen Weg – und weder ich noch Weissmann haben die Chance oder das Recht, Charlotte Laffon dabei aufzuhalten.«

»Und auch wenn ich bei meinem Versuch, dir zu helfen, einen riesigen Haufen Probleme verursacht habe, weißt du hoffentlich, dass ich alles tun würde, um meine Fehler wiedergutzumachen«, fügte Roxane hinzu.

Nachdenklich blickte ich zwischen meinen beiden Freunden hin und her. Mir war während ihrer Ansprache ein Gedanke gekommen, trotzdem zögerte ich – sollte ich diese Entscheidung wirklich fällen?

»Es gäbe tatsächlich etwas, das ihr für mich tun könntet ...«, sagte ich langsam. »Auch wenn Weissmann mich wahrscheinlich für verrückt erklären wird, aber: Roxane, Dorian. Ihr beide müsst heute die Hauptrollen tanzen.«

Wie erwartet sahen mich die beiden entgeistert an, wobei Roxane zwischen Entsetzen und Freude zu schwanken schien.

»Also das, Laffon, grenzt eher an Wahnsinn als an Verrücktheit.«

Die kühle Stimme peitschte wie ein eisiger Windhauch über uns hinweg. Hinter einem der geschwungenen Säulenbögen trat Weissmann hervor, die Hände in den Taschen seiner dunklen Hose verstaut.

»Haben Sie eine Art Geheimclub gegründet, dessen geheime Treffen immer kurz vor besonders wichtigen Aufführungen stattfinden?«, fragte er sarkastisch. »Und dabei wichtige Entscheidungen hinter meinem Rücken fällt?«

»Wie ...?«

»Wie komme ich hierher? Nun, zu meinem Glück oder zu Ihrem Pech hat sich Ihre Schwester bei dem Versuch aus diesem Labyrinth zu entkommen verlaufen und ist bei einem unserer Mitarbeiter gelandet. Der Rest ergab sich ganz von selbst. Ich weiß also über das Gröbste Bescheid – außer ihrem Beweggrund für dieses kindische Verhalten vielleicht. Verstecken sich in den Katakomben wie ein paar ungezogene Schuldkinder, also bitte ...«

»Ich wollte nicht, ich hatte ...«, stotterte ich überfordert. Dorians neben mir drückte ermutigend meine Schulter.

»Ich würde vorschlagen, wir setzen dieses Gespräch an einem anderen Ort fort.«

»Ich ... einverstanden«, gab ich nach.

Roxane und Dorian halfen mir auf und ich hakte mich bei Roxane ein. Halb lief ich selbst, halb stützten mich meine Freunde, während wir zurück zum Bereich hinter der Bühne gingen. Die anderen Tänzer betrachteten unsere Prozession mit Erstaunen. In Weissmanns Gegenwart wagte allerdings keiner, neugierige Fragen zu stellen.

»Mit Ihnen rede ich später«, sagte der Choreograph zu Roxane und Dorian, als wir bei den Garderoben waren. »Jetzt würde ich es vorziehen, mit Mademoiselle Laffon allein zu sein.«

Dorian warf mir einen fragenden Blick zu. Ich schluckte kurz und schüttelte dann leicht den Kopf. Daraufhin blieb er gemeinsam mit Roxane zurück, während ich Weissmann hinterherhumpelte, der mich zu den Garderoben der Solisten führte. Zielstrebig öffnete er Valentinas ehemaligen Rückzugsort. Nachdem er mich hineingescheucht hatte, warf er schnaubend die Tür hinter sich zu.

»Ich hoffe sehr für Sie, ich habe mich gerade verhört«, sagte er und verschränkte die Arme. »Sie würden Ihre Rolle doch nicht wirklich an *Roxane Leclerc* abgeben?«

»Valentina hat sich aus dem Staub gemacht, ich habe mir den Knöchel verletzt und Roxane ist die Zweitbesetzung. Ich kann heute kein ganzes Bühnenstück tanzen«, erwiderte ich. »Es ist die beste Lösung für alle.«

»Ja, ihre Schwester hat etwas in dieser Richtung erwähnt«, antwortete Weissmann ungerührt. Gespielt nachdenklich rieb er sich das Kinn, dann griff er in seine Hosentasche. »Ein Glück, dass ich Ihnen *wirklich* die beste Lösung für uns alle anbieten kann.«

Ich schnappte nach Luft, als ich etwas Silbernes aufblitzen sah.

»Sie haben Valentina rausgeschmissen, weil sie das Zeug nimmt!«, rief ich.

»Falsch. Wir haben Valentina rausgeschmissen, weil jetzt zu viele Leute offiziell wissen, was sie für Zeug nimmt«, korrigierte mich Weissmann und wedelte mit der Blisterpackung, die damals Roxane an sich genommen hatte. Der Choreograph beugte sich zu mir herunter und senkte die Stimme. »Es ist doch ganz einfach, Laffon, Sie nehmen ein paar der Tabletten, die mir Ihre Freundin zukommen ließ, tanzen heute Abend und werden wieder Solistin an der Opéra. Das hier sollte Ihre Garderobe sein und das wissen Sie. Es ist Zeit, dass Sie den Platz einnehmen, für den Sie bestimmt sind. Sie befinden sich so kurz vor ihrem Ziel. Heute Abend werden Sie auf der Bühne stehen und der Welt zeigen, dass man sie kolossal unterschätzt hat! Sie haben es fast geschafft, Laffon.«

Weissmann hatte wieder diesen beschwörenden, einfühlsamen Tonfall angeschlagen, mit dem er stets seinen Willen durchsetzte. In seinen eisig blauen Augen glomm ein manisches Funkeln, das mir endgültig klarmachte, worum es dem Choreographen in Wirklichkeit ging. Ein bitteres Gefühl stieg in mir hoch.

»Nicht ich stehe kurz vor meinem Ziel, Monsieur«, sagte ich leise. »Sondern Sie. Es ging Ihnen nie um mich. Es ging in Wahrheit die ganze Zeit um Sie. Sie sind niemals darüber hinweggekommen, wie Ihre Karriere endete, und richten jetzt mich dabei zugrunde, Ihren Verlust zu kompensieren.« Ich dachte an Roxane, die mit rotem Kopf und hochgezogenen Schultern aus dem Trainingssaal schlich und Wut stieg in mir hoch. »Sie nutzen Ihre Macht aus! Sie genießen es, andere zu demütigen und das Schlimmste daran: Sie schaffen es auch noch, Ihren Opfern einzureden, es wäre zu ihrem Besten!« Ich holte tief Luft und hob das Kinn. »Ich könnte diese Aufführung tanzen. Ja, das könnte ich, denn ich habe keine Angst mehr! Ich fürchte mich nicht mehr davor zu fliegen, aber leider auch nicht mehr vor Ihnen! Sie haben mir niemals dabei geholfen, meine Ängste loszulassen, Sie waren in Wahrheit derjenige, der sie die ganze Zeit über geschürt hat. Wer helfen will, drängt nicht, manipuliert nicht, sondern ist einfach nur für einen da, akzeptiert einen mit seinen Stärken, seinen Schwächen und …« Und in diesem Moment sehnte ich mich so sehr nach Farid, dass es beinahe körperlich schmerzte. »Und ich wünschte so sehr, ich hätte das früher erkannt …«

Weissmann hatte sich reglos mit verschränkten Armen meinen Ausbruch angehört. Auch jetzt verzog er keine Miene.

»Mademoiselle Laffon«, sagte er gedehnt. »Wir beiden sind uns wohl doch weniger ähnlich, als ich dachte.«

»Vor diesem Schicksal haben mich nur meine Freunde bewahrt«, erwiderte ich mit bebender Stimme. »Und wenn Sie mich jetzt entschuldigen würden, Monsieur Weissmann, ich sollte gerade ganz woanders sein …«

19

Mit heftig pochendem Herzen klopfte ich an die Tür des Künstlereingangs des Cirque d'Hiver. Ich hatte das nächstbeste Taxi genommen, um so schnell wie möglich herzukommen. Eine verwirrende Mischung aus Panik und Euphorie, Erleichterung und Angst tobte durch meinen Kopf seit ich die Opéra verlassen hatte. Auf dem Weg hatte ich mehrmals versucht, Farid auf dem Handy zu erreichen, war allerdings nur auf der Mailbox gelandet. Das bereitete mir Sorgen, doch letztlich war es jetzt gleich. Ich wollte einfach nur noch Farid sehen. Beherzt hämmerte ich ein zweites Mal gegen die dicke Tür. Endlich hörte ich dahinter ein Scharren und der Eingang wurde einen Spalt aufgeschoben.

»Ja? Was wollen Sie?«

Im Türrahmen stand ein muskelbepackter Hüne, dem ich noch nie zuvor begegnet war. Verdammter Mist.

»Mein Name ist Coco. Ich bin eine Freundin und ich ... ich bin die Trapez-Partnerin von Farid. Würden Sie mich reinlassen? Ich muss ihn dringend sehen.«

»Moment mal, langsam, Kleine«, sagte der Riese skeptisch. »Was erzählst du da? Ich dachte, Isabell ist Farids Partnerin.«

»Ich bin bei der letzten Vorstellung gemeinsam mit Farid aufgetreten.«

»Ach ja, die geheimnisvolle Unbekannte mit der Maske«, erwiderte der Türwächter, wirkte allerdings immer noch nicht überzeugt. Ich verfluchte unterdessen die Tatsache, dass ich darauf bestanden hatte, mein Gesicht nicht zu zeigen.

»Tschuldigung, aber wenn Sie wirklich hierhergehören würden, müssten Sie ja wohl nicht wie ne Irre an die Tür hämmern«, sagte er bestimmt

»Ich, ja …« erwiderte ich erschöpft. Nervös biss ich mir auf die Lippe. Wie sollte ich diesen Sturkopf nur davon überzeugen, mir zu glauben? Da kam mir der rettende Einfall.

»Fragen Sie doch Monsieur Belmero nach mir. Er wird Ihnen bestätigen, dass ich die Wahrheit sage!«

Der Hüne blies unentschlossen die Backen auf.

»Weiß gar nicht, ob der heute da ist …« Er trat einen kleinen Schritt zurück und blickte über die Schulter, als überlegte er vielleicht doch loszuziehen, um den Direktor nach mir zu fragen. Doch dann postierte er sich wieder breitbeinig im Türrahmen

»Ich hab dafür jetzt keine Zeit und ich will keinen Ärger, weil ich dem Direktor auf die Nerven geh. Wenn's wirklich so wichtig ist, kommen Sie morgen wieder …«

»Aber ich …«

»Tut mir leid, Kleine.« Ein entschuldigender Blick, dann fiel die Tür direkt vor meiner Nase ins Schloss zurück.

Fassungslos stand ich allein davor, draußen in der Kälte, und biss fest die Zähne zusammen. Das durfte doch nicht wahr sein! In Momenten wie diesen gab es eigentlich nur zwei Dinge, die man jetzt tun konnte. Etwas Vernünftiges, wohl Durchdachtes oder eine wagemutige Verzweiflungstat. Meine Mutter und Lucile hätten sofort beantworten können, wofür ich mich entschied. Obwohl mein Knöchel unangenehm schmerzte und meine Finger langsam taub von der Kälte wurden, schlich ich wenige Minuten später um das riesige Zirkusgebäude herum. Farids Wohnwagen stand im Hinterhof bei den Pferdeställen. Wenn ich mich richtig erinnerte, gab es dort … tatsächlich! Ich erkannte den alten Holzzaun, der das Grundstück von der Straße abtrennte, und das morsche Türchen, das Farids unangenehmer Besucher von damals beschrieben hatte. Ich musste lediglich einige Male heftig an der Klinke rütteln, schon sprang es einen Spalt auf. Ich ignorierte das unangenehme Ziehen in meinem Knöchel und quetschte mich hindurch. Auf der anderen

Seite angekommen sah ich mich kurz zum, doch der Hof war menschenleer. Also schlich ich mit klopfendem Herzen zu dem alten roten Eisenbahnwaggon. Aus dem Stall hörte ich ein paar der Pferde unruhig schnauben, als wüssten sie ganz genau, dass sich gerade jemand wie ein Dieb auf das Gelände geschlichen hatte. Ich kletterte das kleine wackelige Holztreppchen zum Waggon hinauf und klopfte an die metallene Tür.

»Farid?«, rief ich leise. »Farid, bist du da?«

Doch im Innern tat sich nichts. Ein ungutes Gefühl stieg in mir auf. Ich pochte erneut an die Tür, diesmal fester. »Farid! Ich bin es, Coco!« Nichts. Keine Reaktion. Mein Gefühl hatte mich nicht getäuscht, der Wagen war verlassen.

»Verdammt!«, fluchte ich und stützte meinen Handballen erschöpft an der Tür ab. Was sollte ich jetzt nur tun? Wo konnte Farid bloß sein? Ich hoffte, er hatte keine Dummheit angestellt ... Ich dachte an das Gespräch, das ich zwischen ihm und dem Unbekannten belauscht hatte. Er musste einer der Männer gewesen sein, mit denen er früher in Wohnungen eingestiegen war. War es am Ende meine Schuld, wenn Farid wieder auf die schiefe Bahn geriet? Nein, das durfte ich auf keinen Fall zulassen! Irgendwer im Zirkus würde doch wohl eine Ahnung haben, wo er sich aufhielt ... Miracle vielleicht? Ich seufzte. Das bedeutete, ich musste noch einmal in den Zirkus, um ihn aufzusuchen. Ich verließ also den verlassenen Zirkuswagen und steuerte den Eingang zum Backstagebereich an. Ich schob das schwere Metalltor auf und wagte einen Blick ins Innere. Im Moment war niemand zu sehen – bevor ich länger darüber nachdenken konnte, ob das gerade eine gute Idee war, schlüpfte ich hinein. Vielleicht hatte mich auch die Kälte so schnell ins Innere getrieben. Ein heftiger Windstoß riss mir in diesem Moment die Türklinke aus der Hand, instinktiv versuchte ich sie wieder zu fassen, doch zu spät. Mit einem laut dröhnenden Geräusch fiel das Metalltor zurück ins Schloss.

Erschrocken biss ich die Zähne zusammen, es wurde Zeit, dass ich von hier wegkam. Zielstrebig schlug ich den Weg zu Miracles Schneiderei ein.

»Sie schon wieder!«

Ich zuckte zusammen und blickte über die Schulter. Das gab es doch nicht! Es war wieder der Hüne vom Eingang. Der Krach musste ihn hergelockt haben. In einem Anflug von Panik beschleunigte ich meinen Schritt und versuchte aus seinem Blickfeld zu verschwinden, doch mit einem verletzten Knöchel hatte ich bei meiner Flucht kaum eine Chance. Innerhalb weniger Sekunden hatte der Türwächter mich eingeholt.

»Hey, was soll das!«, fuhr ich ihn an, als er mich grob am Arm packte.

»Ich fass es nicht! Jetzt sind Sie Irre auch noch hier eingebrochen! Stillhalten, ich rufe die Polizei!«

»Lassen Sie mich sofort los!«

»Könnte mir vielleicht jemand erklären, was dieser Aufruhr soll?«

Ich drehte den Kopf und erkannte einen kleingewachsenen Mann mit Glatze in einem dunklen Anzug.

»Miracle!«, entfuhr es mir erleichtert.

»Mademoiselle Laffon«, sagte er gelassen und nickte mir freundlich zu, dann wandte er sich an meinen Angreifer. »Würdest du mir jetzt vielleicht erklären, was der Aufstand soll? Und aus welchem Grund meine Freundin derart grob behandelt wird?«

»Freundin? Blödsinn. Sie gehört nicht zum Zirkus, die hat sich hier einfach reingeschlichen«, sagte er störrisch.

»Natürlich gehört sie hierher«, erwiderte Miracle ungewöhnlich scharf. »Sie ist Farids neue Trapezpartnerin. Seit wann muss Belmero uns jedes neue Mitglied persönlich vorstellen?«

»Na, wenn du es sagst. Wusste gar nicht, dass er wirklich Isabell geschasst hat«, murrte der Muskelprotz. »Woher sollte ich auch? Ich will hier einfach nur keinen Ärger.«

»Das passt doch ganz wunderbar«, sagte Miracle trocken. »Dann geh jetzt am besten der Arbeit nach, für die du eigentlich eingestellt bist. Ich kümmere mich um Mademoiselle Laffon.«

Fürsorglich legte er einen Arm um meine Schulter und führte mich den Gang hinunter zu seiner Schneiderei.

»In was für einen Schlamassel sind Sie denn da hineingeraten?«, fragte er mit gesenkter Stimme, als wir weit genug von den anderen entfernt waren. »Sie hatten Glück, dass ich gerade unterwegs zu den Garderoben war.«

»Farid«, antworte ich erschöpft. »Ich bin auf der Suche nach Farid.«

»Das dachte ich mir«, erwiderte Miracle und runzelte die Stirn. »Ist er nicht in seinem Waggon?«

»Nein! Er ist nirgends!«

Miracle seufzte und fuhr sich mit der Hand über das Gesicht.

»Ich muss gestehen, Mademoiselle, ich mache mir Sorgen um ihn. Als ich das letzte Mal gesehen habe, war er vollkommen geistesabwesend, hat kaum ein Wort mit einem von uns gesprochen. Ich hoffe nur, er ist nicht fortgelaufen oder stellt gerade sonst irgendeine Dummheit an ...«

»Das heißt, Sie können mir auch nicht sagen, wo er ist?«, fragte ich und mir war bewusst, dass meine Stimme mit jedem Wort dünner wurde. »Irgendwer muss es doch wissen! Er kann doch nicht einfach weg sein!«

Miracle hob begütigend die Hände.

»Als ich zuletzt mit Farid gesprochen habe, meinte er nur, er hätte etwas Dringendes zu erledigen. Was oder wo wollte er mir leider nicht verraten.«

Ich schluckte und versuchte die Tränen wegzublinzeln, die während Miracles Worten in mir hochstiegen. Der Zirkusschneider war jetzt stehen geblieben. Er fasste mich sanft an den Schultern und sah mir prüfend in die Augen.

»Sie haben also doch Ihr Herz an ihn verschenkt«, stellte er mit leiser Stimme fest.

Mir lagen erst Widerworte auf den Lippen, doch dann senkte ich den Blick und nickte.

»Ich fürchte, das habe ich«, antwortete ich.

»Ich bin nur leider nicht derjenige, der das wissen sollte«, sagte Miracle.

»Ich weiß … und habe ich das vorhin richtig verstanden? Isabell ist weg?«

Miracle nickte bedächtig.

»Zum Schluss wurden die – Differenzen – zwischen ihr und Farid doch unüberwindbar – und es kann sein, dass die Geschichte im Zirkus die Runde gemacht hat, wie Farid damals wirklich in die Manege gestürzt ist«, sagte er und zog die Augenbrauen hoch.

»Aber allein kann Farid doch nicht auftreten«, erwiderte ich erschrocken. »Ist er jetzt etwa auch seinen Job los? Ist er deshalb fort?«

»Das glaube ich nicht. Farid ist zwar ein Freigeist, aber das hier ist sein Traum und ich bin mir sicher, dass er darum kämpfen wird. Wenn ich Sie wäre, würde ich versuchen, ihm jetzt einfach zu vertrauen. Manche Dinge fügen sich erst, wenn wir ihnen ihren Lauf lassen – ich vermute, genau das fällt Ihnen am allerschwersten.« Miracle legte eine Hand auf meine Schulter. »Sie sollten nach Hause gehen, Mademoiselle, heute ist schließlich Weihnachten. Verbringen Sie den Abend bitte nicht allein.«

***

Als ich ins Appartement zurückkehrte, fühlte ich mich so leer, einsam und niedergeschlagen wie noch nie zuvor in meinem Leben. Meine Karriere an der Opéra war vorbei, Farid verschwunden und ich vollkommen ratlos, was ich als nächstes tun sollte. Müde schälte ich mich aus meiner Jacke. Louise und Roxane würden erst den

Nussknacker tanzen und dann ihre Familien treffen. Ich hatte die Wohnung also für mich allein. Gerade, als ich mich auf dem Sofa ausgestreckt hatte, klingelte mein Handy. Lucile.

»Hey«, sagte ich niedergeschlagen und hielt mein Smartphone ans Ohr.

»Charlotte? Wo bist du? Wie geht es dir?«, fragte meine Schwester ungewöhnlich besorgt.

»Ich bin in meiner Wohnung«, erwiderte ich und platzierte meinen schmerzenden Knöchel auf der Sofalehne. »Kannst du mir vielleicht einen Gefallen tun und dich um unsere Mutter kümmern? Sag ihr, dass ich mich verletzt habe und nicht auftreten kann. Geh mit Maman in die Vorstellung und dann essen oder so etwas. Ich bin heute nicht mehr die allerbeste Gesellschaft, um Weihnachten zu feiern«, sagte ich. Egal, was Miracle gesagt hatte, ich wollte heute niemanden mehr sehen. Am allerwenigsten meine immer schwierige Mutter.

»Coco, du solltest jetzt wirklich nicht alleine sein.« Es kam nur selten vor, dass meine Schwester mich beim Spitznamen nannte.

»Doch, das sollte ich«, antwortete ich knapp. »Ich würde nur die Stimmung ruinieren. Außerdem tut mein Knöchel höllisch weh. Ich brauche jetzt meine Ruhe.«

»Wir könnten doch noch vorbeikommen ...«

»Ich rufe später noch einmal an. À bientôt, Lucile«, sagte ich knapp und beendete das Telefonat. Ich ließ mein Handy neben mich fallen und verschränkte die Arme hinter dem Kopf. So würde also mein selbstgewähltes Weihnachtsfest aussehen. Gefeuert, allein und mit einem kaputten Knöchel in einem Appartement, aus dem ich sehr bald ausziehen musste. Ich zog unter einem Kissen Roxanes hellblaue Kuscheldecke hervor und wickelte mich fest darin ein. Es gab Momente, in denen wollte man zwar weinen, schreien und Gegenstände an die Wand werfen, doch all das wurde von einer tiefen Müdigkeit überschattet. Eine Müdigkeit und Resignation, die einem keine andere Wahl ließ, als fest die Augen zu schließen und sich an die letzte verzweifelte Hoffnung zu klammern, nur in einem Albtraum gelandet zu sein.

Die Erschöpfung, gepaart mit der Aufregung des Tages, ließ mich beinahe sofort einschlafen. Ich hatte wirre Träume, in denen mir die unterschiedlichsten Gestalten begegneten. Mal stand ich auf der Bühne der Opéra, mal unter der Kuppel des Cirque d'Hiver, dann wieder verwandelte sich die Sägespäne unter meinen Füßen in feinkörnig hellen Sand und ich lief einen der bretonischen Strände entlang, die ich in meiner Kindheit besucht hatte. Durchsetzt waren diese Träume immer wieder von einem seltsamen, störenden Geräusch. Eine Art Schrillen, das jedoch nur dafür sorgte, dass ich mich noch ein wenig fester in meine Decke wickelte. Schließlich verstummte es und ich stand wieder am Rand der Treppe, vor mir Valentina.

»Du wolltest es so!«, rief sie, stieß mich mit beiden Händen von sich und das nächste, das ich vernahm, war ein gewaltiger Schlag.

Mit einem Keuchen fuhr ich hoch. Das störende Geräusch war nicht Teil des Traums gewesen. Es hatte mich geweckt – und es kam aus der Nähe meines Zimmers. Es war mittlerweile früher Abend und das Appartement lag im Dunkeln. Mit einem unguten Gefühl im Bauch, griff ich nach meinem Handy und schaltete die Taschenlampe an. Ein weiteres Rumoren ließ mich zusammenfahren. Die merkwürdigen Geräusche kamen eindeutig aus unserem Appartement. Ich umklammerte mein leuchtendes Handy noch ein Stück fester, dann humpelte ich zu meinem Zimmer und stieß die Tür auf. Mit der einen Hand tastete ich fahrig die Wand nach dem Lichtschalter ab, mit der anderen ließ ich den kleinen Lichtkegel durch den Raum tanzen. Er streifte meine Regale mit den Auszeichnungen, meinen Kleiderschrank und landete schließlich bei der gläsernen Balkontür. Draußen erkannte ich eine dunkle unförmige Masse, die ich als Roxanes Weihnachtsbaum identifizierte – bis der

Baum sich zu bewegen begann und mit einem heftigen Ruck sich eine menschliche Gestalt aus den Zweigen löste, die heftig gegen das Türglas klopfte. Ich war zu erschrocken, um auch nur irgendeinen Mucks von mir zu geben. Zur Säule erstarrt stand ich einfach nur im dunklen Zimmer, unfähig einen klaren Gedanken zu fassen. Da hämmerte der Unbekannte erneut gegen die Scheibe und begann dann, mir heftig zuzuwinken. *So benimmt sich doch kein Einbrecher,* schoss es mir durch den Kopf. Endlich brachte ich es fertig, das Licht einzuschalten. Der runzelige Schein meiner Zimmerlampe flackerte auf und enthüllte eine aufgeregt gestikulierende Gestalt auf meinem Balkon. Der rätselhafte Eindringling war niemand anderes als Farid.

20

Es dauerte ein paar Sekunden, bis mein überfordertes Gehirn endgültig die Tatsache realisierte, wer da fast meine Balkontür einschlug. Als es jedoch vollständig zu mir durchgedrungen war, stürmte ich kurzentschlossen nach vorne und entriegelte die Tür. Farid kam augenblicklich hereingestolpert und fiel mir dabei fast in die Arme.

»Farid!«, rief ich, wohl auch, um sicherzugehen, dass mir mein müder Verstand keinen Streich spielte.

»Coco!«, erwiderte der Zirkusartist erleichtert. Mit einem verlegenen Lächeln nickte er Richtung Balkon. »Danke fürs Reinlassen.«

»*Fürs Reinlassen?* Sag mal bist du völlig durchgeknallt!«, rief ich. »Wie kommst du auf die Idee, bei mir einzubrechen!«

»Ich wollte nicht einbrechen!«, verteidigte sich Farid empört. »Ich hab geklingelt wie jeder normale Mensch, aber du hast die Tür nicht aufgemacht.«

Mir kam das unangenehme Schrillen in den Sinn, das immer wieder meine Träume durchschnitten hatte. Peinlich berührt biss ich die Zähne zusammen.

»Ich ... habe dich leider nicht gehört.«

»Jep, das war mir klar. Unten steht, in welchem Stockwerk du wohnst, also dachte ich, naja, ich versuche es mal auf diese Weise. Wegen dem verdammten Frost war es allerdings eine rutschigere Partie, als ich dachte. Gut, dass dieser Baum auf eurem Balkon lag.«

»Du verdankst nur meiner Mitbewohnerin, dass du dir nicht alle Knochen gebrochen hast«, stellte ich fest und verschränkte die Arme.

»Glaub mir, ohne Schnee hätte ich das locker hinbekommen«,

antwortete Farid, der sich anscheinend in seiner früheren Berufsehre gekränkt fühlte

»Sprach der Meister, der vom Himmel fiel«, erwiderte ich und zog eine Augenbraue hoch.

»Spitzzüngig wie immer, Mademoiselle Laffon.«

Nach diesem Wortgefecht breitete sich eine unangenehme Stille zwischen uns aus. Erst jetzt schien uns beiden wirklich bewusst zu werden, wie skurril die ganze Situation eigentlich war. Ich hatte gerade einen vermeintlichen Einbrecher in meiner Wohnung gestellt, der sich als Farid entpuppt hatte, mit dem ich zuletzt in einem heftigen Streit auseinandergegangen war. So viel Unausgesprochenes lag zwischen uns. Es gab tausend Dinge, die ich sagen wollte, und doch brachte ich in diesem Moment kein Wort heraus.

»Warum liegt euer Weihnachtsbaum auf dem Balkon?«, fragte Farid schließlich.

Es war eine dieser Fragen, die man stellte, bis einem die richtigen Worte für jene kamen, die wirklich drängten.

»Wir … wir sind nicht dazugekommen«, erwiderte ich unbeholfen. »Roxane und Louise sind in der Opéra und ich, naja, ich war nicht in der Stimmung.«

»Wie wäre es dann, wenn wir … sollen wir ihn vielleicht zusammen aufstellen?«, fragte Farid und setzte sein schiefes Lächeln auf, das ich so gut kannte.

Ich sagte nichts, sah Farid einfach nur an, unfähig die Gefühle zu formulieren, die sein plötzliches Auftauchen in mir auslösten.

»Lass uns doch so tun, als ob ich auf ganz normale Weise hier reingekommen wär, als wäre das ein ganz normaler Weihnachtsabend und – als könnten wir dabei über alles reden«, sagte Farid. »Komm, Coco, lass uns euren Baum aufstellen. Wenigstens er sollte heute Abend seinen großen Auftritt bekommen.«

Es schienen diese Worte gewesen zu sein, die es gebraucht hatte, um den Knoten in meinem Inneren zu lösen.

»Ich habe dich gesucht, Farid!«, brach es aus mir heraus. »Ich habe den ganzen Nachmittag versucht dich zu finden!«

Ich ballte die Hände zu Fäusten, während eine schmerzhafte Mischung aus Frust und Erleichterung in mir hochstieg.

»Ich weiß«, erwiderte Farid leise. »Lass es mich ...«

»Ich habe mich in den verdammten Zirkus geschlichen, um dich zu finden, aber du warst einfach verschwunden! Weg! Du warst einfach weg. Miracle wusste auch nicht, wo du warst und ich dachte, ich dachte ...«

Ich holte tief Luft und sah blinzelnd zur Decke.

»Ich dachte, ich sehe dich nie mehr wieder. Ich dachte, du wärst zu ... zu *ihnen* zurückgegangen. Ich habe damals das Gespräch im Eisenbahnwagen mitbekommen«, erklärte ich der Zimmerlampe und obwohl es das letzte war, das ich wollte, rollten nun doch Tränen meine Wangen hinunter. Wütend sah ich Farid wieder in die Augen. »Und jetzt fällst du wie aus dem Nichts auf meinen Balkon, steigst in mein Appartement ein und schlägst als Erstes vor, wir könnten zusammen unseren *Weihnachtsbaum aufstellen!*«

Nachdem ich meinen Gefühlen Luft gemacht hatte, sackte ich kraftlos in mich zusammen. Dieser Tag hatte mir alles abverlangt. Vielleicht rechtfertigte das meinen emotionalen Ausbruch, doch ich ahnte, dass Farid nicht der wahre Grund für meine Wut war. Zu oft hatte ich in den letzten Wochen das Gefühl gehabt, die Kontrolle zu verlieren. Zu oft war ich gezwungen gewesen, mein Schicksal in die Hände anderer zu legen. Zu oft hatte man mir gesagt, ich könnte niemandem trauen, außer mir selbst. Hatte ich am Ende begonnen, es wirklich zu glauben? Sollte Weissmann es am Ende fertiggebracht haben, dass ich mich weiter gegen jene Menschen wendete, die mir am wichtigsten waren? Ich schluckte und wischte mir über die Augen.

»Ich stelle erst einen Baum mit dir auf, Farid Alfarsi«, sagte ich matt, »wenn du mir sagst, wieso du gekommen bist – und wie du mich überhaupt gefunden hast.«

Farid fasste mich an den Schultern und sah mir fest in die Augen. Seine Hände waren noch ganz kalt von der winterlichen Kletterpartie und ich erschauerte unwillkürlich.

»Ich glaube, wir haben den ganzen Tag damit verbracht einander zu suchen«, sagte er. »Während du im Zirkus warst, um mich zu sehen, war ich in der Opéra. Ich wollte mit dir persönlich sprechen, aber wusste nicht, wo du wohnst, also bin ich dorthin. Erst wollte niemand mit mir reden, aber dann habe ich deine Freundin getroffen – Roxane. Sie hat mir gesagt, dass ich dich wahrscheinlich hier finden werde.«

»Also hattest du nie vor …?«, flüsterte ich.

»Ich würde niemals zu ihnen zurückgehen, Coco«, sagte Farid. »Niemals! Dieses Kapitel meines Lebens ist vorbei. Ich habe ein neues aufgeschlagen und ich hatte solche Angst davor, es zu vermasseln, dass ich genau das hinbekommen habe. Du hattest recht. Ich hätte dir viel früher die ganze Geschichte erzählen sollen. Ich bin nicht hier, um euren mickrigen Baum aufzustellen, natürlich nicht. Ich bin hier, weil ich dich liebe, Charlotte Laffon. Nicht als Tänzerin, nicht als Artistin, einfach nur als dich selbst und du hast es verdient, einfach nur dafür geliebt zu werden. Ich wollte, dass du das weißt, bevor du das nächste Mal auf eine Bühne gehst. Du bist genug, mehr als genug. Egal ob du tanzen kannst oder nicht, egal ob du von einem Trapez in ein riesiges Fangnetz springst oder nicht. Du bist trotzdem die mutigste Frau, die ich kenne. Lass dir von niemandem etwas anderes einreden. Es ist doch vollkommen egal, ob du ins Ballett gehörst oder ich in den Zirkus. Alles, was ich weiß, ist, dass wir zusammengehören, egal in welcher Welt. So lange wie auch immer du willst.«

Farid verstummte und ließ die Hände von meinen Schultern sinken. Ich wusste, dass es nun an mir war, etwas zu erwidern, doch Farids Worte hatten einen Sturm in meinem Inneren ausgelöst. Eine Windböe, die endgültig den Schleier von meinen Augen riss, der in all den Jahren an der Opéra immer dichter geworden war. Ich hatte mich mein Leben lang an den Erwartungen anderer abgearbeitet und schlussendlich am härtesten gegen mich selbst gekämpft. Doch nicht das Ballett war mein Leben, *ich* war mein Leben. Ich allein entschied, was ihm Wert verlieh und es war diese Erkenntnis, die Weissmanns Stimme endgültig aus meinem Kopf verbannte, als ich Farid in die Arme schloss.

»Wir zusammen, egal wo, so lange wie nur irgendwie möglich«, flüsterte ich.

»Wenn ich eins gelernt habe, dann – dass vieles möglich ist, wenn man will.«

»Na, wenn das so ist, lass uns doch unseren mickrigen Baum aufstellen«, sagte ich lächelnd. »Ich will Weihnachten feiern.«

Farid und ich schleppten also die Tanne ins Appartement, die nach ihrem Auftritt als Auffangpolster in der Tat etwas zerzaust aussah.

»Halt sie gut fest. Ich suche nach irgendwas, um sie zu fixieren«, sagte ich zu Farid.

Ich wurde kurz darauf in der Rumpelkammer fündig und schleppte einen alten Baumständer zurück ins Wohnzimmer. Farid wurde dort beinahe vollständig von der riesigen Tanne verdeckt. Gemeinsam quetschten wir das Ungetüm in die Halterung, bis es nur noch ein klein wenig schief zwischen Couch und Küche stand. Unser Appartement war noch nie besonders groß gewesen und jetzt, mit dem Weihnachtsbaum in der Mitte, war es kaum möglich durch den Raum zu gehen, ohne einen Haufen Tannennadeln zu verstreuen.

»Habt ihr überhaupt irgendwas zum Schmücken?«, fragte Farid skeptisch und legte einen Arm um meine Schulter.

»Der Baum war eine von Roxanes unausgegorenen Ideen«, sagte ich, »das heißt wahrscheinlich eher ... oder warte mal.«

Ich löste mich von Farid und ging zum Küchenschrank. Entschlossen öffnete ich Roxanes Fach und fand kurz darauf, was ich gesucht hatte, eine riesige Tüte herzförmiger Weihnachtsplätzchen.

»Sie ist wirklich süchtig nach Süßigkeiten«, seufzte ich und zog sie aus dem Schrank.

»Ein Glück«, sagte Farid, der neben mir aufgetaucht war. »Ich habe wirklich Kohldampf.«

»Idiot«, antwortete ich lächelnd und knuffte ihn in die Seite. »Was wir als nächstes brauchen, ist eine Rolle Band ...«

Es war wohl das ungewöhnlichste Weihnachtsfest, das ich je erlebt hatte. Ich verbrachte den Heiligen Abend damit, zusammen mit jemandem, der durchs Fenster in mein Zimmer eingestiegen war, eine arg zerzauste Tanne mit Lebkuchen zu dekorieren. Während ich rotes Geschenkband durch das Gebäck fädelte, erzählte ich Farid noch einmal ausführlich, was seit unserem gemeinsamen Auftritt alles passiert war. Als ich dazu kam, wie mich Valentina die Treppen hinuntergestoßen hatte, konnte ich in Farids Gesicht deutlich die Wut ablesen.

»Du solltest sie anzeigen!«, rief er.

»Ist mir die Aufregung nicht wert«, erwiderte ich und winkte ab. »Außerdem hat sie ihre Anstellung an der Opéra verloren. Das ist Strafe genug.«

»Wenn du meinst«, brummte Farid.

Wir waren gerade dabei, die letzten Lebkuchen an den Baum zu hängen. Ich versuchte einen besonders großen sternförmigen oben an der Spitze zu befestigen, reichte aber nicht ganz heran.

»Darf ich dir helfen?«, raunte mir Farids Stimme ins Ohr. Schon schlossen sich seine Hände um meine Hüfte und hoben mich ein kleines Stück hoch.

»Ich schaff das schon«, protestierte ich erst halbherzig, dann machte ich den Lebkuchen oben an der Spitze fest. Farid ließ mich wieder herunter und schloss mich in die Arme.

»Ich weiß«, sagte er und gab mir einen Kuss aufs Haar. »Ich probe nur für den nächsten Auftritt.«

»Sag mal, Farid ...«, begann ich zögerlich und sah zu ihm auf. »Wir haben uns jetzt alles erzählt, was seit unserem Streit passiert ist, naja, fast alles ...«

»Du willst wissen, wie es mit mir im Zirkus weitergeht?«, fragte Farid und legte den Kopf schief.

Ich nickte.

»Also nach dem Auftritt ist Belmero auf mich zugekommen«, begann Farid und schien jedes Wort sorgsam abzuwägen. »Er plant für das nächste Jahr eine große Weihnachtsshow im Zirkus auf die Beine zu stellen und als er unseren Auftritt gesehen hat, dachte er ... nun, er ist auf mich zugekommen, um mich zu fragen, ob wir beide etwas zusammen ausarbeiten würden. Das Publikum hat unsere Verbindung von Tanz und Trapezakrobatik geliebt – und er auch.«

Ich hatte mit vielem gerechnet, doch diese Ankündigung verschlug mir zunächst die Sprache.

»Das ist ... Warum hast du nicht viel früher etwas gesagt?«, fragte ich überwältigt.

»Es war nicht wichtig«, antwortete Farid schlicht. Sanft legte er die Hände an meine Wangen. »Zumindest nicht bis jetzt.«

Als er sich zu mir hinunterbeugte und mich küsste, begann jeder Zentimeter meines Körpers zu kribbeln und eine Wärme durchströmte mein Inneres, die endgültig den letzten Rest unseres Zerwürfnisses auflöste. Ich schlang meine Arme um Farid. Dieser Abend sollte nur uns gehören. Ein schrilles Klingeln ließ uns zusammenfahren. Erschrocken ließ ich Farid los. Einen verwirrten Moment lang dachte ich mir das Geräusch nur eingebildet zu haben. Da schrillte es erneut.

»Ich glaube, du solltest aufmachen, bevor deine Besucher auch auf die Idee kommen, über den Balkon einzusteigen«, sagte Farid mit einem schiefen Lächeln.

Ich schüttelte den Kopf und ging in den Flur zur Eingangstür. Wer war da draußen? Roxane und Louise hatten schließlich einen Schlüssel. Es läutete ein drittes Mal und ich warf einen Blick auf das kleine Display neben dem Eingang. Unten vor dem Appartement wartete Lucile, eingepackt in einen dicken Mantel und mit einem Päckchen unter dem Arm, flankiert von meiner Mutter.

»... kannst doch nicht einfach Weihnachten ohne deine Familie feiern!«, verkündete meine Mutter, kaum, dass ich die Tür geöffnet hatte.

Hinter ihr entdeckte ich eine etwas schuldbewusst aussehende Lucile.

»Sie war nicht davon abzubringen«, sagte sie und zuckte die Schultern.

Ich fragte mich unterdessen immer noch, was mich dazu geritten hatte, den Eingang freizugeben. Innerlich wappnete ich mich für einen Haufen weiterer Vorwürfe und Kritik an meinem unverantwortlichen Lebenswandel.

»Also mal ehrlich«, sagte Maman, nachdem sie mir links und rechts ein Küsschen verpasst hatte. »Erst schickst du uns in ein Stück, in dem du gar nicht auftrittst, und dann versteckst du dich in deinem Appartement?«

»Lucile hat es dir doch erklärt«, erwiderte ich. »Ich habe mir den Knöchel verletzt.«

»Du hast früher sogar versucht mit gebrochenem Rücken zu tanzen«, sagte meine Mutter trocken. »Ich vermute eher, du wolltest uns einfach nur nicht ...«

»Nur nicht zumuten, Weihnachten in der Notaufnahme zu verbringen?« Ich drehte mich zu Farid um, der meine hastig gezischte Anweisung, sich in meinem Zimmer zu verstecken, einfach ignoriert hatte. »Der Choreograph wollte, dass Ihre Tochter trotz Verletzung heute Abend tanzt, aber sie hat sich geweigert.«

Meine Mutter wandte sich zu mir um. Sie war ganz bleich geworden.

»Ist das ... ist das wahr?«, fragte sie.

Erst zögerte ich, dann nickte ich langsam.

»Das tut mir leid«, sagte meine Mutter und in ihren Augen konnte ich deutlich die Bestürzung sehen.

»Mir auch«, erwiderte ich niedergeschlagen. »Ich dachte, wenn du es siehst, würdest du vielleicht verstehen, wieso ich das Leben auf der Bühne liebe ... Ich dachte, du wärst vielleicht ein wenig stolz auf mich ...« Meine Stimme verlor sich. Ich wollte mich abwenden, doch meine Mutter hielt mich zurück.

»Dass du dich unter diesen Umständen gegen den Auftritt entschieden hast, könnte mich nicht stolzer machen«, sagte sie. »Ich weiß, dein ganzes Leben lang lag ich dir damit in den Ohren damit, vernünftig zu sein, aber doch nur, weil ich Angst um dich hatte. Ich hatte immer Angst, deine Leidenschaft könnte dich kaputt machen. Du hast heute die richtige Entscheidung getroffen, Charlotte. Es gibt nichts, wofür du dich entschuldigen müsstest – außer vielleicht, dass du gerade Weihnachten alleine mit deinem Freund feierst.«

»Ich wusste bis vor einer Stunde nicht mal selbst, dass er hier auftaucht«, sagte ich matt.

»Aber wie schön Sie kennenzulernen.« Meine Mutter bot Farid jovial die Hand dar. »Es freut mich zu sehen, dass meine Tochter langsam auch ein paar andere Dinge als Ballett im Kopf hat. Warum setzen wir uns nicht, statt weiter in diesem unaufgeräumten Flur herumzustehen?«

»Da haben Sie vollkommen recht, Madame.«

Ich konnte meinen Augen nicht trauen, als Farid meiner Mutter galant den Arm anbot und sie das winzige Stück von der Eingangstür ins Wohnzimmer geleitete.

»Machen Sie es sich bequem. Ich bin mir sicher, in dieser Wohnung gibt es irgendwo etwas Anständiges zu trinken ...«

Ich wollte hinterher, bevor Farid anfing den Vorratsschrank auseinanderzunehmen, doch Lucile hielt mich am Arm fest.

»Warte kurz, Coco.« Vielleicht spielte mir das Halbdunkel einen Streich, doch ich meinte ein kleines Lächeln auf ihren Lippen zu erkennen. »Ich wollte dir danken, Coco. Ich hatte schließlich die zweifelhafte Ehre, euren Choreographen kennenzulernen und ich hatte kurz Angst – ich dachte, du würdest vielleicht doch tanzen. Ich kann mir vorstellen, wie unglaublich schwer dir dieser Entschluss gefallen sein muss.«

Überrascht hielt ich inne.

»Dafür solltest du dich nicht nur bei mir bedanken«, sagte ich schließlich und nickte Richtung Wohnzimmer. »Und da Maman und du zu denken scheint, ich hätte der Bühne für immer den Rücken zugekehrt …«

Lucile schüttelte den Kopf.

»Das, Coco, würde ich niemals annehmen. Ich bin froh, wenn du auf der Bühne stehst und glücklich bist. Damals, als du ins Krankenhaus gekommen bist, habe ich nur eine verzweifelte, in die Ecke gedrängte junge Frau gesehen. Etwas hat sich seitdem verändert, die Panik in deinen Augen ist verschwunden. Ich wollte nie, dass du das Tanzen aufgibst. Ich hatte nur das Gefühl, du … du würdest aus den falschen Gründen darum kämpfen.«

Für meine Schwester war das eine wirklich außergewöhnlich lange Rede. Es zeigte mir, wie viel ihr daran lag, sich mit mir zu versöhnen. Ich griff nach ihrer Hand und drückte sie kurz.

»Ich bin froh, dass ihr gekommen seid«, sagte ich und nickte dann Richtung Wohnzimmer. »Wir sollten die anderen beiden nicht länger warten lassen.«

Es war mit Sicherheit das merkwürdigste und gleichzeitig schönste Weihnachtsfest, das ich je erlebt hatte. Nachdem meine Mutter endgültig realisiert hatte, dass ich den verstauchten Knöchel tatsächlich nicht erfunden hatte, um mich vor Familienfeierlichkeiten zu drücken, gab sie sich alle Mühe, uns für den Rest des Abends zu umsorgen. Sie kochte jede Menge Tee und dann verspeisten wir die Lebkuchen, die Farid und ich kurz zuvor am Baum aufgehängt hatten. Zu meiner Überraschung füllte Farid einen Großteil des Abends als perfekter Alleinunterhalter. Er machte keinen Hehl daraus, dass er als Trapezkünstler im Zirkus auftrat und wir uns kennengelernt hatten, als er deswegen im Krankenhaus gelandet war. Dass ich damit begonnen hatte, nebenberuflich ebenfalls im Zirkus aufzutreten, wollte ich allerdings noch nicht verkünden und nach ein paar warnenden Blicken ließ Farid nichts durchsickern.

Es war schließlich kurz nach Mitternacht, als meine Mutter verkündete, sie müsste allmählich zurück ins Hotel.

Farid und ich begleiteten meine Familie bis vor die Eingangstür.

Meine Mutter schüttelte Farid zu meiner Überraschung mit recht wohlwollendem Blick die Hand.

»Ich hoffe, man sieht sich bald wieder«, sagte sie. »Vielleicht kann sich Charlotte einmal freinehmen, um mit uns in eine ihrer Vorstellungen zu gehen.«

»Oh, ich bin mir fast sicher, dass sie das sehr bald kann«, erwiderte Farid mit einem breiten Lächeln, woraufhin ich ihn in die Seite knuffte.

Meine Mutter nickte uns beiden zu und sah fragend zu Lucile.

»Geh schon einmal vor. Ich komme gleich nach«, sagte meine Schwester.

»Lass mich nicht zu lange in der Kälte stehen.«

Als wir nur noch zu dritt im Gang standen, überreichte mir Lucile das Päckchen, das sie die ganze Zeit über bei sich gehabt hatte.

»Deine Freundin Roxane hat mich gebeten dir das hier zu geben«, sagte sie.

»Danke«, antwortete ich verdutzt und nahm die Schachtel an.

»Nach der Vorstellung hat sie unsere Mutter und mich aufgespürt und darauf bestanden, dass wir es dir vorbeibringen. Ich soll dir ausrichten ... ich soll dir ausrichten, sie hofft, du kannst ihr verzeihen. Melde dich bald wieder bei mir, ja? Ich will wissen, wie es dir geht.«

Lucile streifte leicht mit der Hand meine Schulter. Sie war noch nie der Typ für Umarmungen gewesen, dann schlüpfte sie aus der Tür und Farid und ich standen plötzlich wieder allein im Appartement.

***

»Also das war wirklich ein einigermaßen außergewöhnliches Weihnachtsfest«, stellte Farid fest und legte einen Arm um meine Hüfte. »Ich hatte mir deine Familie schlimmer vorgestellt.«

»Ich mir auch«, erwiderte ich. Ich konnte immer noch kaum glauben, wie viel Eis zwischen Maman, besonders aber zwischen Lucile und mir, in den letzten paar Stunden geschmolzen war.

»Lass und kurz frische Luft schnappen, ja?«, sagte Farid.

»Ich würde mit meinem Knöchel eigentlich lieber ...«

»Gar kein Problem!«

Ehe ich protestieren konnte, hob mich Farid von den Füßen und trug mich ins Appartement, als würde ich kaum mehr wiegen als die Schachtel in meinen Armen.

»Das hatte ich eigentlich nicht gemeint!«

»Weiß ich doch«, sagte Farid lächelnd. Mit dem Fuß stieß er die Tür zu meinem Zimmer auf, dann ließ er mich schließlich doch herunter, um die Balkontüren zu entriegeln.

Kühle Nachtluft schlug uns entgegen. Farid und ich quetschten uns auf den winzigen Balkon. Auf dem Geländer lag eine hauchdünne Schneeschicht. Fröstelnd lehnte ich mich an Farid. In den anderen Fenstern brannte noch Licht, doch ansonsten war es seltsam still. Kaum Verkehrslärm, keine Sirenen.

»Wann willst du es ihnen sagen?«, fragte Farid.

»Ich weiß es nicht. Gibt es einen richtigen Moment, um zu erklären, dass man das gefahrvolle Leben auf der Bühne gegen das nicht minder gefahrvolle Leben in luftigen Höhen eintauschen will? Heute Abend ist ohnehin schon ein kleines Weihnachtswunder geschehen. Klar, wir sind uns jetzt nicht alle in die Arme gefallen und ich befürchte, wir werden wohl nie die harmonischste Familie auf Erden sein, aber ... ich glaube, wir fangen langsam an unseren Frieden damit zu schließen. Man muss den Lebensweg des anderen nicht verstehen, um ihn zu akzeptieren. Der heutige Abend hat uns dieser Erkenntnis ein Stückchen nähergebracht – und das war wichtig.«

»So unterschiedlich wie ihr seid, kann man das wohl wirklich unter Weihnachtswunder verbuchen«, stellte Farid fest. »So soll übrigens auch die Show heißen, die Belmero für das nächste Jahr plant.«

»Ganz schön einfallsreich«, sagte ich und stellte die Schachtel von Roxane vorsichtig auf dem Balkongeländer ab.

»Wir sollten jedenfalls etwas ganz Besonderes auf die Beine stellen – was hat es eigentlich damit auf sich?«, fragte Farid, der meinem Blick gefolgt war.

»Etwas ganz Besonderes ...«, sagte ich leise.

Ich ruckelte kurz am Deckel, dann zog ich ihn herunter.

Farid sog anerkennend die Luft ein.

»Ich glaube, wir haben unsere Show, Mademoiselle«, sagte er, während sich wieder ein paar feine Schneeflocken vom Himmel lösten und sanft auf unsere Schultern fielen.

Epilog

Ein Jahr später

Egal, wie oft man bereits im blendend hellen Kegel des Scheinwerferlichts gestanden hatte, in den ersten zwei Sekunden wurden einem immer die Knie weich. *Mir* wurden immer die Knie weich. Ich holte tief Luft, um die Aufregung wegzuatmen.

Spring. Spring einfach. Es wird alles so viel einfacher machen.

Ich streckte die Fingerspitzen aus, strich über den Stoff meines Kostüms. Langsam hob ich den Kopf …

Spring jetzt, Coco. Spring!

… hob die Arme, bis meine Hände das Trapez umfassten. Die Musik schwoll an.

Du wirst fliegen!

Und ich raste durch die Luft. Das Kostüm der Zuckerfee bauschte sich auf und das Flattern des Stoffes hörte sich an wie das Rauschen von Flügeln. Ich landete auf der Plattform, direkt vor meinem Tanzpartner, der eine rote Uniform trug. Ich knickste und streckte meine Hände aus. Farid hob mich hoch in die Luft und wirbelte mich herum. Als er mich sanft wieder zurück auf den Boden gleiten ließ, umschlossen seine warmen Hände einen kurzen Moment fest die meinen und lösten ein Kribbeln in mir aus, als Farid unter dem Applaus der Zuschauer nur einen einzigen Satz in mein Ohr flüsterte:

»Du hast es geschafft!«

Denn ich konnte es … ich konnte es wieder.

Gemeinsam mit Farid als Trapeztänzerin.

ENDE

Danksagung

Der Vorhang fällt, die Vorstellung endet und damit möchte ich ein paar liebe Menschen hinter der Bühne bitten für einen großen Applaus nach vorne zu kommen. Als Erstes meine Familie, denn ohne ihre Liebe und Unterstützung kämen die Ideen in meinem Kopf nie zu Papier. Applaus auch für Verena und Jules, weil sie einfach die Besten sind, und natürlich auch für Carolin, weil ihre Klavierstunden mir immer neuen Mut geben. Ich würde gerne dazu drei Lieder spielen, die mich beim Schreiben inspiriert haben: *Experience* von Ludovico Einaudi, *Keeping Your Head Up* von Birdy und *Water Under The Bridge* von Adele.

Und schlussendlich möchte ich das Publikum bitten aufzustehen und ein riesengroßes Dankeschön entgegenzunehmen. Ich hoffe, die Vorstellung hat Ihnen gefallen und ich darf Sie bald in einer neuen Literatur-Manege begrüßen!

Impress

Die Macht der Gefühle

Impress
Ein Imprint der CARLSEN Verlag GmbH
November 2020

Lektorat: Gaby Schönheit
Umschlagbild: shutterstock.com / © CloudyStock / © Roberto Castillo / pixabay.com / © aimeev83 / © geralt / © GDJ
Umschlaggestaltung: formlabor, 88dsgnr
Satz und Umsetzung: readbox publishing, Dortmund
Druck und Bindung: CPI Books GmbH, Birkach
ISBN 978-3-551-30331-8
Printed in Germany
www.carlsen.de/impress

Alle Bücher im Internet: www.carlsen.de